ROTBUCH KRIM

TONINO BENAQUISTA
geboren 1961 als Sohn italienischer Emigranten, lebt in Paris. Sein Filmstudium brach er schnell ab. Mit Jobs als Schlafwagenschaffner und Pizzabäcker organisierte er sich Geld, Zeit und Material für das Krimischreiben.

Für *Itakerblues* erhielt er 1991 den Grand Prix de Litérature Policière und den Prix Mystère de la Critique.

Zu diesem Buch:
Antonio entgeht knapp einem Mordanschlag und fährt nach Sora, in den Heimatort seines Vaters. Dort trifft er auf eine hinreißend kochende Bianca, den blinden Dorftrottel Marcello, Sant'Angelo und seinen Essigwein, auf Würdenträger des Vatikan und der Ehrenwerten Gesellschaft. Die Kriegserlebnisse seines Alten in Albanien tauchen hoch und vermischen sich mit Schlägereien, Mordanschlägen, Pastarezepten, wundersamen Ereignissen und wehmütigem Hin- und Hergerissensein zwischen Sora und Paris, zwischen Vergangenheit und Gegenwart. Neben der Aufklärung von Mord und Totschlag erfahren wir, wie man richtigen Espresso kocht, worum es bei der Pro-und-Contra-Rigatoni-Debatte geht, daß Teigwaren weitaus mehr als eine Unterlage für Soßen sind, daß der Geschmack aus der Form entsteht, kurzum: was den Italiener vom Nudelfresser unterscheidet.

Tonino Benacquista
Itakerblues

Aus dem Französischen von
Christiane Kayser

Rotbuch Verlag

Originaltitel: La commedia des ratés

Lektorat: Gabriele Dietze
Umschlaggestaltung von Michaela Booth
Herstellung: Das Herstellungsbüro, Hamburg
Satz, Druck und Bindung: Druckerei Wagner, Nördlingen
Printed in Germany

ISBN 3-88022-382-3

Für Cesare und Elena
Giovanni
Clara
Anna
Iolanda
und tutti quanti

»Italiener reisen nicht.
Sie wandern aus.«
Paolo Conte

– Kommst du Sonntag zum Essen?

– Schaffe ich nicht … Hab was zu arbeiten.

– Sogar am Sonntag …? Porca miseria!

Ich mag es nicht, wenn der Patriarch sich aufregt. Aber ich mag noch weniger sonntags kommen. Es ist der Tag, an dem die Pariser Vororte so tun, als lebten sie auf, nach der Kirche und beim Pferdewetten. Das sind Treffpunkte, die ich zu meiden versuche, auch wenn es einen Umweg kostet, denn ich möchte nicht Leuten verlegen die Hand reichen müssen, die mich von klein auf kennen und sich fragen, was aus mir geworden ist. Itaker sind auf den Werdegang der anderen neugierig.

– Ich versuche, Sonntag zu kommen …

Vater nickt, um zu signalisieren, daß es ihm letzten Endes schnurzegal ist. Er muß bald zur Kur, um wie jeden Sommer sein Bein mindestens einen guten Monat lang zu pflegen. Er möchte ganz gern, daß ich vor seiner Abfahrt noch einmal vorbeikomme. So sind Väter nun mal.

Mutter sagt wie üblich nichts. Doch ich weiß, daß, sobald ich aus der Hütte raus bin, sie es sich nicht verkneifen kann, mir laut auf die Straße hinterherzurufen:

– Dreh die Heizung auf, wenn dir bei dir zu Hause kalt wird.

– Ja, Mamma.

– Und geh in Paris nicht zu oft ins Restaurant. Wenn du schmutzige Wäsche hast, bring sie beim nächsten Mal mit.

– Ja, Mamma.

– Und gib abends in der Metro auf dich acht.

– Ja …

– Und dann …

Und dann höre ich nicht mehr hin, ich bin außer Reichweite. Der Hund der Pianetas kläfft auf mich herunter. Ich steige den kleinen Hang hoch, der zur Bushaltestelle führt, der Bus zur Metro und die Metro zu mir.

Nach Paris.

Oben vor dem ersten Einfamilienhaus der Straße höre

ich einen schrillen Ton, der stärkere Erinnerungen in mir wachruft als ein Gestank ohne Vorwarnung.

– Du rennst an mir vorbei wie an einem Fremden, Antonio …

Am Geruch hätte ich ihn nicht erkennen können, er verströmt heutzutage den dezenten Duft eines erstklassigen Aftershave. Ein merkwürdiges Gefühl, ihn da stehen zu sehen, kerzengerade wie die Straßenlaterne, an der er lehnt, die Laterne, die wir jeden Donnerstag nach dem Katechismus mit Kieselsteinen kaputtzuschmeißen versucht haben.

– Dario …? frage ich, als hoffte ich, jemand anders zu sehen.

Nach all den Jahren hat er immer noch die hübsche Fresse eines verliebten Engels. Er ist sogar schöner geworden. Mir kommt es vor, als habe er sich die Zähne wieder einsetzen lassen, die ihm schon mit achtzehn rausgeschlagen worden waren.

– Deine Mutter, sie hat mir gesagt, daß du ab und zu zum Essen kommst.

Wir schütteln uns nicht die Hände. Ich weiß nicht mehr, ob seine Mutter nun gestorben ist oder nicht. Über wen könnte ich ihn wohl Neuigkeiten fragen? Über ihn selbst, warum nicht. He, Dario? Bist du immer noch so … so … ein Itaker? Was soll ich ihn sonst auch fragen …

Unter den Jungs von früher war Dario Trengoni der einzige, der das Licht der Welt da unten, zwischen Rom und Neapel, erblickt hatte. Weder die beiden Franchini-Brüder noch der junge Cuzzo oder sogar ich selbst konnten das von sich behaupten. Meine Eltern haben mich italienisch gezeugt, aber in einem anderen Süden, in dem von Paris. Dreißig Jahre später sprechen sie die hiesige Sprache immer noch nicht. Dario Trengoni im übrigen auch nicht, aber bei ihm ist das gewollt. Die Gemeinde Vitry-sur-Seine hat wohl versucht, unseren Dario zu integrieren: Schule, Familienzuschüsse, Aufenthaltserlaubnis, Krankenversicherung, das ganze Trara. Doch er war es, der sich weigerte, dieses Frankreich zu integrieren. Er hat lieber all das an sich gepflegt, dem ich zu entkommen suchte, er hat es geschafft, aus sich eine Karikatur von Itaker zu machen, einen Exportpapagallo, wie man sie nicht einmal mehr da unten findet. Seine alte entwurzelte Mutter hatte sich viel besser in unserem Asylland eingelebt als er.

– In Paris lebst du?

Ich weiß nicht, was ich antworten soll, ich lebe in Paris, oder in Paris lebe ich. Beides stimmt.

Schweigen. Ich gebe mir so wenig Mühe, daß es schon fast peinlich ist. Er tut so, als erlebten wir etwas Schönes, ein schönes Wiedersehen.

– Erinnerst du dich an Osvaldo?

– Tscha ... Er ist ... Er ist verheiratet?

– Er hat da unten in Kalifornien den Ami gespielt, weißt du ... Er ist hierher zurückgekommen, ich habe ihn gesehen, und er ist ärmer als wir! Er baut sich hier ein Haus ... Er hat noch nie Format gehabt ...

Ich will nur noch abhauen. Ich kann mich nicht einfach davonmachen, er steht hier sicherlich schon lange herum. Dieses Treffen an einer Bürgersteigecke ist kein wirklicher Zufall. Damals hatte er manchmal ganze Vormittage lang gewartet, bis einer von uns zum Brotkaufen herauskam. Und wir wußten, wo wir ihn finden konnten, wenn wir uns mehr als gewöhnlich anödeten. Er diente als Ersatzkumpel, falls die anderen beschäftigt waren oder Hausarrest hatten. Osvaldo zum Beispiel, der sich seines Namens schämte. Und Dario freut sich heute darüber, daß ein ehemaliger Ghettokumpel es nicht schafft. Mich nervt das, daß die alten Ghettokumpel hämisch das Schicksal der anderen beäugen.

Dario, es ist kalt, ich habe keinen Bock mehr, hier herumzuhängen, im Wind, Erinnerungen ausgeliefert, die ich schnellstmöglich vergessen will, in Reichweite des Busses, mindestens sechs sind schon vorbeigefahren, ich habe sie gezählt. Bist du denn besser als Osvaldo? Macht sich das ganze Viertel immer noch über dich lustig mit deinem aufgeknöpften Hemd und dem Kreuz um den Hals? Hast du die Kohle aufgetan, dir die Cerrutti-Anzüge und die Gucci-Treter zu kaufen, von denen du immer geträumt hast? Gehst du immer noch so leicht in die Knie, wenn ein Mädchen durch die Straße geht? Trällerst du immer noch bei jeder Gelegenheit Liedchen? Glaubst du immer noch an deinen Gott Travolta?

Dario Trengoni hat seinen Traum vom Schnulzensänger fallenlassen, so wie ich unser Viertel fallengelassen habe, und hier stehen wir neben der Straßenlaterne, in die wir früher Herzen mit den Initialen der Nachbarinnen eingeritzt haben. Die Französinnen. Unter der schwarzen Farbe tritt der Rostschutz hervor. Ein schmutziges Rot. Schmutzigrote Herzen.

Er tischt mir eine weitere Anekdote auf, doch die ist meiner Meinung nach erfunden. Dario spricht nicht gut Französisch, aber das heißt noch lange nicht, daß er besser Italienisch kann. Damals drückte er sich in einem seltsamen Mischmasch aus, das nur die Jungs aus dem Viertel verstehen konnten. Den Kern des Satzes in römischer Mundart, zwei Adjektive im Slang der roten Vororte, in den Neubausiedlungen aufgeschnappte portugiesische Einwürfe und arabische Zwischentöne, ein Hauch Straßenjargon und unsere eigenen Ausdrücke, erfunden oder im Fernsehen und in den Comics aufgegriffen. Damals hatte es auf mich wie ein Geheimcode mit kabbalistischen Resonanzen gewirkt. Ich liebte diese Möglichkeit, uns mitten im Pausenhof abzusondern. Heute bleibt Dario nur noch der reine Dialekt seiner Heimatregion vermischt mit immer dünner gesätem Französisch. Der Dialekt ist der Ciociaro, die Sprache des Umlands von Rom, der Filme von De Sica. Ich habe alles vergessen, ich spreche diese Sprache nicht mehr, ich mag keine Sprachen, die Romanzen in die Länge ziehen.

Wenn ich daran denke, daß unsere Väter 1500 Kilometer zurückgelegt haben, von Vorort zu Vorort …

– Hat mich gefreut, dich wiederzusehen, Dario … Ich muß jetzt nach Hause …

– Aschpet'o! Warte! Du kannst ein bißchen aschpetta, ich muß dich reden … Warum du, Anto', hast du gli studi gemacht, und ich habe nicht gli studi gemacht, und du bist in die Hochschulen in Paris gegangen. Du bist intelligente …

Sieht schlecht aus für mich. Wenn Dario Trengoni mir hoch und heilig versichert, daß er mich intelligent findet, hält er mich für einen Idioten. Was er »die Hochschulen« nennt, sind zwei mühsame Unijahre, die mich auf den Arbeitsmarkt geschleudert haben, einfach so, kopfüber, heimtückisch. Doch meine Mutter hatte im Viertel damit geprahlt.

– Anto', du mußt mir einen schönen Brief schreiben, ganz ohne Fehler.

– An wen?

– Nach Italien.

– Kennst du da noch jemanden?

– Ein paio d'amici.

– Du sprichst besser Italienisch als ich, ich habe es vergessen, und deine Freunde reden Dialekt, und schreib du mal Dialekt … Frag meinen Vater, der kann das, und es wird ihn beschäftigen, der Alte langweilt sich, das wird ihn zerstreuen.

– Geht nicht. Ich habe Achtung vor lo Cesare, er will seine Ruhe, ich will ihm nichts zu denken geben, oder schlimmer … Neun Tage wart ich schon auf dich, daß du vorbeikommst. Neun Tage. Du bist der einzigste, den ich fragen kann. L'unico.

Unwiderstehlich glaubhafter Klang. Ich bin nicht wirklich entzückt. Bin ja gerne der »Einzigste« für jemanden, aber doch nicht für einen Kerl, mit dem ich nichts mehr gemein habe. Wenn er neun Tage lang gewartet hat, heißt das wahrscheinlich, daß ich dieses seltene Wesen bin. Kann aber auch heißen, daß es in überhaupt keiner Weise eilt.

– Was soll in dem Brief drinstehen?

– Papier und Umschlag habe ich, wir holen uns Briefmarken in der Kneipe, wenn du willst, bezahle ich dir eine Stunde.

– Was soll in dem Brief drinstehen?

– In mezzo alla strada?

Mitten auf der Straße? Ja, stimmt eigentlich, daß wir mitten auf der Straße stehen, die zum Bus führt, die aber auch an der Kneipe vorbeigeht, und ich werde in meinem ganzen Leben diese Kneipe nie wieder betreten. Ich weiß, daß Dario noch dorthin geht.

– Wohin gehen wir? frage ich

– Nicht zu mir, nicht al tabacco, zuviel Leute. Ich nehme den Bus mit dir, nach Paris.

– Nein.

– No?

– Ich komme Sonntag wieder.

– Zu spät. Den Brief machen wir genau jetzt, deine Mutter sagt, manchmal macht sie Tagliatelle, und du kommst nicht mal. Halt, ich weiß, wir gehen a casa 'l diavolo.

Das habe ich schon lange nicht mehr gehört. Zum Haus des Teufels. Diesen Ausdruck haben unsere Mütter benutzt, um ganz einfach zu sagen: zum Teufel, ans Ende der Welt ... Doch die Italiener bauen überall Häuser, selbst in der Hölle. Eine wirkliche Baulücke, wie man sie nur hier findet, sumpfiges Brachland hinter der Bootswerft. Ein feines kleines Dschungelfeld, das als Friedhof für ausrangierte Außenborder diente und noch dient. Ein Paradies für Tarzan und Käpt'n Flint. Zwei Kirschbäume. Ein Fliederstrauch. Der Harzgeruch, der die Bootsruinen umweht.

– Ich werde mich schmutzig machen, sage ich, als ich unter dem Gitter durchschlüpfe.

Dario hört nicht, er achtet darauf, daß uns niemand hineingehen sieht, aber nicht wie früher, er sieht nicht mehr aus wie ein Spion, den man sofort ausmacht.

Ich kann nicht erkennen, ob alles anders geworden ist. Die Baulücken sind sicher nicht mehr, was sie einmal waren. Dario steigt in den Rumpf eines Achtmeterboots, und ich folge ihm.

– Hier kann man sich stützen.

Er zieht einen Block Schreibpapier und einen blauen Kugelschreiber hervor.

Dario denkt nicht an die Harzmenge, die nötig war, dieser acht Meter langen Schale Form zu geben. Er hat vergessen, daß sein Vater daran gestorben ist, fünfzehn Jahre lang die Ausdünstungen dieser lungenzerfressenden Scheiße eingeatmet zu haben. Mein Vater hatte das von Anfang an abgelehnt, er zog es vor, die Boote in Strohmatten einzupacken. Vielleicht erinnerte ihn das an die Erntezeit. Jetzt haben die Gewerkschaften das Benutzen von Gasmasken erzwungen. Damals hat man den Arbeitern Milch zu trinken gegeben, einen Karton pro Tag. Der alte Trengoni hat ganze Schwimmbäder voll getrunken, um die Giftgase zu bekämpfen.

Das hatte ich vergessen.

Dario läßt sich in der Ecke nieder, in der wir uns das Steuer und den Funk vorstellten. Ich setze mich auf die von den Schaumwellen am wenigsten angegriffene Seite, an die Backbordseite.

– Ist es viel, was du zu sagen hast?

– Ein bißchen, doch ... Sitzt du gut? Oben links schreibst du ... Nein ... Etwas höher ... Du läßt zuviel Platz, etwas weniger ... So ... Mit schönem Schwung ... Liebe Madame Raffaëlle, oben mit einem schönen R.

– In Französisch?

– Ja.

– Du hast doch gesagt, es sei an Freunde da unten.

– Pah, es ist an eine Frau, eine Frau, die 'ne Freundin ist, sagt er verlegen wie ein Kind, ein echtes Kind.

Fürs erste gebe ich es auf, verstehen zu wollen. Wozu soll ich es auch versuchen? Wie könnte man ablehnen, einen Liebesbrief für einen Analphabeten zu schreiben? Mein Vater hätte ihm tatsächlich überhaupt nicht helfen können. Wenn es wirklich ein Liebesbrief ist, sind neun

Tage sicher zu lang. Es ist sogar gut möglich, daß ich der eine, der einzige Mensch in Darios Umfeld bin, der ungefähr weiß, wo die Gedankenstriche in einem Liebesbrief an eine Französin hingehören.

– Da mußt du ihr sagen, daß ich nicht immer sage la bugia ... la bugia ...?

– Lügen.

– Genau ... Sag ihr, daß ich manchmal das Wahre gesagt habe, besonders am Ende. Zu Anfang haben wir uns nicht durch glücklichen Zufall getroffen, ich wußte genau, daß sie in den Club manchmal ganz alleine kam. Los, schreib auf ...

– Du weißt nicht, was du von mir verlangst, Dario. Schreiben, ohne zu verstehen, ohne daß du mir die Geschichte erzählst, ihren Anfang oder ihr Ende.

– Los, schreib auf ... aber schreib gut, mit ein bißchen ... un poco di cuore, andiamo, va ...

Ich fange an zu kritzeln, die blaue Tinte befeuchtet gerade eben die Spitze des Kugelschreibers.

– »Liebe Madame Raffaëlle, ich bin nicht immer ein Lügner gewesen. Unsere erste Begegnung war nicht dem Zufall zu verdanken.« Paßt es dir so?

Er nimmt auch noch den hauchdünnsten Strich unter die Lupe, als befürchte er Verrat. Traduttore Traditore.

– Bene, bene, andiamo, das mit dem Club brauchen wir nicht. Schreib, daß ich mich bedanke für das Ticket und das Geld für Amerika und für alles andere.

– Du bist in die USA gereist?

Er senkt den Blick auf einen Autoreifen.

– Nur einmal.

– Du hast dort gearbeitet?

– Schreib auf!

Ich übernehme den Kern seines Satzes fast wörtlich, ohne seine unscharfen Passagen zu vergessen, doch meine Fassung scheint ihn zufriedenzustellen.

– Danach sag, daß ich soviel ich kann zurückzahlen werde, wenn ich trotzdem Zeit dazu habe.

– Willst du sagen, wenn du Zeit »findest« oder wenn man dir Zeit »läßt«?

– Ist das nicht das Gleiche?

– Nee.

– Dann schreib, daß ich es so schnell wie möglich machen werde, aber vielleicht sind die anderen schneller als ich, schreib das auf ... Sie wird verstehen a mente sua, in ihrem Kopf ...

Einiges durchstreichen.

– Keine Bange, ich schreibe es nachher ins Reine ...

Er spürt, daß ich mir Mühe gebe. Mir wird immer deutlicher, daß ich tatsächlich der einzige war.

– Sag ihr, daß es nicht zu Ende ist. Man muß an die miracoli glauben und daß lo miracolo ... si svolgerà ...

Das Wunder wird geschehen ...

Schnulzenlyrik. Lächerlich. Das hat er aus einem Lied von Gianni Morandi oder etwas in der Art, ich kann mich sogar an die Melodie erinnern.

– Es ist fast fertig, Anto'. Jetzt kommt das Wichtigste. Mach ihr klar, daß la mia strada è longa, proprio longa ... Und daß sie und ich uns wiedertreffen a qualche parte della strada.

Da habe ich einen Moment lang überlegt. Und die Kappe auf den Kugelschreiber gesteckt. *Meine Straße ist lang, und wir werden uns darauf irgendwo wiedersehen* ... Sowas schreibe ich nicht. Alles hat seine Grenzen. Ich befürchte, er hat eine Metapher gefunden, die den Kugelschreiber zum Tropfen bringt. Aber diesmal in einer Arie à la Celentano.

– Was willst du genau sagen? Daß die »Straße« lang ist ... als wolltest du sagen, ich weiß nicht ... der Lebensweg, oder sowas ...?

Er betrachtet mich bedächtig.

– Ma sei pazzo ...? Du bist bekloppt, Antonio! Ich rede von der Straße, unserer Straße, wo du geboren bist, die da hinten, wo deine Eltern und meine Mutter wohnen, Rue Anselme-Rondenay in Vitry-sur-Seine. Die mußt du in den Brief tun!

– Beruhige dich, oder ich höre auf. Warum willst du sagen, sie sei lang, man merkt, daß du nie über sie hinausgekommen bist. Bist du sicher, daß du in den USA warst?

– Tu hin, was ich dir sage, unsere Straße ist fast die längste der Welt, geh … Und du, Antonio, bist der einzige im Viertel, der das nicht begriffen hat, deshalb bist du nach Parigi abgehauen. Los, schreib das auf …

Stumm, verwirrt, verloren bin ich. Der Kugelschreiber streikt. Er weigert sich – die Straße ist lang –, den banalsten aller Sätze zu schreiben, die man zu Papier bringen kann. Was wird jene Mme Raffaëlle dort herauslesen? Vier kleine Worte, die ich nicht zu nehmen weiß.

Ich versuche, mich davon zu überzeugen: Die Botschaft, die alle Dichter der Welt im Lauf der Jahrhunderte auf Tausenden von Seiten herauszuschreien versucht haben, diese letzte verzweifelte Weisheit muß ein Holzkopf, ein ungebildeter kleiner Itaker in vier armseligen Worten zusammenfassen wollen.

Meine Straße ist lang.

Ich habe ihm den Brief hingehalten, er hat ihn abgeschrieben, mühsam wie ein kleiner Junge, sauber, wie er ihn haben wollte, und er hat ihn mir ohne Dank aus der Hand genommen. Dann hat er ihn in einen Umschlag gesteckt, eine Adresse darauf geschrieben, indem er sich so weit wie möglich von mir abwandte. Mit Volldampf steuerbord.

– Los, Anto', nimm deinen Bus. Und sprich mit niemandem drüber, schwör's beim Leben deiner Mutter.

Ich bin mit beiden Füßen in den Kahn gesprungen, in dem mit Unkraut überwucherte Eternitsteine schwammen. Dario wartete, bis ich weg war, bevor er zur Straße zurückkehrte.

– Hast du Mist gebaut, Dario?

Von unten sah ich nur noch seine Hand, die sich an der Reling festhielt.

– Antworte mir, hast du Mist gebaut?

Ich habe den Dschungel verlassen, ohne auf eine Antwort zu warten, die er mir sowieso nicht gegeben hätte, und bin in die Rue Anselme-Rondenay zurückgekehrt.

Oben auf dem Hügel habe ich sie mir noch einmal aus anderer Perspektive angesehen. Zweihundert, allerhöchstens zweihundertfünfzig Meter. Etwas unter dreißig Einfamilienhäuser, nett italienisch zusammengebaut, mit viel Geduld und Steinen, die nachts von Baustellen geklaut worden waren. Diese Straße, in der bin ich geboren. Ob ich das will oder nicht, ich gehöre wohl oder übel dazu.

Ich werde Sonntag nicht wiederkommen.

Dario Trengoni sollte mich besser nie mehr um einen Gefallen bitten.

Ich fahre nach Hause.

Nach Paris. Und der Weg ist weit.

Über meinen Balkon gebeugt, durchforste ich die Landschaft und versuche, die Kirchturmspitze von Notre Dame zwischen den Antennen zu orten. Als ich damals einzog, hatte mir der Vormieter versichert, sie bei klarem Wetter um Punkt zehn Uhr morgens gesichtet zu haben. Ich wohne gegenüber den Salons Laroche, einem Etablissement, das man mieten kann, um rauschende Feste zu feiern, um auf die Pauke zu hauen, auch wenn in erster Linie nur die Trommelfelle der Nachbarn bearbeitet werden. Ich bin übrigens der einzige Anwohner, der sich nicht darüber beschwert.

Der Fußabtreter raschelt, ich kapiere, daß ich Post habe, und warte einen Augenblick, bis die Concierge wieder weg ist. Gerade als ich die Tür aufmache, klingelt das Telefon. Doch ich habe Zeit gehabt, diesen reglosen, so schwarzweißen Umschlag zu sehen, der mir in die Augen sticht, gerade als ich die Hand nach ihm ausstrecken will.

Es klingelt beharrlich weiter.

Am anderen Ende die Stimme einer meiner Schwestern, ich nenne sie Clara, doch es handelt sich um Iolanda. Mein

Vater hätte Anna gesagt. Drei Versuche, ein Treffer, doch man verliert immer.

– Antoine ... Weißt du's?

– Jemand ist gestorben.

– Du weißt es schon ...?

Ich bitte sie um einen Augenblick Geduld. Mein Herz rast, und ich gehe an die Tür und nehme das Ding mit dem schwarzen Rand von der Fußmatte. Da ist ein Toter drin, ich brauche nur den Umschlag aufzumachen, um seinen Namen zu ergründen. Ich frage mich, ob es besser ist, ihn zu lesen oder gesagt zu bekommen? Eine Sekunde lang zögere ich mit dem Hörer in einer Hand und der Todesanzeige in der anderen. Lesen oder gesagt bekommen? Das eine wie das andere ist zum Kotzen, ich weiß nicht genau warum.

Nein, eigentlich weiß ich genau warum. Der Verstorbene und ich sind bereits tausendmal auf Schlachtfeldern verschieden, wir haben uns jedesmal den Todesstoß versetzt, wenn die Kavallerie nicht rechtzeitig herbeikam, wir haben uns zum Duell herausgefordert, auf zehn Schritt Entfernung, von Angesicht zu Angesicht, der Reihe nach. Wir sind erstarrt, drei Sekunden lang, das Gesicht zur Grimasse verzerrt, bevor wir zu Boden stürzten.

Und dabei ging es auf den Sommer zu.

– Es ist Trengoni, sage ich in Richtung Telefonhörer.

– Ich habe seine Mutter gestern bei unseren Eltern getroffen. Gehst du zur Beerdigung? Sie hätte dich gerne dabei, die alte Trengoni.

– Warum?

– ... Wieso warum? Du bist ein Arsch, daß du so etwas fragst ... Du warst doch sein Kumpel, oder?

Dann hat sie mir gesagt, wie Dario gestorben ist. Ich habe es nicht glauben wollen. So sterben die Jugendfreunde nicht. Nicht die Wildwestkumpane.

Mütter noch und nöcher. Seine ist nicht weit vom Grab und vom Priester weg und meine, ziemlich weit unten in der Leidenshierarchie, und alle anderen, mit oder ohne Sprößlinge, meistens Jungen. Mir kommt es vor, als läse ich die Todesanzeige immer wieder: *Herr und Frau Cosi, Cosa, Coso, Cosello, Cosieri, Cosatello und ihre Kinder …*

So gut wie alle sind da, außer meinem Vater, wegen seines lahmen Beins. Die alte Trengoni ist nicht fertig mit diesem Friedhof: ihr Mann und jetzt der einzige Sohn. Sie fragt sich bestimmt, ob diese Ausreise nach Frankreich eine gute Idee war. So wie ich sie kenne, wird sie wohl nie mehr Gelegenheit haben, in ihr Heimatdorf zurückzukehren, denn sie will ihre beiden Männer nicht alleine zurücklassen.

Meine Schwestern sind nicht gekommen, mein Bruder auch nicht, sie alle kannten Dario nicht wirklich. Er war bloß ein Original aus dem Viertel. Sie haben alle gefunden, ich sei der einzige von uns, der ein Anrecht auf einen Platz im Trauerzug hat. Dario und ich hatten uns früher nach der Schule versteckt und uns über die vorbeiziehenden Särge kaputtgelacht, hin zum »Friedhof des Fortschritts«. Der liegt nämlich in der Rue du Progrès, in der Straße des Fortschritts, hinter den Sozialbautürmen des gleichen Namens.

Ich habe einen Großvater im nächsten Friedhofsabschnitt. Um mich dem Schweigen um mich herum zu entziehen, suche ich mit den Augen sein schmiedeeisernes Kreuz, das mein Vater aus der Fabrik mitgebracht hatte. Darios Kreuz ist ganz schlicht, nur sein Name und die Daten. In der Menge versuche ich, alle mir unbekannten Gesichter auszumachen; ich finde vier oder fünf. Einige Wolken ziehen von Norden her auf. Jetzt fehlt nur noch, daß es mitten im Sommer regnet. Der Priester wird jetzt gleich aufhören, auf uns einzupredigen. Dann kommt der gefürchtetste Augenblick, das Vorbeiziehen an der Mutter; die Gramgebeugtesten werden sie an die Brust ziehen, die Geistreichsten werden sich einen kleinen Satz abringen, in dem es um hier unten, da oben und natürlich da unten geht, eine wirklich gutgemeinte Dummheit, die niemanden trösten wird, doch hier bei uns hat man so selten Gelegenheit, etwas metaphysisch zu werden. Manche greifen zum Weihwedel, doch mich interessieren die anderen, die im Hintergrund bleiben, die sich nicht trauen und dennoch bis auf diesen in der hintersten Ecke eines roten Vorortes vergrabenen Friedhof des Fortschritts gekommen sind. Den Weihwedel nehmen oder nicht? Da ist wohl diese Frau, deren Gesicht sich hinter einem Schleier versteckt, ganz nah, links neben mir. Sie schnieft laut, sicher zu laut, ich hasse diese Art südländische Gefühlsäußerungen. Wer so herzzerreißend weint, hat bestimmt ein Recht dazu. Bei ihr kann man das Zeug zur echten Mater Dolorosa erahnen. Dabei sehe ich kaum etwas von ihr, weder ihre Augen noch ihre Beine, und eine Eingebung sagt mir, daß diese Frau nicht auf Italienisch, sondern auf gut Französisch weint. Durch ihre gegen den Mund gepreßten Handballen sieht man nicht, ob sie weint oder betet.

Dario? Dario? Wer ist diese Puppe? Sag mir nicht, daß es dir am Ende deiner Karriere als Latin Lover der Vorstadt gelungen ist, eine Französin zu krallen. Hast du gehört, was der Pfaffe über dich gesagt hat? Kommt dir das richtig vor, was er von deiner Fröhlichkeit sagt und von der Erinnerung, die du in uns zurückläßt? Willst du, daß ich dir eine Trauerrede halte? Du warst nichts als ein hübscher Junge, der darauf gewartet hat, daß die Welt ihn entdeckt, du warst zu träge, um ein Gauner zu werden, zu stolz zum Pizzateigkneten. Was war gut an dir? Nicht viel, außer deinen leuchtenden Ideen vom »cavarsela«, wie du sagtest, sich einen Platz an der Sonne zu schaffen, sich in ein gemachtes Nest zu setzen. Aber ohne daran zu bauen. Darum haben sich heute andere gekümmert, um dein Nest, dein Loch, und das zumindest hast du geschafft. Der Pfaffe, der all diese schönen Sätze spricht, ahnt nicht, daß er dein erstes Opfer war, du warst noch keine zehn Jahre alt. Die gefälschten Tombolascheine seiner Kirmes. Das ganze Geld hast du beim Pferdewetten gesetzt. Und wer erinnert sich noch an deinen Auftritt bei der Talentshow des Rundfunks bei dem Fest in Les Lilas? Du warst Zweiter geworden, hinter einer Rockgruppe aus den roten Vororten. Du hattest mit der Hand auf dem Herzen eine alte Bobby-Solo-Nummer gesungen: *Una lacrima sul viso* ... Auch meinem Vater war eine kleine Träne entschlüpft, so sehr mußte er lachen. Du aber, die triumphierende Eintagsfliege, hast geglaubt, das sei der Durchbruch. Das wirst du als Erinnerung hinterlassen, eine Reihe von tolldreisten Nummern, deren einziges Verdienst darin besteht, dich nie in den Knast gebracht zu haben.

Das ist immer noch kein Grund, dich so schnell in den Kasten da hineinzulegen. Ich habe niemandem von deinem Brief erzählt, doch ich habe es nicht geschafft, ihn ganz und gar zu vergessen. Man sagt, du seist an einer Kugel im Kopf gestorben, man habe dich am Seineufer auf der Stadtgrenze zu Ivry gefunden. Denkst du, das hat mich überrascht? Ich weigere mich anzunehmen, daß du keine große Dummheit begangen hast, nach all den Dummheiten, die du mich hast schreiben lassen. Ich kann nicht umhin zu denken, daß du jene Kugel vielleicht verdient hast, wie du all die Prügel verdient hast, die du als junger Bengel bezogen hast. Was war diese Summe, die du zurückzahlen wolltest »wenn man dir die Zeit ließe«? Das Versprechen eines Purzelbaums, der dich zum Erwachsenen gemacht hätte?

Und die da zu meiner Linken? Sie heult wie ein Mädchen, das Raffaëlle heißen könnte. Sie hat in sich all die Tränen gefunden, die ich nicht zu suchen weiß. Wir messen den Kummer nicht mit der gleichen Elle. Meine ist kürzer.

Doch ich bin nicht der einzige. Zwei Kerle lehnen etwa zehn Meter von uns entfernt gegen die Platanen, einer in Hemdsärmeln, der andere in einer Lederjacke. Irgend etwas sagt mir, daß diese Typen von keinerlei Kummer berührt sind. Wie viele von uns sind in derselben Situation? Ich bin knapp dem Weihwedel entronnen, aber ich habe die alte Trengoni umarmt. Nicht daß ich wirklich

Lust dazu gehabt hätte, aber ich bin genau so alt wie ihr Verblichener, und da ich ein kleiner Dunkelhaariger mit schwarzen Augen bin, habe ich mir gesagt, sie will vielleicht ihre Wangen an den meinen trockenreiben, einen Atemzug lang.

Als sie mich so fest an sich preßt, fühle ich mich als Gefangener ihres Schmerzes.

Der Nachmittag wird elend lang. Meine Mutter hat mir den expliziten Befehl erteilt, solange wie nötig im Viertel zu bleiben, ohne daß sie mir dafür einen annehmbaren Grund gegeben hätte. Mein weniger heimtückischer Vater hat mich immerhin gebeten, mir Mühe zu geben. Ich spüre, daß es ihm ernst ist, als er statt seines Dialekts ein klares reines Italienisch spricht, ein Toskanisch, das er nur für wichtige Gespräche einsetzt. Als gäbe er seine Bauernsprache auf, um ein Herr zu werden, ein Signore, kurz und gut jemand Glaubwürdiges. In solchen Augenblicken beunruhigt mich nichts mehr als sein Passé Simple, und seine Höflichkeitsform in der dritten Person nagelt mich fest vor Furcht. Mutter hat uns einen Espresso zum Herzrasen ausgeschenkt, und er hat mir erklärt, was von mir erwartet wird.

Man wird die alte Trengoni nicht in Ruhe leiden lassen. Die Polizei weiß nicht genau, wie sie mit einer gebrochenen alten Frau umgehen soll, die nur ein Kauderwelsch spricht, das schon die einen Steinwurf von ihrem Heimatdorf entfernten »Fremden« nicht mehr verstehen. Es ist ihnen seit dem Auffinden der Leiche noch nicht gelungen, sie zu vernehmen, jedesmal lösen sie eine antike Tragödie aus. Ich habe versucht, mir die beiden Bullen vorzustellen im Clinch mit einer dicken Mamma, die in einer unbekannten Sprache weint und den Gedanken an eine Kugel im Kopf ihres einzigen Sohnes einfach ablehnt. Sie brauchen einen Dolmetscher, der gleichzeitig den Verstorbenen gut gekannt hat. Den idealen Gesprächspartner eben ... Sie hat nur einen einzigen Namen nennen können.

Dario hatte mich um eine Übertragung ins Italienische gebeten, nunmehr wollen die Bullen eine Rückübersetzung, und nun kann ich diese Sprache nicht mehr abschütteln, die ich lange Zeit versucht habe zu vergessen. Keiner ahnt auch nur, wie unangenehm es mir ist, mit den schleppenden Nuancen einer Sprache zu jonglieren, die mir keine wirkliche Achtung mehr einflößt. Daraus übersetzen, geht ja noch, aber in die umgekehrte Richtung ... Ich kann *E cosi sia* in *So soll es sein* umwandeln, doch für den Rückweg brauche ich Stunden. Ich hüte mich so sehr vor dieser Richtung, weil ich diesen Kreuzgang schon bis zum Äußersten im Krebsbehandlungszentrum Gustave Roussy gegangen bin. Als ich dort einmal einen Freund besucht habe, bin ich eine Sekunde lang vor jenem Anschlag stehengeblieben, auf dem man in Italienischfranzösisch zweisprachige freiwillige Helfer suchte für die aus allen Ecken des Stiefels hier gelandeten Kranken. Die Itaker trauen ihren Mechanikern mehr als ihren Ärzten. Blauäugig wie ich bin, hatte ich mir gesagt, ich könnte bei meinen gelegentlichen Besuchen von Nutzen sein für verängstigte Kranke, die von den furchterregenden Eröffnungen der Weißkittel kein Sterbenswort verstanden. Kleine einfache nette Dienstleistungen ohne Folgen.

Ein verhängnisvoller Irrtum.

Die Nachricht von meiner Kandidatur hatte sich auf der ganzen Etage wie ein Lauffeuer verbreitet, Frauen kamen an, alleine, ganz und gar kahlköpfig, oder mit kahlköpfigen Kindern in Rollstühlen, und Männer mit ihrem Tropf an der ausgestreckten Hand. Die Neueingänge, die Krebseinwanderer, alle voll mit Wie, Warum und Wie lange. Eine Wortlawine, ein Wirbelsturm der Hoffnungen, ein Existenzangst-Magma, all das aufgehängt am zerbrechlichen Faden der Sprache. Alle nahmen sie mich in Beschlag, erzählten mir ihre Geschichte, zwangen mir den Notstand der Vertraulichkeiten auf. Ich habe mich ziemlich gut aus der Affäre gezogen, die Krankenschwestern konnten die ersten, die einfachsten Fragen beantworten nach den Zimmern, dem Essen, dem Krankenhausbetrieb, den auszufüllenden Formularen. Ein Arzt bat mich, ihn in ein Zimmer zu begleiten, nur für ein paar Minuten, zu einer Kranken, die er am Vortag an einem Gesichtstumor operiert hatte. Der noch lose Knoten in meinem Gedärm zog sich mit einem Schlag zu. Wie sagte man noch »Tumor«? Als ich die Frau mit verbundenem Kopf sah, spürte ich, daß das Härteste noch bevorstand. Das Rückübersetzen. Der Weißkittel bat mich, der Kranken zu erklären, wie sie ihr weiteres Leben verbringen würde. Es kam nicht in Frage, hier die Adjektive zu verwechseln oder das falsche Adverb zu benutzen, ein Maximum an Genauigkeit suchen in einer Sprache, die nicht meine ist. Die Präzision der sterilen Diagnose eines Chirurgen wiedergeben.

– Sagen Sie ihr, daß die Operation gut verlaufen ist und daß alle kranken Zellen weg sind.

Ich übersetzte so gut ich konnte, sie verstand, nickte, ich atmete auf.

– Sagen Sie ihr, daß wir den Verband in etwa zwei Wochen abnehmen. Sagen Sie ihr aber auch, daß der Tumor größer war, als wir dachten und daß wir trotz einer guten plastischen Chirurgie die Höhlung in der linken Wange nicht wieder ausgleichen können.

An jenem Tag hatte ich mich von dieser Sprache verabschiedet.

Ein weißes Hemd, eine Lederjacke, ich bin nicht überrascht, sie so wiederzusehen, versammelt um eine gelbliche mit Kaffeekannenringen übersäte Wachstischdecke. Der eine arbeitet sich durch den auf dem Tisch liegenden Postkalender, indem er mit spitzen Fingern den Palmzweig wegschiebt, der seine Blätter über dem Monat März verliert.

Die Alte ist da, etwas abseits, den schwarzen Schleier über die Stirn geschlagen. Sie hat gewollt, daß ich mich zu ihr setze, ihre beiden Hände kneten meine rechte. Die Inspektoren haben so getan, als fänden sie das natürlich. Ich habe mich als ehemaligen Freund von Dario vorgestellt, wir haben uns über die Kommunikationsschwierigkeiten mit der Alten verständigt, sie haben sich vorab für meine Hilfe bedankt, noch vor der ersten Frage. Die Bullen der Gemeinde Vitry-sur-Seine mit ihren 35 000 Einwanderern von überall sind jeden Tag mit so etwas konfrontiert. Sie sind diskret, verständnisvoll und lassen mich nur einfache klare Fragen übersetzen, die man in einer einzigen Frage hätte zusammenfassen können: Wer war Dario? Das Bild, das der Pfarrer am gleichen Morgen gezeichnet hat, hat ihnen wohl nicht viel genutzt. Tätigkeiten, Mittel zum Überleben, Umgang, Gehalt. Die Alte weiß so gut wie nichts darüber, das ist ja die Tragödie. Aber er hat doch hier mit Ihnen gelebt ...? Er ist morgens weggegangen, ist manchmal abends wiedergekommen und hat nie etwas Böses getan. Ich erkläre den Bullen, daß für eine italienische Mamma die Rückkehr ihres Sohnes vor Einbruch der Nacht eine offizielle Garantie seiner Ehrlichkeit ist.

– Hatte er Feinde?

– Aveva nemici?

– No! No!

Entnervt ziehe ich eine Zigarette heraus und schnappe mir ein blaues Plastikfeuerzeug, das auf dem Tisch herumliegt.

Nach einer guten Stunde dieses kleinen Fragespiels ohne Antworten, polt der Bulle in der Lederjacke ermattet die Vernehmung einfach so auf mich um. Ich sage ihnen alles, was ich über Dario weiß, in Wahrheit ist es wenig genug, und ich finde es angebracht, unser letztes Zusammentreffen und die Geschichte mit dem Brief wegzulassen. Warum wohl? Aus zwei ganz einfachen, ganz dummen Gründen: meinem Schwur, bis ans Ende meiner Tage den Rand zu halten; vor allem befürchte ich aber, daß auch nur die Erwähnung der schleunigst zurückzuzahlenden Summe und jener Madame Raffaëlle aus mir sicherlich die heißeste Spur ihrer Untersuchung machen würde. Und ich habe nicht die geringste Lust, eine Spur zu sein.

– Erinnert sie sich an den Abend des 22. Juli? Er hat hier gegessen, um wieviel Uhr ist er ausgegangen?

Sie denkt lange nach, mit Tränen in den Augen. Sie hatte Abendessen gemacht, er rührte nichts an, er ging gegen acht Uhr aus und ist nie mehr zurückgekommen, das ist alles.

– Sind Sie sicher, daß er sein Abendessen nicht angerührt hat? Was hatten Sie gekocht?

Ich finde die Frage im Hinblick auf das Vorhergehende völlig belanglos.

– Pasta asciutta.

– Das ist Pasta mit sehr wenig Soße, sage ich.

Die beiden Inspektoren sehen sich voll Skepsis an. Einer von ihnen erklärt mir, daß man in einem Mordfall gezwungenermaßen eine Autopsie macht. Nach dem Befund des Mageninhalts hat Dario zwei Stunden vor seinem Tod eine Portion Pasta zu sich genommen. Anscheinend nichts anderes. Fast hätte ich sie gefragt, um welche Art Pasta es sich handelte, aber ich sah einen Moment lang die verklebte Masse vor mir, die sie wohl gefunden hatten.

– Es scheint, als habe er sie woanders als hier gegessen, man hat auch Mais gefunden und ein Kraut, das Minze sein könnte.

– Und auch Löwenzahn, fügt der andere hinzu.

– Jawohl, Löwenzahn. Das ist doch Pastaschutta, oder? Fragen Sie sie, ob ihr Sohn das im Kühlschrank hätte finden können, ein Rest, oder so …

Als ich von Mais, Löwenzahn und Minze spreche, sieht mich die Alte an, als redete ich von Zyanid. Nein, so etwas hat Mutter Trengoni in ihrem Leben nicht zubereitet. Keine Italienerin der Welt würde einen solchen Horrorbrei zusammenrühren. Wie hat Dario so etwas hinunterschlucken können? Ich bin fast sicher, daß keine dieser Zutaten in irgendeinem Pastarezept vorkommt. Irgend etwas raffe ich hier nicht.

– Fragen Sie sie, ob ihr Sohn eine Waffe besaß.

Die Antwort kenne ich schon.

– Und Sie, Herr Polsinelli, hat er Ihnen nie eine Schußwaffe, einen Revolver gezeigt. Die Kugel, die ihn getötet hat, war eine Neunmillimeter.

– Ich habe ihn nie mit so etwas in der Hand gesehen, erwidere ich. Ich verstehe nichts davon.

Plötzlich hat Mutter Trengoni es satt, sie raunt mir in ihrer Mundart zu: »Sag Ihnen, sie sollen sich zum Teufel scheren.«

Mit dieser Sprache habe ich noch nie Glück gehabt.

Als hätten sie es verstanden, gehen sie und nehmen mich noch beiseite, um mir zu sagen, die Alte mache die Dinge auch nicht einfacher. Sie bedanken sich nochmals bei mir, schreiben meine Telefonnummer auf und ziehen gegen elf Uhr abends ab. Ich wollte es ihnen gerade gleichtun, als Mutter Trengoni mich an der roten feuchten Hand festhält, die sie die ganze Zeit ununterbrochen betatscht hat. Sie will mir unter vier Augen von ihm in einem Kauderwelsch erzählen, das in meinen Ohren immer natürlicher klingt.

– Gibst du mir deine Telefonnummer auch, Antonio ...?

Wie könnte ich das abschlagen? Ich hätte auch keine Zeit dazu, sie reicht mir einen Zettel und zieht die Schublade des Küchentischs auf, in der ich ein Häufchen Kugelschreiber liegen sehe, alle gleich, im selben Marineblau wie das Feuerzeug, das ich den ganzen Nachmittag benutzt habe. Als ich genauer hinsehe, geht mir auf, daß der Kugelschreiber, den mir Dario gegeben hatte, um den Brief aufzusetzen, aus der gleichen Schublade kam. Sie reicht mir einen Schreiber, und ich kritzele meine Nummer hin. Auf beiden Gegenständen ist die gleiche Werbung in gotischer Schrift: Le Up. Privatclub. 43 Rue George V. Die Art von Adresse, die eher dem Sohn als der Mutter entsprach. Ich stecke den Schreiber in die Tasche meines Trauerjacketts.

– Dario hätte mit dir zusammenbleiben sollen. Warst ein guter Kumpel. Er hätte nach Paris gehen sollen und Arbeit finden, statt hier herumzulungern. Vor drei Monaten hat er mir gesagt, daß er zu uns nach Hause, nach Sora wollte, um den kleinen Weinberg zu bestellen, den wir dort haben. Das war das Beste für ihn. In Paris oder in Sora, aber nicht hier. *In questa strada di merda ...*

Ich schaue bei meinen Eltern vorbei, um einen ordentlichen Bericht zu erstatten. Meine Mutter hat ein Gericht aus gekochtem Steckrübenkraut und einem Überrest aus kleiner bleikugelartiger Pasta in Hühnerbrühe zubereitet. Keine Kraft für eine richtige Soße gehabt, sagt sie. Ich schlürfe die Brühe aus dem Topf auf dem Erdölherd, und mein Vater hat den Fernseher leiser gestellt, um keinen Ton meiner Erzählung zu verpassen. Ich ertrage mein Los geduldig, ich habe das Gefühl, ganz Paris erwarte mich, mein schwarzer Anzug samt Krawatte gehe gleich in Flammen auf und das Zwischenspiel dieses Vororttrauertages sei endlich zu Ende. Ein Tag, der so traurig gewesen ist, daß ich selbst daran hätte verrecken können.

Ich erzähle die Unterredung zusammenfassend, ich habe den Alten gefragt, was ein Neunmillimeterkaliber ist, falls er sich daran erinnerte, doch er hat sich nicht zu einer Antwort herabgelassen.

– Das Witzigste ist, daß Dario gesagt hat, er wolle Wein anbauen, anscheinend haben die Trengoni da unten ein Stück Land?

– Der Weinberg bei Sant'Angelo? hat er nervös gefragt.

– Ich weiß es nicht.

– Cretino ...

Ich habe von der Pasta erzählt, die sie im Magen des Toten gefunden haben, da hat sich mein Vater auf seinem gesunden Bein aufgerichtet und ist bis zu mir gehumpelt. Er hat seine offensichtliche Überraschung hinuntergeschluckt, als sei nichts besonderes, und hat mich gebeten, das noch einmal zu sagen.

– Was soll ich wiederholen?

– Der Mais.

– Nun ... ja. Bevor er starb, hat er ein Pastagericht mit Mais gegessen.

– Und was sonst?

– Sie haben Minze erwähnt ... und Löwenzahn.

Er ist einen Augenblick lang konzentriert und stumm geblieben, dann hat er um einen Stuhl gebeten und hat sich mir gegenüber hingesetzt und mir befohlen, eine Sekunde lang mit dem Suppeschlürfen aufzuhören.

– Mais, Löwenzahn und Minze ...? Bist du sicher ...?

– Ganz sicher ... Ich hatte noch nie davon gehört. Nicht wahr M'ma? Sowas hast du doch noch nie gekocht?

Meine beunruhigte Mutter hat bei Gott geschworen, daß sie diese drei Zutaten noch nie zusammen in einen Topf getan hatte. Sie weiß nicht einmal, was Minze ist. Sie hat sofort wissen wollen, welche Art Pasta sie gefunden haben.

– Pasta fina o pasta grossa?

Ich habe geantwortet, was der Gerichtsarzt gesagt haben würde: wer kann das wissen ...

Plötzlich hat mein Vater angefangen, ursprungslose Silben zu murmeln, als sei er betrunken, dann ist er zur kleinen Kommode gehinkt und hat die Grappaflasche herausgeholt. Mutter hat keine Zeit gehabt zu widersprechen, er hat einige Schlucke direkt aus der Flasche getrunken und ist eine Sekunde lang erstarrt, bis das Brennen nachließ. Jene Flasche ist ihm verboten, er weiß es, doch meine Mutter muß gespürt haben, daß er an diesem Abend nicht die Spur eines Vorwurfs ertragen hätte. Mich betrifft es nicht mehr wirklich, obwohl ich echt neugierig bin, woher dieses plötzliche Verlangen nach einem kräftigen Schluck kam.

Als er die Flasche zurückgestellt hat, sagt er nur ein Wort.

– Rigatoni ...

Ein Moment Verblüffung.

– Was heißt ... Warum sprichst du von Rigatoni?

– Weil er die gegessen hat. Rigatoni.

– Woher weißt du das?

– Weil ich es dir sage.

Er liebt diese Art von unvermittelten Behauptungen.

– Erkläre es uns, porco Ginda!

Rigatoni sind breite Pasta mit Streifen und einem Loch in der Mitte, damit sie die Soße besser aufsaugen. Das Problem ist groß genug, um eine Familie zu entzweien, die einen pro und die anderen contra Rigatoni, und bei uns hat mein Vater allein schon das Contra übernommen. Er hat schon immer jene Pasta gehaßt, die man eine nach der anderen ißt und die den Mund füllen. Er ist ein leidenschaftlicher Verfechter der Capellini, der feinsten aller Spaghetti, die man in drei Stücke zerbricht und die in wenigen Sekunden gar sind. Ist es wegen der flinken Geste, mit der in einer zappligen Entropie Slalom fahrenden Gabel oder wegen jenes seltsamen Flüssigkeitsgefühls am Gaumen? Jedenfalls beharrt er auf seinem Standpunkt. Wenn Mutter Rigatoni macht, zieht er ein Gesicht. Doch er übertreibt, wenn er Darios Tod jetzt den Rigatoni in die Schuhe schiebt.

– Was ist denn das für eine Geschichte? frage ich mit erhobener Stimme und einem halben Lächeln.

Als Antwort stellt er den Fernseher wieder lauter und läßt sich im Sessel nieder. Die Drehorgeltitelmusik des Filmclubs im zweiten Programm versetzt uns in eine merkwürdige Stimmung.

– Laßt mich in Ruhe, ich sehe mir den Film an.

Mit einer unauffälligen Handbewegung bittet mich meine Mutter, es gut sein zu lassen. Immerhin kennt sie ihn besser als ich.

Ich darf den letzten Bus nicht verpassen. Bevor ich mich aufmache, umarme ich meinen Vater, der bald zur Kur für sein Bein aufbrechen müßte.

– Wann fährst du?

– Domani mattina, sagt meine Mutter. Nicht zu früh für mich … fügt sie außerhalb seiner Hörweite hinzu.

Ich bin an der Tür, und dennoch zögere ich, ich, den man nie bitten muß, diesen Ort zu verlassen. Ich muß noch einen Angriff starten. Ein letztes Mal.

– Sag mal, was ist das für eine Geschichte mit den Rigatoni …?

Er ist mit einem Ruck aufgesprungen und hat gebrüllt. Ich hätte alles erwartet, nur das nicht. Er hat mich einen Blödmann geschimpft und hat mir befohlen abzuhauen, heim zu fahren, nach Paris. Er brüllt, in diesem Haus hätte ich nichts zu suchen.

Meine Mutter hat das Zimmer verlassen, vielleicht um seinem Zorn zu entrinnen, und er hat noch mal von vorn angefangen, geschrien, es sei schon unangenehm genug, zur Kur zu fahren, und niemand sei da, der ihm helfe. Abschließend hat er gemeint, eines schönen Tages werde mir das gleiche Ende blühen wie Dario.

Eine große Nummer. Eine außerordentliche Vorstellung.

Während diese ganze Gehässigkeit über mir ausgeschüttet wird, habe ich zum Fernseher hin gesehen. Um den Blick nicht zu Boden zu senken. Als er mich rausschmeißt, habe ich immer noch nicht kapiert, warum er mich zur Zielscheibe genommen hat. Aber ich verstehe, warum er so darauf bestanden hat, diesen Film zu sehen. *La marcia su Roma.* Der Marsch auf Rom von Dino Risi. Die Geschichte zweier Faschistenlehrlinge, die sich für ein Polentagericht die Ideologie einverleiben.

Das ähnelt wohl einer Kriegserinnerung.

Ich werfe mich herum, zerknittert wie meine Laken, die Nacht schenkt mir leichtes Fieber. Und die Erinnerungen an Dario, die in Erwartung des Morgengrauens meine Stirn verbrennen. Zuerst hat er unter die Erde kommen müssen, bevor er mich im Schlaf heimsucht. Im Halbschlaf habe ich seinen Tod in Zeitlupe inszeniert, mit einem Duell zwischen zwei Schauspielern, von denen einer ein schlecht beleuchtetes Gesicht hat und der andere dank jeder Menge Spezialeffekte teuflisch grinst, wenn ihm klar wird, daß sein Kleinhirn soeben gegen eine Wand geklatscht ist. Ein sehr schwaches Ende, das hat mich aufgebracht, ich habe die Augen mit einem Schlag aufgerissen und bin auf die Füße gesprungen, um zu sehen, was sich unter meinen Fenstern abspielt. Nicht sehr viel, die üblichen Müßiggänger auf der Terrasse gegenüber, der Müllwagen, ein losfahrendes Auto, ein mattes Leuchten, das in die Finsternis einbricht. Vier Uhr dreißig, zu früh für alles, vor allem zum Arbeiten, selbst wenn man das Glück hat, zu Hause zu ackern. Ich schaue auf das Plastikmodell, das ein Architekt bei mir für Ende September bestellt hat. Ich habe Zeit. Zuviel Zeit. Es ist für alles zu früh.

Nicht für einen richtig starken Kaffee. Ich werde einen guten kochen, so einen, den ich ein Mädchen probieren lassen würde, um sie vom Hocker zu hauen. Das ist eben meine Art, das Begräbnis eines kleinen Itakers zu feiern. Manche hätten sich einen Kater angetrunken, ich mache einen Kaffee, den er als Kenner genossen hätte. Mineralwasser mit einer ganz kleinen Prise Salz. Der Kaffee ist eine kolumbianische Mischung, die ich wegen des warmen Wetters ziemlich grob mahle. Ich setze den Filter in den Behälter und schraube den Deckel zu. Was sagst du dazu, Dario? Erstaunt es dich, daß ich so sorgfältig mit meinem Kaffee umgehe? Glaubst du, ein ordentlicher Eimer Spülwasser reichte für mich? Du wirst es mir nicht glauben, aber der Espresso ist mein letzter Faden, mit dem ich an der Heimat hänge. Jetzt kommt eine empfindliche Operation: einen Tupfer Wasser in den oberen Teil der Kanne ablegen, damit die allerersten Kaffeetropfen, die herausquellen – die schwärzesten – nicht auf dem brennendheißen Metall verdampfen. Sobald sie hervorkommen, schütte ich sie auf ein Stück Zucker in einer Tasse und rühre kräftig, um eine schöne braune Paste zu bekommen. Wenn der restliche Kaffee oben ist, fülle ich eine Tasse und tue die Paste hinzu, sie schwimmt oben und gibt jenen auf dieser Seite der Alpen unauffindbaren Geschmack. Auf dein Wohl, Dario.

Noch im Schlaf schlürfe ich den Nektar eine gute Viertelstunde lang und denke an diesen unwahrscheinlichen

Tod, dessen Einzelheiten ich außer dem Mörder und den beiden auf ihn angesetzten Bullen als einziger kenne. Ich durchforsche meine Erinnerungen an jenen seltsamen Brief, der vor seinem Tod geschrieben wurde. Ich wäge eine große Anzahl Hypothesen so ernsthaft wie möglich ab, als plötzlich aus dem Nichts ein Wort, ein einziges, sich meinen Gedanken aufdrängt und heftig alle Nischen meines Gedächtnisses ausfüllt. Eine Sauerei von Wort, das in wenigen Sekunden eine riesenhafte Bedeutung gewinnt. Auf einmal flaut mein Interesse am ganzen Rest völlig ab. Das Wort ist aufgetaucht und hat mich nicht mehr verlassen, und ich habe in dem Augenblick verstanden, daß ich wegen ihm aufgewacht bin.

Rigatoni.

Rigatoni, Rigatoni, Rigatoni … Was hatte mein abgedrehter Vater mit diesen Rigatoni sagen wollen. Als ich ihm von der Autopsie erzählte, wurde ihm einige Sekunden lang schwindlig, dann hat er sich schnell zusammengerissen und ist zugeklappt wie eine Auster, eine seiner Spezialitäten, und heute morgen sitze ich hier mit dieser Sache im Kopf, und der Rest hat ganz und gar keine Bedeutung mehr. Die Krise dreht sich um die Rigatoni, und das ist alles, Punkt Schluß Aus. Der Patriarch macht sich gerne lustig, aber er hätte es ganz sicher nicht über den Tod eines Jungen getan, den er praktisch von Geburt an kannte. Er war nicht betrunken, aber hat kurz danach tatsächlich versucht, es zu werden. Er hat mich für nichts und wieder nichts fast beleidigt und hat sich dann vor seinen Fernseher geflüchtet und mir nahegelegt, Leine zu ziehen, und das ist ein schlechtes Zeichen.

Ich habe bis zum Morgen abgewartet, um sie nicht zu wecken. Meine Mutter hebt ab.

– Er ist schon weg, Antonio. Daß er mit dir gestritten hat, hat ihn noch stärker am Bein gezwickt.

– Wie lange bleibt er dort?

– Na … einen Monat, wie jedes Jahr.

– Ich komme bald mal bei dir vorbei, ciao …

Der Patriarch hat die Flucht gewählt. Das war meine Schlußfolgerung. Flucht vor etwas, das mit Darios Tod zu tun hatte. Er hat es vorgezogen, nach Perros-Guirrec zurückzufahren, um seine rechte Leistengegend betatschen zu lassen, statt auch nur eine einzige meiner Fragen zu beantworten oder sich mit dieser merkwürdigen Sache auseinanderzusetzen, die uns allen beiden den Schlaf geraubt hat. Bei mir ist das nicht so schlimm, aber er ist zweiundsiebzig und zieht ein Bein nach. Außerdem hat er einen starken Hang zum höhnischen Lachen, wenn ein Arzt ihm vorschlägt, mit Alkohol und Tabak etwas kürzer zu treten. Mein Vater ist eine fröhliche Ruine, die keinerlei Grund sieht, warum sich das ändern soll. Es sei denn, er hat sich selbst aus der Schußlinie genommen ... Wer will das wissen?

Der Tag bricht an, und ich stelle mir die gleiche Frage wie die Vorortbullen: Wer war Dario? Der neue Dario von vor drei Monaten. Der, zu dem ich mich hätte entwickeln können, wenn meine angeborene Neugierde mich nicht aus der Anselme-Rondenay-Straße herauskatapultiert hätte.

Spät abends bin ich bei meiner Schwester vorbeigegangen und habe ihren Wagen ausgeliehen. Um Mitternacht bin ich in der Gegend um die Rue George V herumgestreift, ohne zu wissen, ob ich dort bleiben würde oder nicht. Le Up, Privatclub. Ein marineblaues Schild, eine schwarze Tür, ein Klingelzug. Dario hatte in seinem Brief darauf angespielt. Zwei von vornherein hassenswerte Worte: Club und privat. Vom Namen ganz zu schweigen. Das klingt wie eine Bar mit Animierdamen. Die Innenausstattung muß fürchterlich sein. Und der Türsteher engstirnig. Die Mädchen trostlos und die Kunden schäbig. Ich habe den Ort des Geschehens bereits sondiert. Wie auf Dario zugeschnitten.

Ich habe meinen Traueranzug und meine Krawatte anbehalten, man weiß ja nie. Das paßt hierher. Ich klingle. Die Augen des Türstehers überprüfen mich einige Sekunden lang. Diese Kerle wissen, mit wem sie es zu tun haben, bevor man auch nur die Schwelle überschritten hat. Er hat nur aufgemacht, ohne zu lächeln, ohne ein Wort zu sagen, und ich brauchte ihm den kleinen Satz, den ich mir ausgedacht hatte, nicht vorzutragen. Eine Garderobe, in der ich nichts abgebe. Eine erste Bar mit zwei oder drei Typen in meinem Anzug, sicher die Geschäftsleitung oder Stammkunden. Die Ausstattung ist tatsächlich fürchterlich. Die Musik kommt von unten. Ein schwaches Music-Hall-Surren. Mit den Händen in den Taschen tauche ich in den rottapezierten Keller ab, mit Bänken und Sesseln, einer anderen Bar, Japanern, Prostituierten, die nicht schöner oder erotischer sind als das Mittelmaß. Ich dachte, wenn man Durst schaffen will, muß man erst Hitze erzeugen. In einer entfernteren Ecke sehe ich fünf oder sechs Männer in den Fünfzigern, die ohne Gläser und ohne Mädchen diskutieren. Zweites Vorurteil, niemand kommt auf mich zu, ich könnte lange hier herumstehen, bevor man mir etwas anbietet. Ich setze mich auf einen Barhocker, der Kellner läßt ziemlich viel Zeit verstreichen, bevor er sich mir zuwendet.

– Ein Bourbon. Ohne Eis.

– Jack Daniel's, Wild Turkey, Four Roses, Southern Comfort.

Sie kosten alle hundertfünfzehn Eier das Glas, da kann ich auch den besten nehmen. Ich stürze die Portion in Nullkommanichts hinunter, danach trauere ich sogar den Eiswürfeln nach. Dann ein zweiter. Nach dem dritten fange ich an zu rechnen: dreihundertfünfundvierzig Francs minus, dreißig Minuten Schweigen, und ich weiß immer noch nicht, ob es eine gute Idee war, hierher zu kommen. In der Zwischenzeit sind Leute gekommen, Paare, Touristen, noch mehr Prostituierte, unmöglich zu sagen, ob sie im Dienst sind oder nicht. Niemand will mit mir reden. Ich bin durchsichtig. Unsichtbar. Mich gibt es für niemanden. Der Alkohol steigt mir etwas in den Kopf, die Stimmung im Saal steigt. Ich winke den Kellner herbei, damit er mir sein Ohr zuneigt.

– Kennen Sie einen gewissen Dario Trengoni ...?

Eine leichte Rückwärtsbewegung, er sieht in den Saal, stellt das Glas ab, an dem er poliert.

– Ich bin noch nicht lange hier. War das ein Kunde?

– Weiß ich nicht.

– Warten Sie einen Augenblick, ich werde mich erkundigen.

Wenn ich darüber nachdenke, weiß ich nicht, ob das eine gute Initiative war. Er kommt hinter seiner Bar heraus und stürzt zu den fünf sitzenden Biedermännern. Fünf Blicke richten sich gleichzeitig auf mich. Der Barkeeper kommt zurück.

– Wir ziehen Erkundigungen ein, bleiben Sie nur sitzen. Ein kleiner Bourbon, während Sie warten?

– Ja.

Ein dreifacher. Ich lockere meinen Krawattenknoten etwas.

– Sehen Sie zu Ihrer Linken, in zwei Minuten gibt es eine kleine Nummer. Vielleicht gefällt es Ihnen.

Ein roter Vorhang, hinter dem man ein kleines Podest vermutet, mit Spots umrahmt und mit Spiegelscherben verziert. Ich habe gerade noch Zeit, mein Glas auszutrinken, und schon hebt sich der Vorhang. Angesichts des schlüpfrigen Blicks des Barkeepers denke ich sofort an Striptease, schäbig wie der ganze Rest. Schon wieder falsch. Ein junger Bursche taucht in gelbem Scheinwerferlicht auf, zu vereinzeltem Applaus. Smoking, Mikrophon. Düstere Blicke. Dunkelheit im Saal.

Der Junge singt aus tiefster Seele. Zuerst ein Stück, das meiner jüngsten Schwester zehn Jahre zuvor Tränen entlockt hatte, es ging so: *Ti amo Ti amo Ti amo* ... und so ungefähr, nur das drei Minuten lang. Dann macht er weiter mit *Sei bellissima* ... und genau in dem Augenblick habe ich verstanden, daß es sich um einen echten Itaker handelte, man spürt es an der Art, wie er das *Bellisssssima* ... abschmieren läßt. Als ich, ohne es zu wollen, in Lachen ausbreche, dreht man sich drohend zu mir um. Ich reiße mich sofort zusammen und sehe wieder ein volles Glas vor mir. Ich leere es mit einem Zug. Als er zu *Volare oooοho cantare* übergeht, begreife ich endlich, was Dario hier zu suchen hatte. Barkeeper: unmöglich. Kunde: unwahrscheinlich. Sänger. Das Ziel hatte er erreicht, den Schnulzensänger mit dem abgeschmackten Charme geben und in einem Hurenschupppen ergreifende abgenudelte Schlager singen. Ich habe ihn damals sogar lauthals beglückwünscht, seinen Schnulzentraum verfolgt zu haben und der Operetten-Itaker, der Hanswurst des ganzen Viertels geblieben zu sein.

Dario, ich nehme alles zurück, was ich gesagt habe, du hast nicht aufgegeben, und ich alleine weiß es. Du hättest mir all das sagen sollen, als ich dich das letzte Mal lebend sah. Du hattest Angst, wie ein Idiot zu wirken. Du hast dich geirrt ...

Später erinnere ich mich, was dann passiert ist. Eine Hand hat sich auf meine Schulter gelegt, und das hat mich auf den Boden der Tatsachen zurückgebracht. Ein älterer Typ hat sich zu mir runter gebeugt und mich gebeten, ihm zu folgen. Als ich vom Hocker hinuntersteigen wollte, wurde mir klar, in welchem Zustand ich mich befand. Zwei Burschen haben mich an den Ellbogen festgehalten, und ich habe mich hinter einen Vorhang führen lassen. Ich habe wirklich geglaubt, es ginge darum, mir zu helfen. Sie haben mich auf Flaschenkästen gesetzt. Aus den Kulissen hat die Stimme des Sängers noch stärker gehallt.

– Was willst du von questo Dario ...?

Ich habe die Augen aufgerissen, um sein Gesicht zu erkennen. Die beiden anderen haben mich losgelassen.

– ... Nichts ... Er ist ... Er ist tot ...

Der Extra-Alkohol hat begonnen, in meinem Magen zu schäumen.

– Ich suche eine ... Eine Madame Raffa ... Raffaëlle ...

Mir fielen von selbst die Augen zu, aber ich habe mich angestrengt, nichts zu verpassen.

– Warum?

– Kümmer dich um deinen eigenen Scheiß.

Die Ohrfeige hat sofort zurückgeknallt, und ich habe nicht gewußt, welcher der drei sie mir versetzt hatte. Der Ältere hat mein Jackett durchwühlt und meine Brieftasche herausgezogen und ist damit abgehauen. Ich kotze stoßweise Gift und Galle auf den roten Stoff. Sie haben mich zu einem Wasserhahn geschleift und meinen Kopf unglaublich lange unter den kalten Wasserstrahl gesteckt. Am Ende hat das die flüssige Lava in meinem Hirn abgekühlt. Neben mir steht nur noch einer der Typen.

– Du bist kein Bulle. Du bist auch nicht von der anderen Seite. Was willst du?

– Ich war Darios Kumpel.

– Der Bursche soll einen Kumpel gehabt haben …? Erzähl das deiner Oma … Ich habe ihn in einem Tanzcafé in Montparnasse aufgetrieben, er machte den Taxiboy, hier brauchten wir einen Burschen zum Liedchenträllern, der Boß liebt das, vor allem das Itakergesülze. Der Dario hat sich nicht bitten lassen.

Er hat so schnell geredet, daß ich die Hälfte nicht mitbekommen habe.

– Taxiboy?

– Bist du sicher, daß das dein Kumpel war? Ein Eintänzer, wenn du das lieber hörst. Das hätte er vielleicht auch lieber bleiben sollen. An einem einzigen Wochenende hat er dort mehr verdient.

– Tänzer …?

Er hat gekichert.

– Wo kommst du denn her …? Eine feine Kundschaft hat er gehabt, das muß man zugeben … Sie drängelten sich an der Kasse, um mit Dario zu tanzen, und nicht nur alte Schachteln. Und bei Ladenschluß drängelten sie sich noch mehr.

– Versteh ich nicht …

Er hat gekichert.

– Ach so … Singen und tanzen waren die Public Relations, die Werbung, die Fassade. Bei den Damen, da hätte der Dario sich zur Versteigerung anbieten können. Weißt du, was so einer verdient?

– Dario ... Ein Gigolo?

– Er hätte das nicht gerne gehört. Als wir von seinem Tod erfahren haben, hat uns das einen Schlag versetzt, das stimmt. Wir mögen das nicht. Er hatte keine Kumpel. Der Bursche wollte keine, der wollte nur Kohle, Kohle und nochmal Kohle. Wie wir alle, klar, aber bei ihm blieb da nicht mal mehr Platz für ein kleines Schwätzchen.

– Wozu brauchte er denn soviel Geld?

– Weiß ich nicht. Viel und schnell. Mit seiner Fresse und seiner Stimme mußte er die Chance ja auch nutzen.

– Und wer ist Madame Raffaëlle?

Zu spät. Der Alte kommt zurück, und sein Gorilla hält postwendend den Rand. Von weitem höre ich den Schnulzenheini *Come Prima* anstimmen.

– Gefällt diese Art von Musik Ihren Gästen? Schon mein Großvater fand das altmodisch.

Mit großer Sorgfalt hat er meine Brieftasche zurückgesteckt, mein Jackett mit ein paar Handbewegungen glattgestrichen und meinen Krawattenknoten zugezogen.

– Mir gefällt es, und das ist genug. Capisch?

Er hat mich unter den Arm genommen und mich an den Ausgang geleitet. Die Leute machen uns Platz, und ich habe den Eindruck, eine wichtige Persönlichkeit zu sein.

– Du singen können, Antonio Polsinelli?

– Nein. Jedenfalls nicht wie Dario.

– Keiner singen können wie er. Aber du, wenn du brauchst Arbeit, kannst zu mir kommen. Du sehen aus wie einer von uns zu Hause. Ciao ragazzo ...

Ich finde mich draußen wieder, ohne es wirklich zu wollen. Mit einem Kopfweh, das sich langsam ausbreitet. Bevor ich zu meinem Auto zurückgehe, lehne ich eine Zeit lang unbeweglich an der Tür des Clubs und versuche, die Augen aufzuhalten, um nicht ganz ins Trudeln zu geraten. Am liebsten hätte ich mich ein Stündchen in die Gosse gelegt und gewartet, bis es vorbei war.

Da ist mir der vor mir geparkte Wagen ins Auge gesprungen. Ein metallgrauer Jaguar, riesig, stumm, mit einem Schatten am Steuer und einem anderen im Fond. Ich hatte keine Zeit zu reagieren, der Fahrer ist ausgestiegen und hat die hintere Tür zum Bürgersteig wortlos aufgemacht. Der Fahrgast hat sich hinausgelehnt. Im Halbdunkel erkenne ich sein Gesicht nicht.

– Monsieur Antonio. Ich muß mit Ihnen reden.

Durch die Art, wie sie das gesagt hat, habe ich nicht eine Sekunde lang an einen Hinterhalt gedacht. Auch wenn der Boß des Up seinen bedeutenden Teil zu diesem Stelldichein beigetragen hatte. Im Gegenteil, dieser Wagen und seine geheimnisvolle Insassin haben mich vielmehr angezogen. Gestern trug sie einen schwarzen Schleier, und heute war es die alles umhüllende Nacht, die sie vor fremden Blicken schützte.

Allein schon durch die Stimme hätte ich etwas ahnen müssen. Eine prachtvolle Kieselsteinstimme, von Tabak und ätzenden Getränken aufgerauhte Töne, eine Sandwelle, die im Ohr knirscht. Diese Stimme kam aus einem von der Zeit ausgehöhlten Hals und an den Mundwinkeln geriffelten Lippen. Eine Dame eben.

Madame.

Alter? Fünfzig? Fünfundfünfzig? Vielleicht sechzig. Aber es sieht so aus, als habe sie dieses Gesicht seit Schaltjahren unverändert so bewahrt. Der Fahrer ist ohne Umwege zu einem edlen Gebäude in der Avenue Victor-Hugo gefahren und hat unten gewartet. Ohne ein Wort oder einen Blick mit ihr zu wechseln, bin ich ihr in den ersten Stock gefolgt, und wir sind in eine kleinere Wohnung eingetreten, als ich gedacht hätte.

– Machen Sie es sich bequem ...

Vielleicht sollte ich sie auch Madame nennen. War sie schon früher eine sehr schöne Frau? Oder ist sie jetzt nach so vielen Jahren dazu geworden?

– Ich will Sie nicht aufhalten, wissen Sie. Er war so

menschenscheu, daß ich nie gedacht hätte, daß er einen Freund, einen richtigen Freund hatte.

Beim Wort Freund hätte ich fast eine kleine Richtigstellung eingelegt, aber das wäre unangemessen und völlig uninteressant gewesen.

– Er hat oft von Ihnen gesprochen.

– Wie bitte?

– Das scheint Sie zu überraschen ... Antonio, das wollte etwas heißen für ihn. Antonio, der schaffte es in der Schule, Antonio, der machte mir meine Hausaufgaben, Antonio, der hat verhindert, daß ich jede Menge Dummheiten gemacht habe ... Wenn Sie sich als Erwachsene getroffen hätten, hätte er vielleicht nicht ...

– Er hätte in jedem Fall.

Ohne mich aus dem Sessel zu rühren, drehe ich schnell eine Runde in der Wohnung. Das kleine Wohnzimmer, in dem die beiden sicher nicht lange sitzen geblieben sind, ein niedriger Tisch, auf den man die Schlüssel wirft, nicht das mindeste Küchengerät, in einer Ecke ein Kühlschrank, der nur Eiswürfel und Mineralwasser beherbergte, und etwas weiter sein direktes Gegenstück, die Bar voll ocker- und bernsteinfarbener Flaschen. Und das Schlafzimmer, genau mir gegenüber mit dem großen Bett in meinem Blickfeld. Dahinter ein Bad. Nichts, was an den Alltag gemahnt, nur das Besondere, die Momentaufnahme, das Intermezzo.

– Wir kamen nur hierher, um miteinander zu schlafen, wenn Sie das wissen wollen. Manchmal morgens, oft nachmittags, eigentlich immer, wenn ich konnte.

– Das geht mich nichts an.

– Wir kamen rein, meistens zog er mich in der Diele aus, und wir liebten uns, er ließ mich nicht eine Sekunde in Ruhe. Danach kam er mich unter der Dusche ansehen.

– Ich bitte Sie ..., sagte ich verlegen und wich ihrem Blick aus.

Doch ich habe schnell verstanden, daß sie sich weder mir anvertrauen wollte noch mich schockieren. Sie wollte nur von ihrem verlorenen Fieber sprechen und von ihrem

Körper, der immer noch einen schönen dunkelhaarigen Dreißigjährigen in Glut versetzen konnte. Sie hat mir ein Glas angeboten, eine Zigarette, da ich sah, wie sehr sie mir gefallen wollte, nahm ich die zweite an.

– Ich habe Sie gestern auf dem Friedhof sofort erkannt. Sie sehen ihm ähnlich, Antonio ...

– Physisch?

– Ja, natürlich, Sie haben das gleiche Haar, die gleiche Kopfhaltung, und Sie stecken Ihre Hände beim Treppensteigen auch in die Taschen. Es ist eine Frage der Haltung. Doch das war es auch schon, Dario konnte nicht länger als zehn Sekunden still sein, er war unkonzentriert und unmanierlich, er konnte keinen Zeitpunkt durchleben, ohne vom nächsten besessen zu sein. Er wußte, wie man ruhige Momente mit zwei Worten zertrümmert. Es mußte immer alles in Bewegung sein, er konnte nicht tatenlos darauf warten, daß es geschah, denn eines Tages würde die Welt ihn kennenlernen. Wenn es mit ihm durchging, brach sein Italienisch wellenweise in unsere Unterhaltungen ein, und ich verlor den Faden ... Er sagte oft, eines Tages werde ein Wunder geschehen, das ...

– Wieviel hat er Sie gekostet?

Seit dem ersten Blick hat es mich gejuckt, diese Frage zu stellen. Man stellt keine so boshafte Frage, aber sie ist mir schließlich doch herausgerutscht. Madame Raffaëlle hat nicht nur die ihrem Alter zustehenden Falten, sie genießt auch die entsprechenden Privilegien. Sie hat gelacht.

– Geldmäßig? Ich habe nie nachgezählt. Zum ersten Mal habe ich ihn im Tanzcafé gesehen, und ich bin am nächsten Tag wieder hingegangen und jeden darauffolgenden Tag, bis wir ...

– ... intimer wurden.

– Wenn Sie wollen. Damals bezahlte ich wie alle anderen, und ich zahlte überhöhte Preise. Als guter Profi hatte Dario sofort verstanden, daß ich viel Geld habe. Als der Boß des Up ihm vorgeschlagen hat zu singen, habe ich darauf bestanden, daß er zusagt, und ich habe sogar den

Einkommensunterschied ausgleichen wollen. Ich hätte alles getan, um ihn den Klauen all jener zu entreißen …

Wie kann eine Frau wie sie sich in eine solche Geschichte verwickelt haben … Der Müßiggang. Die Langeweile. Die Ausschweifungen. Das Spiel mit dem Feuer. Die Weigerung zu altern. Was sonst? Wie konnte Dario sich so einfach verkaufen? Die Romanze eines Schnulzensängers, das fand ich noch komisch, aber der käufliche Gigolo ist mir denn doch zu viel.

– Ich weiß, was Sie jetzt denken … Aber dieses Geld war kein Gehalt. Für mich war Dario kein Gigolo. Glauben Sie, er hätte mir einen solchen Brief geschrieben, wenn es nur um ein Geschäft gegangen wäre?

Sie hat ihn aus der Handtasche gezogen, damit ich ihn lese, und ich habe so getan, als überflöge ich ihn. Es war ein merkwürdiges Gefühl, hier und da Satzfetzen zu erkennen, die ich in einer auf einem Baugelände festgefahrenen Bootsruine so gut wie möglich zu formulieren versucht hatte. Nun weiß ich nicht mehr, wer von uns, Dario oder ich, den Brief geschrieben hat, doch Madame Raffaëlle hat in dem Punkt recht, man schreibt keinen solchen Brief an eine Kundin, der man es besorgt, indem man seinen Ekel hinunterschluckt.

Noch einmal habe ich den Blick auf ihre erstaunliche Schönheit gerichtet, die Falten in den Augenwinkeln, die sie nicht zu vertuschen sucht, die grauen Haare, die sie sich zu färben weigert, und wieder hat sich mir die gleiche Frage gestellt: Ist sie schon immer schön gewesen, oder ist sie es im Lauf der Zeit geworden. Aber eine solche Frage kann man entschieden nicht stellen.

– Mein Mann ist reicher und mächtiger, als man es sich vorstellen kann, in diesem Raum sind mindestens vier Gegenstände, die aus seinen Fabriken kommen, und alle anderen kommen aus seiner Brieftasche. Wir reden seit zehn Jahren nicht mehr miteinander, aber in meinem Alter riskiert man nicht mehr, dergleichen gegen ein unbekanntes Schweigen einzutauschen.

– Hat er nie etwas von Ihrer Verbindung zu Dario gewußt?

– Nein, unmöglich, er hätte aus Angst, mich zu verlieren, nicht zugelassen, daß ich ihn sehe.

Sie ist aufgestanden und hat sich nachgeschenkt.

– Dario brauchte Geld. Ich muß zugeben, am Anfang hatte er fest vor, mir in kurzer Zeit eine hübsche Summe zu entlocken. Genau gesagt 140 000 Francs.

Wieviele Schäferstündchen muß man multiplizieren, um das zusammenzubekommen?

– Bei unseren ersten Treffen habe ich mitgespielt, zwei-, dreimal, dann …

Dann braucht man nichts Genaueres zu wissen. Amor hat seine letzten Pfeile abgeschossen, und eine sanfte Melodie ist erklungen.

Mein armer Dario … Wenn ich daran denke, mit welcher Inbrunst du in unseren jungen Jahren nach der einen Frau, nach deiner Frau gesucht hast. Wir wollten dich alle mit derjenigen vereint sehen, die den Sohn zur Welt gebracht hätte, auf den jeder Italiener so stolz ist. Sie hätte dich gezähmt, du hättest sie unterhalten, ihr hättet etwas aufgebaut. Wir hätten gefeiert. Aber du hast deine letzten Gedanken für diese vornehme französische Dame bewahrt, die so edel ist, so weit entfernt vom Viertel und von unserer Jugend. Ich bin schockiert alter Freund. Schockiert über diese Liebesgeschichte, die euch in eurem Alter erwischt hat. Am Ende eurer beider Karrieren. Der Gigolo und die Matrone.

– Antonio, ich habe Sie finden wollen, nicht um stundenlang über ihn zu sprechen, sondern aus einem viel konkreteren Grund. Wußten Sie, wozu er dieses Geld brauchte?

Sie hat sich gebückt, um eine Art Ordner unter dem niedrigen Tisch zu ihren Füßen aufzuheben. Beim Aufschlagen verschiebt sie hektographierte, in Blöcken von vier oder fünf Blatt zusammengeheftete, mit mir unbekannten Stempeln und Marken versehene Seiten.

– Sie sehen hier Darios Traum vor sich ...

So betrachtet gab ich mir alle Mühe, mich zu konzentrieren.

Verträge, offizielle Papiere, aber ich war erstmal überrascht, daß alles in Italienisch war. Richtiges Italienisch von da unten, mit technischen Begriffen, pompösen, salbungsvollen Worten. Ich habe lieber die Erklärung abgewartet.

– Sie verstehen sicher, oder?

– Nein.

– Es sind Besitzakten. Vier Hektar Grundbesitz in seiner Heimatstadt. Sie sind auch in Sora geboren ...?

Sie hat das mit einem netten Lächeln gesagt, als werde das Wort Sora bei mir eine zarte Melancholie mit Mandolinenspiel im Hintergrund auslösen. Ich war eher sonderbar beunruhigt ob dieser Rückkehr zur Scholle. Mutter Trengoni hatte es auch erwähnt, und selbst jetzt, trotz der Dokumente, kann ich mir nicht vorstellen, daß ihr Schnulzensänger von Sohn in die Heimat zurückgekehrt wäre und Gummistiefel angezogen hätte, um in schlammiger Scheiße herumzuwaten, in der Hoffnung, eines Tages irgend etwas dort auftauchen zu sehen. Ein Eintänzer mit der linken Hand auf dem Herzen und in der rechten eine Mistgabel. Ich fange an zu glauben, daß ich Dario wirklich als einziger gekannt habe. Wenn er auch seine Weiber mit ländlichen Idyllen hat einwickeln können, bei mir hätte das nicht gezogen. Er hat sie alle beide an der Nase herumgeführt, daran kann kein Zweifel bestehen.

– Er wollte etwas bauen? Was gibt es auf diesem Land?

– Weinstöcke. Ein Stück Land zwischen Sora und Santo Angelo. Spreche ich das richtig aus ...?

– Nein, man muß es zusammenziehen, Sant'Angelo, aber das ist gar nicht schlimm, denn dieser Heilige ist allen schnurzegal, die Einheimischen benutzen ihn nur beim Fluchen.

– Wie bitte?

– Das ist die Wahrheit, wenn man nicht Christus oder

die Madonna anzurufen wagt, fällt es auf Sant'Angelo, das ist weniger schlimm. Er ist der Sündenbock aus dem Kalender, der in allen Flüchen der Region vorkommt. Deshalb, ob zusammengezogen oder nicht, es ist schnurzegal.

– Beruhigen Sie sich ...

Ihre Hand liegt auf meinem Knie. Ihre Augen starren mich verständnislos an.

– Sie sind so anders als er ... Ihm war das alles so nah ... Er sprach davon mit soviel ... Sein Land, sein Volk, sein Name ... Ich finde das auch normal, oder nicht? Bei Ihnen hat man den Eindruck, daß es Ihnen die Haut abzieht. Normalerweise sind die Menschen, die woanders herstammen, so ...

– Die Gastarbeiter meinen Sie? Was ist mit den Gastarbeitern? Wie sind die?

– Sie sind ... stolz und verletzlich ...

Ein kleines Lachen kratzte mich im Hals, aber ich habe es sehr schnell unterdrückt.

– Plötzlich ist Dario stolz und mächtig geworden, weil er vier Hektar Weinberge besaß?

– Er hat sie nicht durch bloßes Fingerschnippen erworben. Das Grundstück gehörte drei Besitzern. Zwei Hektar hat er von seiner Mutter bekommen.

– Mutter Trengoni?

– Das wundert Sie?

Nein. Dario hatte vom Grundstück seines Vaters gesprochen, als gehörte ihnen endlich etwas Wahres hier unten. Alle Itaker haben irgendeinen Flecken Land, den sie weder verkaufen noch rentabel machen konnten, um daran festzuhalten und die Bambini damit zu ernähren. Immer schon hat uns mein Vater die Ohren mit seinem Wald vollgetrötet, als sei es ein sagenhafter Märchenforst. In Wirklichkeit ist es meinen Erinnerungen nach eine Art bucklige Einöde mit vereinzelten Haselnußsträuchern, unter denen die Hirten manchmal etwas Schatten suchen. Vater hat nie versucht, das Grundstück zu verkaufen, er weiß genau, daß der Erlös kaum die Reisekosten, Notargebühren und Pizzarechnungen decken würde. Zu dem Preis zieht er es vor, in einer Ecke seiner Netzhaut die verschwommene Erinnerung an einen kühlen, waldigen Besitz zu bewahren. Mein Vater ist kein Idiot. Darios Vater hatte das gleiche Kalkül.

– Die beiden restlichen Hektar gehörten teilweise einem Kerl, der in den Vereinigten Staaten, in New Jersey, lebt und zum anderen Teil einem, der immer noch in Italien, in Sant'Angelo wohnt. Habe ich es diesmal richtig ausgesprochen?

– In New Jersey?

– Ich habe Darios Reise finanziert, der frühere Besitzer hatte die paar Morgen sogar vergessen und hat sie ihm problemlos und zu einem Spottpreis abgegeben. Am schwierigsten war es mit dem Italiener, der sein Grundstück behalten und daraus ein Holzlager machen wollte. Dario hat mit ihm diskutiert und ihn überzeugt. Er hat die drei Abtretungsurkunden zusammengebracht und ist Besitzer des ganzen Weinbergs geworden. Das war's.

– Die Frage kommt Ihnen sicher dumm vor, aber was genau wollte er mit dem Weinberg anfangen?

– Wein anbauen.

– Was?

– Wein anbauen.

Das war die unwahrscheinlichste Antwort.

– Er wollte Frankreich verlassen, seinen Wein da unten produzieren und davon leben. Ein Vorhaben, das wichtiger war als alles andere. Wichtiger als ich. Wenn man liebt, besonders in meinem Alter, kommen einem die Träume der anderen immer authentischer vor als die eigenen.

– Das ist unmöglich. Dario hätte niemals Landwirtschaft betrieben. Er kannte sich mit dem Weinanbau nicht aus. Versuchen Sie doch einmal, sich ihn vorzustellen …

– Mit der Zeit hätte er es gelernt. Bevor Dario Grundbesitzer wurde, kümmerte sich ein Bauer aus der Gegend um die Reben, ohne je einen großen Gewinn daraus zu ziehen. Ich habe Dario das Geld gegeben, ihn als Weinbauern für die nächsten drei Ernten anzuheuern, und der Mann hat sofort zugesagt. Keiner will diesen Weinberg. Man könnte glauben, er hätte nur auf Dario gewartet, um gerettet zu werden ...

Sie läßt sich sanft auf das Sofa fallen und schließt einen Moment lang die Augen. Schamlos neugierig stelle ich sie mir alle beide dort vor. Er hebt die Arme zum Himmel und wirbelt im Zimmer herum, redet von sich, von sich, von sich, von da unten, von seinen Träumen, und sie hört ihm zu, verliebt, die teuflische Unbefangenheit ihres Liebhabers genießend. Ich habe keine wirkliche Intuition in diesen Dingen, aber diesmal bin ich mir sicher, daß es Liebe war. Auch wenn das Ganze nach Nepp, nach merkantilen Motiven und nach niedrigen Eigeninteressen riecht, nichts wäre möglich gewesen, ohne ein bißchen pure Liebe. Man muß so spröde sein wie ich, um daran zu zweifeln und den Schockierten zu markieren.

– Antonio ... Ich haben Ihnen die Hauptsache noch nicht gesagt. Ich weiß nicht, warum man mir Dario weggenommen hat. Aber ich weiß, daß er schon immer tief im Innern eine unglaubliche Angst fühlte. Eine Angst, daß all das schlecht ausginge. Er hat nie darüber gesprochen, doch er hat mir schließlich davon geschrieben. Falls ihm etwas zustoßen sollte, wollte er, daß seine Grundstücke an die einzigen menschlichen Wesen übergingen, die ihm eine Hand entgegengestreckt hatten.

Ich habe den Blick gesenkt und in meinem Herzmotor den Anlasser gespürt. Und ein Bedürfnis, mit Vollgas von hier abzudampfen.

– Ich, was sollte ich mit so einem Grundstück anfangen? Mein Leben spielt sich hier ab ... Ihr Land scheint so wundervoll ... Es gehört Ihnen. Es ist Ihr Grundstück, und ich wüßte nicht, was ich damit sollte.

Ich bin aufgestanden.

– Dario wußte es. Er sagte, seine Mutter würde nie nach Hause zurückkehren und daß es nach mir nur noch ...

– Seien Sie still.

– Er liebte Sie, Antonio ... Ob Sie das wollen oder nicht ... Beim Notar hat er darauf bestanden, einen Namen auf den Abtretungsurkunden hinzuzufügen.

– Hören Sie auf mit dem Mist.

– Wenn Sie ablehnen, geht alles an die Gemeinde Sora. Nehmen Sie doch an, es war sein letzter Wunsch ...

– Jetzt reicht es aber!

Der niedrige Tisch kommt ins Zittern, als mein Fuß ungewollt dagegen stößt. Sie hat die Papiere durchwühlt, um mir zu beweisen, daß alles bereits festgeschrieben, in Ordnung, gestempelt und besiegelt war. Mein Name, vollständig ausgeschrieben.

Ein Alptraum.

– Deshalb habe ich Sie gesucht, Antonio. Um Ihnen diese Papiere zu übergeben, und auch seinen letzten Willen.

Ohne es eigentlich zu wollen, habe ich diese Frau weggestoßen, die mir den Ausgang versperrte. Als ich meinen maschinengeschriebenen Namen las, habe ich vor Beklemmung fast geschrien. Ein Gefühl des Überrolltwerdens. Eine kerkerhafte Umklammerung. Eine Belästigung.

– Es war sein letzter Traum, Antonio ...

Ich bin zum Ausgang gestürzt. Sie hat mir den Papierstoß aufgezwungen.

Ich bin ohne ein Wort geflüchtet, ohne zu versuchen zu verstehen oder zu widersprechen.

Soweit wie möglich weg davon.

Alle meine Anstrengungen, Kilometer und Jahre zwischen meine Vorortjugend und mich zu legen, sind innerhalb weniger Tage verweht. Ich hatte gedacht, ich hätte mich gut aus der Sache rausgezogen, wie ein ehemaliger Zuchthäusler, der beschlossen hat zu vergessen, oder ein Junkie, der wieder in die Wirklichkeit eingekehrt ist. Aber nichts da, die Anziehungskraft der Rue Anselme-Rondenay ist noch viel hartnäckiger, da kommt man nicht einfach so heraus, das wollte Dario vielleicht sagen mit seinem *die Straße ist lang*. Ich müßte meinen Namen ändern, meine Haare blond färben und Frankreich verlassen. Woanders ganz neu anfangen, auswandern und wieder in den Teufelskreis hineingeraten. Damit mich die italienische Gemeinde vergißt, werde ich einen hohen Preis zahlen müssen. Ich, der ich mich immer geweigert habe, den Fuß auf die Erde meiner Vorfahren zu setzen, bin jetzt der rechtmäßige Besitzer einer Parzelle eben dieser Erde. Wie sollte man darin nicht den Beweis der Existenz eines zynischen Gottes sehen? Ganz zu schweigen von Darios Gespenst, das mir noch stärker am Rockzipfel hängt, als zu den Zeiten, als wir zusammen Löcher in den Asphalt standen.

Zwei Uhr morgens. In den Festsälen gegenüber nimmt das Feiern kein Ende. Ich reiße das Fenster auf, um meinen Kopf auszulüften. Falls ich es schaffe einzuschlafen, werde ich wahrscheinlich von ihm träumen.

Dario ... Was bist du doch für ein Mistkerl. Du hattest in die Papiere des Notars meinen Namen neben deinen gesetzt, lange bevor du mich jenen Brief hast schreiben lassen. Lieber blaffst du mich an, statt mir so etwas zu gestehen. Mir zu gestehen, daß du in mir immer noch deinen Freund sahst. Doch du wußtest, daß das seit langem nicht mehr auf Gegenseitigkeit beruhte. Wenn ich nachdenke, frage ich mich, ob du jenen Brief wirklich an Madame Raffaëlle gerichtet hast. Vielleicht warst du noch viel machiavellistischer. In Wahrheit hast du ihn vielleicht mir geschrieben, indem du ihn mich übersetzen ließest. Dreckskerl. Du hättest mir von diesem Wein erzählen sollen. Wein ...? Wie soll man sich einen Nichtsnutz wie dich als Weinbauern vorstellen können? Du hast nie welchen getrunken. Ich habe immer gehört, der Wein aus Sant'Angelo sei eine fürchterliche Plörre, selbst mein Vater hätte keinen haben wollen. Es ist unvorstellbar, daß du zuerst deinen Körper und dann deine Seele verkauft haben sollst für einen Rachenputzer, der der ganzen Gegend Sodbrennen verpaßt hat. War es der Wunsch, endlich etwas Trinkbares daraus zu machen und da Erfolg zu haben, wo alle anderen gescheitert waren? Oder hast du in dir den Ruf der Scholle gespürt, hast du dir gesagt, es sei das verlorene Paradies und daß noch Zeit sei, alle diese vergeudeten Jahre wettzumachen?

Schwachsinnige Spekulationen. Dario, der König im Durchwurschteln, Dario der Durchwurschtler, hätte sich nicht auf ein so blödes Projekt eingelassen. An diesem Grundstück ist etwas faul, und das sind nicht nur seine Trauben. Faul oder versilbert. Mein Vater fehlt mir jetzt schon. Er allein hätte mir von diesem Fleckchen Erde berichten können, auf dem er seine Truthähne herumlaufen ließ. Er hätte mir die Geschichte dieses Bodens, dieses Landweins erzählen können, Anekdoten auflisten, aus denen ich eine Idee, ein Indiz hätte schöpfen können. In jedem Dorf gibt es uralten Zwist zwischen mit Gewehren behängten Klans, die sich bis in alle Ewigkeit um eine Konzession prügeln, aber welche Verbindung könnte es geben zu einem ungehobelten Franko-Italiener, der einem Grundbesitzer genauso ähnlich sieht wie Frank Sinatra einem Glöckner, der zu spät zum Läuten kommt.

Ich habe mich an meinen Schreibtisch gesetzt, um die Dokumente zu lesen und durchzuarbeiten. Ich habe sogar das Garzanti-Wörterbuch herausgeholt, für den Fall eines Falles.

Zuerst die Namen der Vorbesitzer.

Guiseppe Parini, Trenton, New Jersey, USA. Ein Hektar Nord-Nordosten, für neun Millionen fünfhunderttausend Lire abgetreten.

Etwa fünfzigtausend Francs, anders gesagt, geschenkt.

Mario Mangini, Sant'Angelo, Lazio, Italien. Ein Hektar. Süden. Achtzehntausend Millionen Lire.

Der Italiener hat fast das Doppelte verlangt. Logisch. Aber nicht unverschämt viel. Mit den zwei von der alten Trengoni umsonst abgetretenen Hektar haben wir hier einen ehrbaren Weinberg von vier Hektar für 'nen Appel und 'n Ei. Erwähnt werden auch ein Keller, eine Scheune und ein Geräteschuppen. Das Ganze ist ein großherziges Geschenk von einer verliebten Dame, die nicht gezögert hat, heimlich die ehelichen Ersparnisse abzuschöpfen.

Plötzlich bringt mich diese ganze Schmierenkomödie auf, als fühlte ich, wie mich Dario aus dem Grab heraus manipuliert. Mit einer Handbewegung wische ich alles zu Boden. Fast wäre mein Modell mit hinuntergefallen. Ich schalte alle Lampen meiner Einzimmerwohnung ein. Die Hitze dieses Julianfangs läßt meine Wangen glühen.

Plötzlich höre ich ein dumpfes Geräusch und spüre gleichzeitig ein Brennen im Hals. Ich begreife nicht gleich, was los ist.

Ich bücke mich, stecke den Kopf unter den Tisch. Ich lege eine Hand an den Nacken, und meine Finger glitschen klebrig bis an meine Schulter. Ohne zu wissen warum, lege ich mich flach auf den Bauch, wie ein dienstbeflissener Toter, der schon schlapp macht, dabei fühle ich mich kaum erschüttert. Verdutzt, außer Reichweite unter meinem Stuhl, die Hand um meinen Hals verkrampft, versuche ich zu verstehen. Im Bruchteil einer Sekunde blitzen zwei, drei Bilder in meinem Kopf auf, Sommerhornissen, die genau vor dem Stechen pfeifen, ein heißer unsichtbarer Stoß mit dem Rasiermesser, eine schlecht verheilte Wunde, die näßt, ohne daß man es weiß. Niedergeschlagen, ungläubig strebe ich zuerst absolute Stille an, wende den Kopf zum aufgerissenen Fenster, finde dort aber nur vereinzelte Sterne vor sowie einen orangefarbenen Lichtschimmer im gegenüberliegenden Gebäude. Ein unbestimmter Laut, undeutliches Gebimmel, sich kreuzende Stimmen und vielleicht als Hintergrund etwas flüchtige Musik. Als ich zum Badezimmer robbe, sehe ich die Tröpfchenspur, die mein Hals am Boden hinterläßt, und endlich, wieder auf dem Boden der Tatsachen, überkommt mich die Angst. Angst, literweise Blut zu verlieren, im Handumdrehen von einer Blutwelle überflutet zu werden, man stellt sich sofort eine Sturmflut vor und danach nicht mehr viel. Ich kämpfe gegen eine Ohnmacht an, um das Loch zuvor noch stopfen zu können, zuerst mit einem Handtuch und dann, nachdem ich alle Gestelle umgeworfen habe, mit einem langen Wattestreifen, der sich zu schnell mit meinem kostbaren Blut vollsaugt. Ich warte lange, bis ich mich im Spiegel betrachte. Ich bin fest überzeugt, daß der Blutquell nie mehr versiegen wird. Was für Venen muß man wohl im Hals haben, daß man so stark Blut pißt, frage ich mich. Da hört es langsam auf. Ich wage zwar nicht, die Watte abzunehmen, spüre aber, daß der Strahl stark nachgelassen hat, daß ich noch genug Saft in mir habe, um bei Bewußtsein zu bleiben. Mit der Flasche 90prozentigem Alkohol in der Hand zögere ich lange, bevor ich sie dann mit unkoordinierten Stößen in Richtung Schürfwunde leere. Die Märtyrerschreie, die ich zu jenem Zeitpunkt ausstoße, heben die ganze Blödsinnigkeit dieser Geste in keiner Weise auf.

Auf der gegenüberliegenden Terrasse geht eine Cocktailparty zu Ende, ein paar Nachteulen schauen in die Sterne und lachen noch ein bißchen. Ein Kellner schaltet die Lichter aus und räumt die letzten Gläser ab. Vier Stockwerke tiefer schmettert eine Kohorte von Witzbolden Liedfetzen in die Luft und verteilt sich dann auf die verschiedenen Autos. Das Ganze ähnelt dem Betriebsausflug einer Computerfirma mit einer optimistischen Generaldirektorsrede und leicht angeheiterten Untergebenen. Mit dem Handtuch um den Hals habe ich jetzt um den Stuhl herum gesucht, auf dem ich zehn Minuten zuvor saß. Die Kugel, die mir den Nacken aufgeschürft hat, ist in den Stoff in der Wand eingedrungen. In einer Holzlatte des Bücherregals finde ich einen zweiten Einschuß. Im Augenblick sehe ich sonst nichts, und das entspricht den Geräuschen, die ich gehört habe. Keine Detonation. Eine gerade Linie von der Terrasse aus. Ohne die geringste Ahnung von Ballistik zu haben, kann ich mir vorstellen, daß die Kugeln dort abgefeuert wurden, bei den Festgästen.

Ich stürze die Treppe hinunter mit dem ekligen Gefühl, die Blutung werde wieder anfangen. An das Auto meiner Schwester gelehnt, sehe ich zwei sich leidenschaftlich abküssende Nachtschwärmer. Das Mädchen bekommt Angst, als sie mein dick verschwitztes und mit einem blutigen Handtuch umrahmtes Gesicht sieht, und ich muß sie nicht erst bitten, Platz zu machen. Ich brettere ein paar Mal bei Rot durch, erreiche das fünfzehnte Arrondissement und biege rasend wie ein Irrer in die Rue de la Convention ein. Ich vermeide es zu schlucken, zu husten oder einfach den Kopf zu bewegen, denn ich bin überzeugt, die Wunde wartet nur auf eine Erschütterung, um wieder aufzuplatzen. Am Ziel angekommen, wecke ich eine befreundete Krankenschwester, die nicht zu viele Fragen zur Herkunft meiner Verletzung stellt. Als sie meinen Zustand sieht, verabreicht sie mir zuerst eine Pille, ohne mir zu sagen, daß es ein Beruhigungsmittel ist. Sie legt einen neuen Verband an und schwört mir, daß nicht genäht werden muß. Zurück fahre ich festgeschnallt in meinen Sicherheitsgurt nie schneller als 45 Stundenkilometer. Als hätte ich endlich wahrgenommen, daß ich noch am Leben bin. Ich parke auf der anderen Straßenseite, steige die Treppen bis zu den Salons Laroche hoch, ohne auf den Aufzug zu warten. Die drei letzten Kellner versuchen, mich am Betreten des Balkons zu hindern.

– Was juckt es euch denn, euer Idiotenabend ist doch zu Ende, oder? Ihr laßt hier doch eh jeden rein. Man braucht nur unten vorbeizugehen und Licht zu sehen. Hinein kommt man, wie man will. Das kann jeder, wette ich. Ich sage es euch, eines Tages werdet ihr einem Mörder Zutritt gewähren!

Sie sind verblüfft und versuchen nicht lange, mir den Weg zu versperren. Von der Terrasse herunter kann ich meinen noch beleuchteten Schreibtisch und einen großen

Teil des Zimmers sehen. Ich habe sogar den Eindruck, ich könnte bis dorthin springen. Zwei Minuten später lasse ich mich auf mein Bett fallen, nachdem ich die Fensterläden geschlossen habe.

Da braucht man nicht lange zu überlegen, diesem Weinberg haftet ein Fluch an. Dario hat nicht lange dagegenhalten können, und ich wäre zwei Stunden, nachdem man ihn mir vermacht hatte, fast daran verreckt. Wer auch immer in den Besitz jener paar Morgen kommt, ist unausweichlich todgeweiht. In gewisser Weise verstärkt das nur noch meine Zweifel an der sogenannten landwirtschaftlichen Berufung Darios. Es geht um viel mehr, als Madame Raffaëlle wahrhaben will, und Dario hatte um dieses Fleckchen Erde herum irgend etwas Saftiges gewittert, sonst hätte er sich nicht prostituiert, um es zu erwerben. Ich will es so schnell wie möglich loswerden. Der Schweinehund von Dario hat mir dazu keine Gebrauchsanweisung hinterlassen. Er wußte schon, daß es eine Falle gab. Danke für das Geschenk. Daran werde ich nicht verrecken. Jemand ist hinter mir her. Zweifellos Darios Mörder. Er kann egal wo sein, draußen, an der Straßenecke. Er kann unten vor der Tür auf mich warten. Vielleicht ist er noch da. Das Schlimmste ist, daß ich erstmal Paris verlassen muß, um diesen gordischen Knoten zu lösen.

Porte de Choisy. Als ich den Stadtringgürtel überquere, spüre ich, wie ich in einem Abgrund von Trauer und Langeweile versinke. Am liebsten hätte ich die Augen zugedrückt, um jene sechs Kilometer ständig wogendes Band nicht sehen zu müssen, das mich von der Rue Anselme-Rondenay trennt.

Du tust mir leid, Vorort. Nichts spricht für dich. Deine Augen sind auf Paris gerichtet und dein Arsch auf das Land. Du wirst immer nur ein Kompromiß sein. Du bist wie Unkraut. Was ich dir aber am meisten vorwerfe, ist, daß du nach Arbeit stinkst. Du kennst nur den Morgen, erklärst nach Schichtende eine Ausgangssperre. Man kann sich an deinen Schloten orientieren. Noch nie habe ich gehört, daß sich jemand nach dir sehnte. Du hast keine Zeit gehabt, dir ein Wohlbefinden einzubilden. Du bist nicht alt, aber du hast keine Geduld, immer willst du mehr und immer Größeres, bei dir ist jede Menge Platz für Mega und Super. Das einzige was sich in dir rührt, ist der Wahn der Architekten. Sie sind es, die mir den Lebensunterhalt verschaffen, mit all diesen Modellen, die sie sich für dich ausdenken. Dein höllisches Mosaik. Bei dir genießen sie ein Bacchanal, eine Orgie, einen Bandwurm. Sie stopfen sich voll mit Raum, hier eine futuristische Stadt ganz nah an der Industriezone, neben einem bunt bemalten Gymnasium, zwischen einem ziemlich gewöhnlichen Viertel aus den fünfziger Jahren, das auf Enteignung wartet, und einem Einkaufszentrum, das zwanzigmal den Namen gewechselt hat. Wenn nicht zufällig eine ungeplante Autobahnzubringerbrücke das Ganze überdacht. Du hast recht, auf Harmonie zu pfeifen, denn du hast noch nie welche gehabt und wirst nie welche haben. Laß sie also machen, all diese Avantgardisten, all diese Eternit- und Betonblocksteinfanatiker, sie geben dir das Gefühl, neu geboren zu werden, und in Wahrheit kannst du nie sterben. Du wirst weiter ausholen, ein wenig um dich herum einsacken, aber du wirst nicht verrecken. Das ist deine einzige Realität. Man kann dich gar nicht verunstalten, du hast noch nie ein Gesicht gehabt.

Ich habe meine Mutter dabei überrascht, wie sie beim Carbonarazubereiten sang. Wir haben zu zweit Mittag gegessen, ohne Fernseher, ohne Tomatensoße, ohne Wein und fast ohne Worte. Meine Mutter hätte eine glänzende Karriere als Junggesellin machen können. Es hat mich gefreut, sie so zu sehen, fern von allem, die Einsamkeit genießend, ohne die geringste Ahnung zu haben, was mir widerfahren war.

– Warum hast du einen Verband um den Hals ...?

– Eine Art steifer Hals. Wie sagt man steifer Hals in Italienisch?

– Torcicollo. Dein Vater schickt uns Ansichtskarten.

Eine Luftaufnahme von Perros-Guirrec. Ein Foto des Thermalbads. Die gleichen Karten wie letztes Jahr. Nichtssagend oder fast. Er scheint zufrieden zu sein.

Ich habe sofort umgeschaltet und sie gefragt, wie sie ihre Zeit seit der Abfahrt ihres Gatten verbringt. Sie besucht Mutter Trengoni, sie sitzt lange Zeit da, ohne etwas zu sagen, dann versucht sie, sie zum Luftschnappen zu bewegen, aber es gelingt ihr nicht immer. Die Bullen haben nichts mehr von sich hören lassen, die Klatschbasen aus dem Viertel haben bereits aufgehört, sich über Darios Tod die Mäuler zu zerreißen, alles scheint wieder seinen gewohnten Gang zu gehen.

– Tu noch etwas Parmesan drauf, Antonio. Das paßt gut zur Carbonara.

Sie würde alles tun, um an einer Tomatensoße vorbeizukommen. Sobald ihr Mann weg ist, nutzt sie die Gelegenheit, um dem Alltagsessen zu entrinnen, so wie heute.

Rohes Ei, Parmesan, magerer Speck, das Ganze mit den Spaghetti vermischt. Schnell und köstlich.

– Weißt du, warum das Carbonara heißt? frage ich.

– Weil man immer in letzter Minute Pfeffer hinzutun muß und weil schwarz auf weiß nach Köhler aussieht. Sogar die gebratenen Speckstückchen sehen wie Kohlen aus.

Sie lächelt. Ich glaube, sie irrt sich, aber ich will ihr nicht widersprechen. Das Gericht ist nach den Carbonari benannt, die in den Wäldern eine Geheimgesellschaft gegründet hatten. Als gute Verschwörer haben sie dieses schnelle Gericht erfunden, um ihre Versammlungen nicht ewig in die Länge zu ziehen. Aber sie hat nicht die geringste Ahnung, was ein Geheimnis oder eine Verschwörung ist.

Sie hat einen Blick auf die Wanduhr geworfen und gesagt, das Telefon werde gleich klingeln, und es hat hingehauen, sie hat ohne jede Hast abgehoben. Am anderen Ende konnte der Alte sich sicher nicht denken, daß ich den Hörer in der Hand hatte.

Es scheint, als habe er seine verlorene Gelassenheit wiedergefunden. In Wahrheit macht es ihn nach vierzig Jahren Ehe genauso glücklich wie meine Mutter, ein wenig Zeit solo mit einigen Kumpels zu verbringen. Ich habe ihn nebenbei gefragt, ob er den Wein von Sant'Angelo kennt.

– Warum? Hast du welchen getrunken, Sohn? Sobald ich weg bin, mußt du anfangen, Mist zu bauen ...

Er ist in schallendes Gelächter ausgebrochen, und ich habe nicht mitgemacht, ich habe mich gezwungen ein bißchen zu plänkeln und dann eingehängt.

Vier oder fünf Tage lang bin ich im Viertel herumgelaufen auf der Suche nach kleinen Dingen, Eindrücken, Informationen, Erinnerungen. Ich habe die Runde gemacht bei allen ehemaligen Kumpels, den Söhnen von Sora und Sant'Angelo, ich habe mit den Eltern einen Schwatz gehalten, manchmal sogar mit den wenigen Großeltern. Einige haben mir von den Weinreben erzählt und von der Legende von Sant'Angelo, die man von Generation zu Generation weitererzählt. Sora ist ein Kaff, das sich durch dreierlei auszeichnet: primo, Folkloreschuhe, die aus Lastwagenreifen hergestellt werden und wie Spartanersandalen geschnürt sind. Secondo, die wundersame Erscheinung eines Heiligen im achtzehnten Jahrhundert, der dann zum Schutzpatron der Weinreben wurde. Terzo, seit 1945 die stärkste Auswanderung aller aus dem Krieg zurückgekehrten arbeitsfähigen Männer. Mein Vater war einer von denen, wie fast alle anderen, die in Vitry leben. Die Familie Cuzzo hat mich über ihren amerikanischen Vetter, Guiseppe Parini, aufgeklärt, der einen Hektar des Weinbergs besaß. Nichts von Bedeutung, außer daß er Europa völlig vergessen hat und ihm alles, was dort geschieht, schnurzegal ist. Er besitzt zwei oder drei Fabriken und eine Fastfoodkette, und er hat mit den Italienern von da unten genug zu tun. Das sagt ja schon alles. Ich habe lieber nicht weiter gebohrt. Mutter Trengoni hat mich in Darios Zimmer gelassen, wo ich nichts gefunden habe, außer einem etwas verschwommenen Foto von Madame Raffaëlle, das gut in einer Singleplattenhülle versteckt war.

Ich bin Osvaldo begegnet, der die ersten Grundsteine zu seinem Palast, seinem Bau, seinem Xanadu legte. Sein eigenes Vororthäuschen. Wir haben uns einen Augenblick lang unterhalten. Er war mit ganzem Herzen dabei. Ganz alleine. Als einzige Unterstützung der Blick seines gerade dreijährigen Buben. Der ebenfalls auf die Casa wartet. Ich hoffe nur, daß sich Osvaldo einen kleinen Ort nur für sich allein baut, zwischen der Küche, dem Wohnzimmer und den Kinderzimmern. Denn zwischen dem Kult der Mutter und dem Kult der Kinder neigen die italienischen Väter trotz ihrer mächtigen Stimmen leicht dazu, sich selbst zu vergessen. Ich konnte ihm nur guten Mut wünschen.

Ich habe in meinem Elternhaus geschlafen, und es hat mich beengt, in meinem alten Bett, in meinem alten Zimmer zu schlafen, mit einer alten Nachttischlampe und diesem alten Fernseher. Eins ist sicher, derjenige, der mir vor kurzem nachts an den Kragen wollte, ist mir nicht bis hierher gefolgt. Man könnte fast meinen, selbst die Killer hätten Schiß vor den Vororten. Ich beginne zu verstehen, was Dario sagen wollte mit seinem *Meine Straße ist lang.* Sicher sprach er von der italienischen Diaspora, die sich überall dorthin geflüchtet hat, wo man ein Dach über dem Kopf hineinquetschen konnte. Allein in der Rue Anselme-Rondenay habe ich direkte Verbindungen zu drei Kontinenten ausgemacht. Man braucht nur mit einem Kerl zu reden, der einen Bruder hat, dessen bester Freund sich niedergelassen hat, wo man eines Tages enden könnte, wenn das Verlangen einen packt. Dario wußte das. Er hätte Rinder auf einer Ranch in Australien züchten können oder die Mauern von Buenos Aires bemalen oder in London Käse verkaufen, in Lothringen im Bergwerk arbeiten oder seinen kleinen Reinigungsbetrieb in Chicago aufmachen können. In Erwartung besserer Zeiten hat er es vorgezogen, in Paris den Gigolo zu geben.

Mein Entschluß steht schon lange fest. Ich muß herausfinden, was er in diesem Stück Land gesehen hat. Das ist bestimmt der Zoll, den ich entrichten muß, wenn ich mich jemals frei fühlen will. Wenn ich verstehen will, was mein Vater immer verbergen wird. Das ist meine Abrechnung mit dem Land meiner Vorväter. Meine Architektur-Modelle können noch einen Monat lang warten. Man hat mich bereits genötigt, aus Paris zu fliehen. Morgen fliehe ich aus Frankreich.

Aber ich werde herausfinden, was los ist.

Vor der Abreise habe ich meine Mutter gefragt, ob es ihr gefallen würde, wenn ich nach Sora zurückginge.

– Um dort zu leben? hat sie verwundert gefragt.

– Ja.

Sie hat lange geschwiegen, aus dem Konzept gebracht von einer so unerwarteten Frage. Ich habe sogar geglaubt, sie würde sich aufregen.

– Wozu …? Wir leben jetzt hier … Von uns ist keiner mehr da unten … Du bist Franzose. Du wirst doch nicht diesen ganzen Zinnober wieder von vorne beginnen, mit dem Reisen, ein Haus suchen, Papiere auftreiben, dort eine Verlobte finden, arbeiten, dich mit den Nachbarn einigen, alles … Sogar die Sprache, die du sprichst, werden sie nicht verstehen. Bleib doch hier. Ich will nicht da hin, nicht mal auf Urlaub.

Am nächsten Morgen habe ich sie in all ihrer Sorglosigkeit zurückgelassen.

Der Palatino. Abfahrt 18 Uhr 06. Der berühmteste der Paris-Rom-Züge. Für die Itaker eine richtige Institution, für alle, die sich um den Gare de Lyon niedergelassen haben. Sie reden davon wie von einem alten Pferd, das einen aber immer ans Ziel bringt. Für mich war das letzte Mal, als ich elf oder zwölf war, ich hatte die Hinfahrt furchtbar lang gefunden und die Rückfahrt noch länger.

– Wann kommen wir in Rom an? frage ich.

Der junge Mann in der blauen Weste, ein kleiner, ziemlich unvorteilhaft gekleideter, schlechtgelaunter Dunkelhaariger mit einer Anstecknadel, die ihn als Schlafwagen Schaffner ausweist, wirft mir den entnervten Blick desjenigen zu, der das Gleiche schon zweitausendmal wiederholt hat.

– Um 10 Uhr 06, falls die Italiener keine Verspätung haben.

– Kommt das vor?

Da kichert er nur, ohne zu antworten.

– Es muß witzig sein, in Nachtzügen zu arbeiten, oder? frage ich.

– Wenn Sie vier Erdumrundungen auf Schienen hinter sich haben, reden wir weiter, ja?

Er verläßt achselzuckend das Abteil.

Wir sind fünf, ein italienisches Paar, das seine Hochzeitsreise beendet, ein französisches Paar, das zum ersten Mal nach Rom in Urlaub fährt. Und ich. Meine Reisegefährten sind reizend, die beiden Paare verständigen sich mit Gesten und Lächeln, mit einigen Sprechversuchen, die die andere Partei jedesmal verstehen kann. Manchmal tun sie sich mit einem Wort schwer, aber es kommt nicht in Frage, daß ich ihnen weiterhelfe, da hätte ich ja gar nichts mehr zu lachen. Von Zeit zu Zeit nicke ich ein, der Zug wiegt mich in den Schlaf, ich vergesse, daß ich das Land und die Stadt, die ich liebe, verlassen habe. Auf unbestimmte Zeit. Ich überzeuge mich davon, daß das nicht viel zu sagen hat, ein Kinkerlitzchen im Vergleich zu dem, was mein Vater und mein Großvater durchgemacht haben. Das Exil ist eine üble Angewohnheit der Italiener. Warum sollte gerade ich eine Ausnahme sein? Kindheitserinnerungen tauchen wieder auf. Ich gedenke all der Abschiede, die ich nicht erlebt habe. Die Stimme meines Erzeugers steigt in mir hoch, wie an den Abenden, wo er zufällig Lust hatte, über sich selbst zu reden.

... Weggehen ...? Noch vor meiner Geburt ist mein Vater nach Amerika gegangen, um Dollars zurückzubringen.

Dann meine Brüder. Als ich an der Reihe war, hatten wir 1939, und ich bin trotzdem weggegangen, aber nicht um ein Vermögen zu machen, sondern nur um zu lernen, wie man unter der Fahne ein Gewehr trägt. In Bergamo im Norden, da waren alle Dialekte vertreten. Glücklicherweise habe ich einen Burschen aus unserer Gegend getroffen, und wir konnten heimlich miteinander reden, denn Mundart war verboten. Wir wurden Compari, das war ein Wort, das bedeutete so etwas wie ein Versprechen von Freundschaft. Abends trieben wir uns in der Oberstadt herum, der Compare und ich, und wir sahen zu, wie sich die faschistischen Truppen mit den Alpenjägern prügelten, den Typen mit der Feder am Hut. Das waren die einzigen, die Mussolinis Burschen Paroli boten. Für die Schwarzhemden war alles gratis, sie gingen in ein Kino oder eine Bar und sagten: Der Duce zahlt! Das war vielleicht der erste Grund, weswegen ich diese Schweine sofort gehaßt habe … Und das war noch nichts im Vergleich zum Krieg, dem richtigen. Einundvierzig hat man mir nicht mal Zeit gegeben, nach Hause zu fahren und mich von meiner Verlobten zu verabschieden. Sie haben uns verschickt, den Compare und mich … Wetten, daß du nie errätst wohin … Ein Land, von dem wir nicht einmal wußten, daß es existiert … Da habe ich wirklich begriffen, was weggehen heißt …

Man rüttelt an meiner Schulter, 10 Uhr 34. Roma Termini. Bevor ich aus dem Zug steige, überkommt mich so ein Gefühl, ich weiß noch nicht genau welches, eine Sommerhitze, ein seltsamer Geruch, ein Geruch nach Sommerhitze, ein grellweißes Licht, ich weiß nicht was. Das Gedränge auf dem Bahnsteig. Ich betrachte all diese sich kreuzenden Arme vom Waggontritt herunter, die Rampe ist fast glühend, der grüne Spiegel des gegenüberliegenden Zuges glitzert in der Sonne. Ich gehe den Bahnsteig entlang. In der Ferne ist die Bahnhofshalle fast grau, im Schatten des Vordachs versteckt. Die Halle ähnelt einem riesigen, etwas schmuddeligen rechteckigen Aquarium, in ihr brodelt und wieselt es von hektischen, schwerfälligen und bereits schwitzenden Touristen. Es ist noch Niemandsland, unbestimmt und chaotisch. Zuerst wechsle ich einige Scheine und entschließe mich dann, das Aquarium zu verlassen. Links und rechts gibt es zwei lichtdurchflutete Portale, ich weiß nicht, welches ich wählen soll, um endlich dieses Land zu betreten.

Ich habe das linke Portal gewählt, das nächstliegende, das, was man immer benutzt, denn es führt zum Busbahnhof Via dei Mille. Einen Augenblick lang verweile ich reglos an der Schwelle des Bahnhofs, ohne zu wagen, die Straße zu überqueren. Rom beginnt schon auf dem gegenüberliegenden Bürgersteig, ich erkenne es wieder, ohne es je wirklich gekannt zu haben. Abgenutzte ockerfarbene Mauern, die Straßenbahnspur, ein Caffè Trombetta, in dem zwei alte Männer sitzen, mit den Füßen im Licht und den Köpfen im Schatten der Fensterläden, kleine, nervöse Autos, die sich mit kumpelhaften Hupsignalen kreuzen. Ich sage mir, ich muß es wagen. Zum Busbahnhof gehe ich durch die Via Principe Amadeo, und da ich neugierig auf alles bin, sehe ich forschend bis in die kleinsten Lädchen, um herauszufinden, ob das alles der mir verbliebenen verschwommenen Erinnerung entspricht. Ein kundenloser Friseur liegt in Haarwaschstellung in seinem Sessel und liest im Halbdunkel Zeitung. Ich laufe an zwei Zigeunerinnen vorbei, zwei Zingare, die mir ihre ausgestreckten Hände aufhalten. Unter einem Aushängeschild Pizza & Pollo essen Arbeiter Hähnchenschenkel und beschimpfen sich im Dialekt meiner Eltern, aber ich gehe zu schnell vorbei, um den Streitpunkt zu verstehen. Ich überquere die Straße Richtung Sonnenseite. Eine lange Reihe von Bussen taucht in der Ferne auf, meiner fährt gegen elf Uhr, ich habe noch etwas Zeit. Mit Koffern und Kindern gespickte Familiengruppen scharen sich um die Haltestelle nach Sora. »Dieci minuti! Dieci minuti, non c'è furia! Non c'è furia!« schreit der Fahrer der Meute zu, die versucht, sich mit allen Mitteln in sein Fahrzeug zu drängen. Gegenüber mache ich einen weiteren Friseur aus, der genauso unbeschäftigt ist wie der erste. Ich streiche mit der Hand über meinen Bartansatz.

Er hebt den Kopf und sieht mich an. Es ist der Moment der Wahrheit: Kann ich richtig reagieren und vermeiden, für einen Touristen gehalten zu werden? Sein Italienisch ist kristallklar. Nicht die Spur eines Akzents.

– Bart oder Haare, Signore?

– Der Bart.

– Um wieviel Uhr fährt Ihr Bus ab?

– In zehn Minuten.

– Das geht in Ordnung.

Auf den ersten Blick habe ich diese ersten jenseits der Alpen gesprochenen Worte gut bewältigt, mit etwas Glück hat er nicht einmal rausgehört, daß ich Franzose bin. Er geht mit einem heißen Handtuch über mein Gesicht, wetzt sein Halsabschneidemesser, schmiert mir Schaum ins Gesicht. Die Rasierklinge kritzelt über meine Wange. Meine erste Fremdrasur. Angenehm. Außer wenn er bis zum Adamsapfel hinuntergeht. Es ist warm, es ist genau.

Plötzlich hat uns ein Windhauch überfallen, ein Luftzug hat die Tür zugeknallt, ein Stoß auf die Ecke des Beckens gelegte Zeitschriften ist zu Boden geglitten. Die Klinge ist keinen Millimeter von ihrem Weg abgewichen.

Phlegmatisch, ungerührt, hat er nur gesagt:

– Per bacco ... Ché vento impetuoso!

»Bei Bacchus, welch ungestümer Wind.« In diesem Land spricht man poetisch.

Zwei Minuten später ist mein Gesicht glätter als Glas. Der Friseur lächelt mich an und fragt übergangslos:

– Sind Sie aus Paris oder aus L'Haye-les-Roses?

Ich habe etwas geschummelt und Paris gesagt. Sicher hat er einen entfernten Vetter in L'Haye-les-Roses.

Ich zahle und bin beschämt, daß er mich durchschaut hat. Ich weiß nicht, wie lange ich hier bleiben werde, aber es wäre besser gewesen, man hätte mich für einen echten Einheimischen gehalten. Bevor ich den Laden verlasse, bedenkt mich der Friseur mit einem etwas schmierigen »au révouare méssiheu«, um mir zu zeigen, daß auch er weitgereist ist. Draußen ist die Meute um die Haltestelle verschwunden, und die Fensterscheiben des Busses sind angelaufen. Neben dem Fahrer ist noch ein Notsitz frei. Er fährt los, wirft mir schweißüberströmt einen vielsagenden Blick zu und sagt:

– Attenzione, wir vorbeifahren bei Coliséo!

In der Tat. Und nach dem Kolosseum das flache Land. Die alte Karre ist durch zig Käffer gefahren, hat nach und nach alle abgeladen, die mit mir eingestiegen waren, und hat Bauern aufgenommen, Frauen mit riesigen Körben, Kids auf dem Rückweg von der Schule. Das Ganze ist in einer fröhlichen Schwatzkakophonie untergegangen, ständig wurden die Plätze gewechselt, um alle Bekannten zu begrüßen, als träfe sich das ganze Dorf in diesem Bus. Genau hinter mir hat eine Frau schallend gelacht und irgendeine Hühnerhofanekdote erzählt, die auf den letzten zehn Kilometern fast die gesamte Aufmerksamkeit der Busbesatzung auf sich zieht. Ich habe auch gelacht, ohne wirklich zu verstehen, worum es ging, und ich habe angefangen mir vorzustellen, was passiert wäre, wenn mein Vater sich nicht entschlossen hätte, die Region zu verlassen. Meine Mutter hätte jene Frau mit dem kupferfarbenen Hals sein können, mit den ausladenden Gesten und dem ansteckenden Lachen. Ich hätte jener junge Bursche im vergilbten Unterhemd sein können, der den *Corriere dello Sport* liest und einen Zahnstocher in seinem Mund rotieren läßt, ohne dem Chaos drum herum die geringste Beachtung zu schenken. Warum eigentlich nicht? In diesem Augenblick wäre mein Vater in seinem Wald und überwachte die Arbeit junger Männer, die auf Mittagspause mit Pasta warten. Andererseits kann ich mir nicht eine Sekunde lang vorstellen, einen Seemannspullover aus Wolle zu tragen, ich mag keinen Fußball, und ich habe Zahnstocher schon immer ordinär gefunden.

Ich bin an der Endhaltestelle ausgestiegen, in Sora. Sant'Angelo ist ein kleiner dazugehöriger Weiler drei Kilometer weiter nördlich. Meine einzigen Erinnerungen an Sora sind ein Fluß namens Liri, vier Brücken und drei Kinos, die damals jeden Tag einen anderen Film zeigten. Es gab damals weniger Einwohner als Kinositze. Man konnte in der Loge rauchen, aber ein Schild verbot ausdrücklich, Pizza zu essen. Einer der Säle ähnelte dem Grand Rex in Paris, ein anderer hatte sich auf zweitrangige antike Historienschinken spezialisiert und der damals neueste auf Pornos und Horrorfilme. Ich erinnere mich an eine Vorführung von *Die Nichte bekommt nie kalte Füße*, bei der der Vorführer vom hysterischen Publikum fast gelyncht wurde wegen einer Strompanne, die genau in dem Augenblick eintrat, als die besagte Nichte ihren Mut gegenüber einem massigen Prachtkerl beweisen sollte, der ihr die Wahl zwischen seinem Schwanz und der Axt ließ. Wie es weiterging, haben wir nie erfahren. Als ich wieder in Frankreich war, fehlten mir die Worte, um meinen Kameraden zu erläutern, wozu der Mensch in Cinemascope in der Lage ist. Nur Dario konnte meine Aussagen bestätigen. Das Kino gehörte zum Leben, zum Alltag der kleinen Provinzler und sogar der Bauern.

Heute sehe ich nur noch Parabolantennen auf den Dächern, die drei Kinosäle sind verschwunden, der größte ist jetzt ein Landmaschinenladen, und ich frage mich, was die hiesigen Kids nunmehr anstellen, um in den Genuß verbotener Bilder zu kommen.

Es ist bereits zu heiß. Meine Tasche wiegt mehrere Zentner. Ich bin gekleidet wie in Paris, und man geht an mir vorbei, wie an einem Touristen, ohne zu verstehen, was an mir schräg ist. Es steht auf meinem Gesicht geschrieben. Ich lese es von den Gesichtern der anderen ab. Die Stadt ist angenehmer als in meiner Erinnerung. Mehr Vielfalt in der Farbe der Fassaden, in der Bauweise, in der

Verteilung der Läden. Als Kind hatte ich all das nicht bemerkt. Kinder bemerken nie etwas außer den Eisverkäufern und den Kinos. Ich schwitze. Ich habe Hunger. Vor einer Pizzeria riecht es nach warmem Mehl. Sofort daneben ein Geruch nach Pökelbrühe. Berge von gelben Oliven. Auf der Piazza Santa Restituta lädt der Wassermelonenhändler seinen Lastwagen ab, indem er die Früchte ein breites Brett hinunterrollen läßt. Ich bin etwas verloren, unfähig eine Entscheidung zu treffen, zu essen, zu trinken, zu schlafen oder stante pede dorthin zurückzufahren, wo ich herkomme. Ich setze mich ganz alleine neben einen Brunnen. Niemand wagt sich jetzt schon in die Sonne.

Pensione Quadrini. Man hat mir gesagt, dort könnte ich unterkommen. Ein Hoftor geht auf einen winzigen Patio, wo verrostete Fahrräder und ein Mofa stehen. Am Ende einer kleinen dunklen Treppe gelangt man direkt in eine Küche, in der eine junge Frau gerade Zucchiniblüten in einer Pfanne anbrät und dabei fernsieht. Sie wischt ihre Hände an der Schürze ab und fragt mich überrascht, was ich will. Als sei ich gekommen, um gebratene Zucchiniblüten zu essen. Ein Zimmer? Ach, ja ein Zimmer! Ich habe vier ... Ich habe vier! Das ist alles, was ich verstehen kann.

Trotz ihres Enthusiasmus spüre ich, daß sie sich unbehaglich fühlt, sie errötet und vermeidet, mir ins Gesicht zu sehen, der Geruch nach Gebratenem überflutet uns, sie ist nicht an Touristen gewöhnt. Es stellt sich die Frage, ob hier wohl selbst in der Hochsaison jemand absteigt. Alles geht ziemlich fix. Nicht mal Zeit für einen Schwatz. Ich habe den Eindruck, sie will die Sache schnell über die Bühne bringen. Es fehlte nicht viel, und ich hätte einen Rückzieher gemacht. Ich habe keine Lust, schon bei meiner Ankunft die Ruhe von irgend jemand zu stören. Ich folge ihr in ein kleines, einfaches aber sauberes Zimmer mit einem Gebetbuch auf dem Nachttisch und einem frommen Bild über dem Bett. Fräulein Quadrini legt ein Handtuch neben das Waschbecken und spricht von warmem Wasser, zu bestimmten Stunden gibt es keins, dann wühlt sie in einer Schürzentasche und reicht mir einen Schlüssel, falls ich nach elf Uhr abends nach Hause kommen sollte. Ich hatte gedacht, sie würde über Preise und die Länge meines Aufenthalts reden wollen, doch sie hat offensichtlich nur im Sinn, in die Küche zu ihrer Braterei zurückzukehren.

In welch seltsame Gegend bin ich geraten? Sind die echten Itaker so verschieden von uns Renegaten?

Das Bett kracht genauso stark wie mein noch steifes Knochengerüst nach einer Nacht im Liegewagen. Niemand weiß, daß ich in diesem Kaff bin. Ich selbst bin mir da auch nicht ganz so sicher. Ich werde mich wohl oder übel an all das gewöhnen müssen, wenn ich etwas verstehen will.

Die Besitzurkunden liegen ausgebreitet auf dem Boden, und ich studiere sie zum hundertsten Mal. Der Auszug aus dem Kataster, der Plan des Landvermessers und mein Name, mein Name und noch einmal mein Name. Wegen dieser drei Papiere mußte Dario sterben, und ich war ganz nah am Fortschrittsfriedhof dran. Seit mehreren Tagen sind meine Ländereien in meinen Kopf fotokopiert, und jetzt, wo sie so nah, nur einen Steinwurf entfernt sind, zucke ich immer noch instinktiv zurück, sobald ich glaube, genug Mut angesammelt zu haben, um mich dorthin zu begeben. Im Vergleich dazu sind die tausendfünfhundert Kilometer zwischen Rom und Paris nichts. Der Saum meiner Ländereien. Meine Ländereien. Manchmal kommt es vor, daß ich sie annehme, sie mir aneigne, so tue, als könne man darauf stolz sein. Auch wenn ich nur Angst und Geringschätzung fühle.

Die Mittelmeerraumreflexe kommen schnell zurück.

Nach einem kurzen Mittagsschlaf bin ich gegen sechs Uhr abends, zur besten Tageszeit, ausgegangen. Es ist die Stunde, in der man es wagt, den Fuß vor die Tür zu setzen, wo man Lust hat, sich unter die anderen zu mengen, auf dem Marktplatz zu diskutieren, auf der Terrasse, mit einem Glas schönen kühlen Rotweins in der Hand. Man erträgt den Hemdenstoff, man zögert nicht mehr, sich zu bewegen, man schlendert herum. Ich habe einen Kaffee getrunken, genau vor dem Brunnen, wo alle Jugendlichen sich zusammenrotten. Die Mädchen sitzen auf den Geländern und werden von den Jungs auf den Mofas angemacht. Die Männer essen Eis. Das alles ist nicht so sehr verschieden von dem, was ich als Kind erlebt habe. Ich komme mir weniger wie ein Eindringling vor als bei meiner Ankunft.

Einer plötzlichen Eingebung folgend bin ich am Straßenrand in Richtung Sant'Angelo gegangen. Die Lust dazu hat mich unvermittelt gepackt, als hätte ich wieder Mut geschöpft und als werde alles sich endlich aufklären. Unterwegs habe ich noch einmal alle Hypothesen zu dem Grundstück Revue passieren lassen. Doch es gibt mehr als hundert. Mehr als tausend.

Unter diesem Grundstück ist etwas versteckt, vergraben, ein Schatz, Milliarden, Gold, Wertgegenstände, Goldbarren aus dem Krieg, der heilige Gral, die Leichen von dreißig Vermißten, unwiderlegbare Beweise für die Schuld jeder Menge Leute, Dinge, die man besser nicht ausgraben sollte. Deshalb wäre ich fast abgeknallt worden.

Aber wenn es wirklich etwas in diesem Boden gibt, warum haben sie dann nicht einfach eine nächtliche Expedition mit Schaufeln und Hacken gestartet, und die Sache wäre geritzt. Oder ist das Ding zu groß, um unauffällig ausgegraben zu werden? Alles ist möglich. Und wenn es wirklich etwas gibt, dann gehört es mir nach Recht und Gesetz. Vielleicht bin ich Milliardär, ohne es zu wissen. Doch was juckt mich das noch, wenn ich ein Einschußloch im Kopf habe?

Noch einige Meter. Mit dem Katasterauszug in der Hand verlasse ich die Straße und schlage mich in einen ganz kleinen Wald. Die Luft ist lau, ich nehme Gerüche wahr, die ich nicht kenne, ich streife Sträucher mit seltsamen Beeren. Mein Herz schlägt schneller. Zwischen zwei Eichen sehe ich in der Ferne eine Art Lichtung, die mir wahrscheinlich gehört. Die Sonne steht noch ziemlich hoch. Seit einer halben Stunde ist mir keine Menschenseele begegnet.

Hier ist es.

Geordnet. Bescheiden. Nicht endlos, nein, ich kann die Grenzen und Umrisse sehen, fast ohne den Kopf zu bewegen. Es ist am Fuß eines Hügels zu Ende. Die Holzstöcke sind schön gerade, man sieht die Trauben, sie sind noch grün. In der Nähe steht eine Art alte Scheune. Kein Zaun. Wen kümmern auch schon diese vier offenliegenden Hektar, die man mit einem einzigen Blick erfassen kann, die man auf einem kurzen Spaziergang umrunden kann? Es fällt einem kaum auf, wenn man nicht extra deswegen gekommen ist. Darum herum ist ein viel größeres Weizenfeld. Wieviel Leute braucht man, um das zu bearbeiten? Zwei, drei, mehr nicht und nicht jeden Tag. Drei Tage hier, zehn Tage dort. Mehr nicht. Ich nähere mich der Scheune und hüte mich, den Acker zu betreten, als sei er mir wichtiger als meine Schuhe. Die Scheune ist nicht einmal abgeschlossen. Darin stehen die Weinpressen und einige offensichtlich leere Fässer. Ist dieser Wein so schrecklich, wie ihm nachgesagt wird? Wie kann man in einer solchen Landschaft, unter einer solchen Sonne schlechten Wein produzieren? Warum hat nie jemand versucht, ihn zu veredeln, etwas Trinkbares daraus zu machen? Anscheinend kann man mit etwas gutem Willen, etwas Begeisterung, etwas Wissenschaft und etwas Geld aus Essig etwas Akzeptables machen. Ich komme mir wie ein Eindringling vor, den die Bauern bald mit Gewehrschüssen vertreiben und an die Carabinieri ausliefern werden. Dabei stehe ich doch wahrhaftig auf meinem eigenen Grund und Boden und habe alle Papiere, um es zu beweisen. Als ich in die Scheune gehe, entdecke ich mitten in einem Strohhaufen ein verschlossenes Faß, das nach Weinstein riecht und randvoll zu sein scheint. Ich weiß nicht, wie ich es anstellen soll, einen Schluck daraus zu nehmen, ohne den Inhalt literweise über den Boden zu gießen. In der Nähe liegt eine Schöpfkelle, ein Hammer, ein großer flacher Stein. Ich müßte das Faß in die Senkrechte bekommen, aber es wiegt bestimmt einen guten Doppelzentner.

Als ich mich dem Fäßchen nähere, höre ich ein Röcheln wie aus dem Jenseits.

Ein Schrei, der von überall widerhallt, und mir wird angst, ich krieche wie eine Ratte zurück. Der Schrei hat sich ein- oder zweimal wiederholt und sich dann in rauhes Gebrumme verwandelt. Fast unmenschlich. Aber ich kann ein oder zwei Worte darin wiedererkennen.

– Chi è!!!! Chié è? Chi è?

Wenn dieses Etwas fragt, wer ich bin, kann es nicht wirklich gefährlich sein. Ich gehe bis zum Faß zurück und entdecke dort einen kleinen pausbäckigen Ballen mit Weinfahne, eine dicke, runde Sonnenbrille, ein fülliger unter dem Stroh vergrabener Körper. Der Mann hingefläzt zwischen leeren Weinflaschen. Eine fast geleerte liegt neben ihm in Reichweite seines Mundes. Er hat daran genuckelt, als ich ihn unterbrochen habe. Ich suche seinen Blick, aber seine komische Sonnenbrille läßt nichts durch, er zieht sich irgendwie hoch, aber steht nicht auf. Er ist struppig und trägt einen schmutzigen Bart, eine unbeschreibliche Jacke, durchlöcherte Latschen. Ich hätte nie gedacht, daß es hier Landstreicher gibt. Er macht eine Reihe fahriger Gesten, um auf die Beine zu kommen, einen im Stroh verlorenen Gegenstand zu ergreifen und vor allem, in meine Richtung zu sehen. Ich begreife, daß er sturzbetrunken ist, seine Knie stoßen gegen das vergrabene Ding und nicht weit entfernt erklingen einige abgerissene Töne. Er bricht in schallendes Gelächter aus und tastet den Boden ab, um das tönende Teil auszumachen. Ein Banjo. Er nimmt es auf den Schoß und sieht mit weit aufgerissenem Mund beglückt zu mir hin. Das Lächeln eines Verzückten, der verwirrt und traurig ins Nichts lacht. Aber ich habe das seltsame Gefühl, daß sich seine Augen in ihrer Zielrichtung um gut drei Meter verirren.

– Ich heiße Antonio Polsinelli.

– Den Namen hab ich noch nie gehört, Signore. Macht aber nix! Um so besser! Sind Sie auf der Durchreise?

– Ja.

– Um so besser!

Zur Einleitung greift er in die Saiten und sagt:

– Das haben Sie noch nie gehört, ich werde ein Stück spielen, das ich selbst geschrieben habe, das Stück meines Lebens, es ist ein Klagelied, es ist traurig und heißt »Ich habe die Farben gekauft«.

Er rüttelt ein bißchen am Faß, trinkt ein paar Schlucke und verschüttet gleichzeitig ganze Liter am Boden, dann stimmt er das Lied an.

Das Getreidefeld ist schwarz
Der Taghimmel ist schwarz, der Nachthimmel auch
Wie traurig, alles in Schwarz zu sehen
Den Wind, die Sonne, und den Regen.
Bin zum Markt gegangen, um Farben zu finden
Aber der Händler hat gesagt: »Dazu braucht man Geld!«
Welche Farbe hat das Geld? Selbst das weiß ich nicht
Eines Tages ist ein Mann gekommen, auch er war schwarz,
Und er hat mir gesagt: »Bald wirst du alles in Gold sehen.«
Mit all den Talern wollte ich einen Regenbogen
Ich erwartete die Millionen
doch dann ist er gestorben
Und um mich zu trösten, habe ich Musik gemacht
Und die netten Passanten haben mir einige Münzen gegeben
Dann wollte ich das Schwarz und den ganzen Rest vergessen
Ich bin zum Markt gegangen, Rotwein holen
»Wir ham keinen Rotwein mehr«, hat mir der Händler gesagt
»Trink doch weißen.

Was macht sie schon für einen Unterschied
Für einen Blinden wie dich,
die Farbe der Flasche?«

In der Scheune erklingt ein Schuß und entlockt mir einen weiteren überraschten Schrei.

Der Blinde ist verstummt. Auf Knien. Erstarrt. Ich glaube, er ist getroffen.

An der Tür zeichnet sich eine Silhouette ab, das Gewehr ragt noch in die Luft. Der Blinde und ich bleiben starr, wie gelähmt. Der Mann kommt langsam näher und schlägt den Blinden in einem unglaublichen Wutanfall mit dem Kolben seines Gewehrs in die Rippen. Schmerzgeröchel. Ich rühre mich nicht.

Angst vor Gewalt, vor Schüssen, vor allem, vor diesem Land, vor dem Blinden und seinem Lied, vor diesem Mann, der mit Genuß auf einen am Boden liegenden Krüppel einschlägt.

Beschimpfungen, Fußtritte. Ich hasse mich dafür, daß ich dem kein Ende bereiten kann.

Dann schleift er den Blinden aus der Scheune und wirft das Banjo so weit wie möglich weg. Auf seinem Knie bricht er einen langen Ast entzwei, der als Stock dienen soll. Dann wendet er sich in aller Ruhe mir zu. Mit einem furchtbaren Lächeln.

– Er ist der neue Herr dieser Ländereien?

Ein ausgefeiltes Italienisch, etwas zu akademisch, etwas zu bemüht. Es hätte mein Vater sein können, an einem seiner großen Tage. Und diese Höflichkeitsform in der dritten Person, demutsvoll, etwas zu gewählt, man benutzt sie im allgemeinen bei einem älteren Gesprächspartner, um seine Achtung zu zeigen. Erstmal sprachlos lasse ich die Arme sinken, ohne zu wissen, ob er wirklich mit mir spricht oder mit einem hinter meinem Rücken verborgenen anderen.

– Der Blinde ist kein schlechter Kerl, aber ich habe ihn schon tausendmal aus dem Weinberg verjagt, er wirft alle

Fässer um, und Giacomo, der Winzer, ist nicht jeden Tag zum Aufpassen da.

– Sie hätten ihn nicht so schlagen sollen.

– Pah, wenn ich das nicht getan hätte, wäre er in zwei Stunden wieder hier.

– Na und?

Er verzerrt das Gesicht, ist über meine Antwort aufgebracht.

Sicherlich sollte ein wirklicher »Padrone«, wie er sagt, sich Respekt verschaffen können. Dann setzt er sein unerträgliches Lächeln wieder auf.

– Er sollte sich gleich durchsetzen, sonst wird Er nur Probleme haben. Der Blinde kennt mich gut ... Am Sonntag auf dem Markt gebe ich ihm tausend Lire ... Wenn man jetzt auch noch auf das Gerede des Blinden hören soll ...

– Wer sind Sie?

– Signore Mangini Mario, ich wohne nebenan. Ich habe ein Teilgrundstück verkauft, das Er jetzt besitzt.

Er reicht mir die Hand. Ich habe mich von dem Schock noch nicht erholt und ergreife sie.

– Kannte Er den Toten gut, Herr Polsinelli?

– Sie wissen alles, nicht wahr? Sogar meinen Namen.

Er hat zu einer kurzen Erklärung ausgeholt, es war nicht wirklich erstaunlich. Dario war aus Paris angereist gekommen, um ihm gegen Bargeld ein Stück Boden abzukaufen, das er nicht mehr wirklich brauchte. Ohne zu lange über den Preis zu verhandeln, sind sie zum Notar gegangen. Der gleiche Notar wurde telefonisch benachrichtigt, zweifellos von Madame Raffaëlle, daß die Besitzurkunde aufgrund des Todesfalls auf einen anderen Namen übergehen würde, und die Nachricht hatte sich unter den vom Grundstück Betroffenen verbreitet.

– Dario hat Ihnen doch sicher erklärt, warum er das Land aufkaufen wollte? habe ich gefragt.

Er kichert.

– Zu Anfang habe ich versucht zu verstehen. Denn dieser Weinberg, Herr Polsinelli, selbst ein alter Bauer wie ich, der hier geboren ist, hat es noch nie geschafft etwas Gutes daraus zu machen, da … die Verstorbenen sollen in Frieden ruhen, aber ich kann sagen, daß es ganz sicher kein kleiner Franzose schaffen würde, aus diesem Weinberg einen Erfolg zu machen …

Er sagt das mit dem kleinen stolzen Ausdruck eines unbeugsamen Einheimischen, der die Scholle seiner Väter nie verlassen hat, der sich nie dazu hergegeben hat, im Ausland um Almosen zu betteln. Sicher ist es irgendwo ehrbar, nicht zu fliehen. Ich weiß nicht. Er nutzt das kurze Schweigen, um sein Gewehr über die Schulter zu hängen und richtet sich gerade wie ein Spazierstock auf, wie ein Soldat auf der Wache.

Ich versuche, sein Alter zu erraten, ohne es wirklich zu können. Er hält sich aufrecht, seine Gesten sind genau, er hat den Blinden außergewöhnlich rüstig zusammengeschlagen. Viele Runzeln, sein Gesicht ist von der Sonne gegerbt, sein Blick ist müde. Vielleicht sechzig.

– Polsinelli, das ist ein italienischer Name. Und Er redet gut, fast wie wir. Wie kommt das?

– Meine Eltern sind aus dieser Gegend.

– Das habe ich mir schon fast gedacht … Polsinelli, davon gibt es hier eine ganze Menge … Wie wir, die Mangini, alles ist voll damit, mindestens drei verschiedene Familien … Weiß Er, was man über Italien sagt? Daß es das Land der Bildhauer ist, der Maler, der Architekten, der Onkel, der Neffen und der Vettern …

Wir bewegen uns auf den Ausgang der Scheune zu. Die Sonne ist ganz schnell gesunken, oder hat unsere Unterhaltung länger gedauert, als man denkt? Sobald wir draußen sind, macht Mangini eine ausladende Handbewegung, um mir die Umrisse des Besitzes anzudeuten.

– Das kleine Haus, das Er da hinten sieht, ist der Geräteschuppen, ich rate Ihm davon ab, ihn auch nur zu betreten, er ist so alt, daß er über Ihm zusammenbrechen könnte. Da ist nichts Gutes rauszuholen. Reicht nicht mal für ein paar Zigaretten.

Als ich einen Blick auf den sogenannten Schuppen werfe, glaube ich zu halluzinieren.

– Das, ein Schuppen ...? Sie machen wohl Witze ...?

Eher ein Phantasiegebilde. Ein kleines kreisrundes Ding aus Stein mit Holzschnittwerk. Eine rissige Kuppel überragt es. Eine Ruine, schön und ungebührlich inmitten eines Feldes. Einen Augenblick lang bleibe ich stumm, mir fehlen die angemessenen Worte, um diese Art Bau zu beschreiben, in Französisch wie in Italienisch.

– Aber ... Das sieht wie ein ... eine ...

– Eine Kapelle, ja. Das ist wirklich eine Kapelle. Hat man es Ihm nicht gesagt?

Mangini hat sich wie ein Schulbub über mich lustig gemacht und mit dem Finger auf mich gezeigt.

– Er ist der Besitzer einer heiligen Stätte, Signore!

Wieder lacht er unbändig los.

Wie ein Zombie bin ich mit ausgestreckter Hand auf sie zugegangen. Die Tür wartet nur auf einen Schubs, um in Schutt und Asche zu fallen.

– Passe Er trotzdem auf, Signore!

Der Staub bringt mich zum Husten. Ich bin auf Werkzeug getreten, auf Kiepen, auf Heckenscheren, die auf schartigen Marmorkacheln liegen. Ein rosafarbenes und schwarzes Mosaik, überholt und zerbröckelnd. Ich hebe den Kopf und es überkommt mich vor Überraschung ein Schluckauf, als ich ihn sehe. Aufrecht, mit erhobenen Händen, auf einem steinernen Sockel. Der hölzerne Kopf ist abgeblättert, die Wangen hohl und wurmstichig. Aber die Augen blicken streng. Unverändert. Inquisitorisch. Sein weißes Gewand zerfällt zu Staub, es ist mottenzerfressen und durchlöchert. Der Umhang muß vor einem Jahrhundert blau gewesen sein. Ein Flohmarktheiliger. Nur der Blick bleibt zeitlos. Ein Blick, der beharrlich Angst einflößt. Wie um ihn zu umgehen, auszuschalten, hat jemand eine Reihe Hippen und Haken über einen Arm gehängt. Doch dadurch gelingt es auch nicht, ihn ins Lächerliche zu ziehen. Der Mann, der damals diesen Blick ins Holz gemeißelt hat, muß echt Respekt vor heiligen Dingen gehabt haben.

– Keine Schäden, Signore Polsinelli? schreit Mangini von draußen.

Ich komme leicht angeschlagen hinaus.

– Können Sie mir erklären, was diese Kapelle hier zu suchen hat?

Er lacht.

– Morgen ist auch noch ein Tag, seit über hundert Jahren ist nicht mehr die Rede von ihm, von unserem geliebten Sant'Angelo, unserem Schutzpatron. Da kann er auch noch eine Nacht lang warten, oder? Einen schönen Spaziergang noch …

Er geht im Licht der untergehenden Sonne gerade auf den Hügel zu.

– Und nochmals willkommen, Signore Polsinelli …

Bald sehe ich nur noch das durch das Laub schimmernde Holz seines Gewehrkolbens. Ich bin wieder allein in dieser verlorenen Gegend, lustlos, orientierungslos. Egal wo ich mich aufhalte, ich bin einer von denen, die Heimweh bekommen, sobald sie spüren, daß sich die Nacht senkt. Dazu gehört nicht viel. Wenn ich an alle Entwurzelten der Erde denke.

… Wenn ich gewußt hätte, daß es so ein Land gibt, wäre ich desertiert … Sie brauchten zehn Freiwillige pro Distrikt, und man hatte ausgerechnet mich ausgewählt, nach Albanien zu gehen. Ich hatte noch nie davon gehört. Selbst heute könnte ich dir noch nicht sagen, wo es liegt. Irgendwo zwischen Jugoslawien und Griechenland. Wir hatten gehört, es sei ein gutes Aufmarschgebiet zur Invasion Griechenlands. Es gab sogar einen unter uns, der besser informiert war als wir anderen, der sagte, Mussolini habe einer Laune nachgegeben, er wollte Griechenland, aber Hitler war nicht einverstanden, und der Duce hat nicht hören wollen. Eine Laune … Jaja … Wir waren dort

wegen einer Laune. Das ist alles. Ich wollte ihnen erklären, daß es da andere Burschen gab, die besser als ich dazu taugten, die Eroberer zu markieren. Die Faschisten schrien ja förmlich danach. Unter uns, den Soldaten Vittorio Emmanuele des Dritten, gab es keine Eroberer. Wir waren alle gleich, machten uns während des Appells ganz klein, drückten uns in die Wand und fanden das Gewehr zu schwer. Italiener sind nicht wirklich Krieger, weißt du … Wenn eine Garnison Italiener den Befehl »An die Waffen!« hört, versteht sie nur »Zeit zum Schlafen!« und kehrt in die Kaserne zurück. Das weiß alle Welt. Wir waren mit anderen Dingen beschäftigt und konnten uns nicht auf die Tapferkeitspredigten konzentrieren. Dennoch haben wir, der Compare und ich, achtundzwanzig Tage gebraucht, um per Schiff Tirana zu erreichen.

Aus dem Fernseher meiner Wirtin knallen Maschinenpistolenschüsse, Sirenen und Auspuffe. Gebannt starrt die junge Frau auf eine amerikanische Krimiserie, findet aber dennoch Zeit, auf ihre Salatschüssel mit Gebratenem zu deuten, für den Fall, daß ich einen kleinen Hunger verspüre. Ein einziges Teil reicht, meinen Magen für den Rest des Abends zu verbleien, und als hätte sie erraten, was mir fehlt, holt sie eine Flasche Wein aus einem Wandschrank, ohne den dicken schwarzen Bullen aus den Augen zu verlieren, der dem frisch festgenommenen jungen Rowdy seine Rechte verliest. Einen Augenblick lang habe ich mich gefragt, was sie wohl von diesem ganzen exotischen Kram kapieren kann. Ich setze mich neben sie auf das Sofa, die Flasche steht in Reichweite. Wir trinken schweigend. Sie hat das Ende der Folge in andächtigem Schweigen angesehen. Ich bin in die Betrachtung ihres Profils vertieft.

– Gibt's in Frankreich auch Schwarze und Chinesen?

– Ja.

– Und Polizeigeschichten, nachts mit Verfolgungsjagden, Lärm und Nutten.

– Hemm … Paris ist nicht New York, wissen Sie.

– Da muß doch mehr passieren als hier, geben Sie's zu ... Hier ist nie was los.

– Glauben Sie das nur nicht. Ich bin erst einen Tag hier und habe schon jede Menge merkwürdige Dinge gesehen.

Sie lächelt, ohne mir zu glauben, und hält mir ihr Glas zum Auffüllen hin. Sie trinkt und konzentriert sich erneut auf den Fernsehschirm. Vielleicht aus Verlegenheit. Die Sonnenbräune ihrer Schultern und ihres Halses geht nur bis zu den Rändern ihres billigen Kittels, der an den Schenkeln ausfranst. Darunter erahne ich einen Unterrock, dessen einer Träger herunterzurutschen droht. Langsam ergreift sie zwei Ecken der um die Taille geschnürten Schürze und fächert sich damit Luft zu. Der Polizeiinspektor sagt etwas, das sie zum Lachen bringt, aber ich habe es nicht gehört. Sie legt ihr linkes Bein über eine Sofalehne und läßt ihren herunterhängenden Pantoffel gegen ihren Fußabsatz knallen. Alles sehr ungezwungen. Ist das das gleiche Mädchen, das mich heute morgen empfangen hat? Wenn ja, hat sie sich schneller als vorgesehen an mich gewöhnt. Ich habe Hunderte von Fragen an sie, und sie hat Tausende an mich.

– Leben Sie hier alleine?

Die Antwort war vorbereitet. Ich habe sogar den Eindruck, die Frage zu spät gestellt zu haben.

– Ja, meine Eltern leben nicht mehr. Ich habe die Pension behalten, aber ich verdiene meinen Lebensunterhalt anders. Ich schneidere viel. Aber ich koche auch und putze für alte Leute in der Stadt.

Vor allem wird sie wohl sterben vor Langeweile, alleine, das liebe lange Jahr lang. Trotz der siebenundzwanzig Fernsehkanäle.

Als der Krimi zu Ende ist, schaltet sie hin und her. Die R.A.I. strahlt eine Art Show mit stark entblößten Mädchen aus. Das bringt mich etwas in Verlegenheit. Sie dreht den Ton runter, und ich nutze die Chance.

– Ist das Wein von hier, den wir trinken?

– Igitt ... mit dem hiesigen Wein mache ich den Salat an.

Sie trinken gerade Barolo, mein Vater liebte ihn, er hat mir jede Menge Flaschen hinterlassen. Ach, wenn Sant'Angelo wüßte, was die aus seinem Weinberg gemacht haben, würde er uns nicht mehr beschützen!

Sie bricht in ein etwas spitzes Lachen aus. Ich sehe mir das Etikett auf der Flasche an, ein 74er Barolo.

– Was ist das für eine Geschichte mit Sant'Angelo?

Ohne den Blick von der Unzahl paillettenbestückter Mädchen zu wenden, schenkt sie sich noch ein Glas ein und hält es schön hoch.

– Gesegnet sei unser heiliger Schutzpatron! Sant'Angelo hat uns vor Jahrhunderten aufgesucht, er ist einigen Hirten erschienen, und er hat gesagt, hier auf dieser Erde werdet ihr das Blut des Herrn pressen! Das hat er gesagt! Ich hab noch nie so lange Beine gesehen, schaun Sie sich mal dieses Mädchen an! Ammazza …!

Ich habe Lust ihr zu sagen, daß sie auch Beine hat. Aber sicher weiß sie das nicht. In einer Erscheinung des inneren Auges habe ich sie ohne ihre ollen Klamotten gesehen und habe sie angezogen, frisiert und geschminkt wie eine echte kleine Pariserin. Eine gepfefferte Bombe, die der gesamten Rive Droite den Kopf verdrehen würde.

– Kennen Sie die kleine Kapelle mitten in den Weinbergen in Richtung Sant'Angelo …?

– Natürlich.

– Wie kommt die dahin?

– Nach der Erscheinung haben sie Reben angepflanzt und die Kapelle gebaut, denn es war das erste Mal, daß ein Heiliger zu uns auf Besuch kam. Sie haben eine Statue errichtet, und jeden Sonntag kam ein Pfarrer die Messe lesen für weniger als dreißig Personen. Meine Großmutter, Gott sei ihrer Seele gnädig, wurde in der Nähe geboren und kannte die Kapelle, als sie noch in Betrieb war. Eines Tages haben sie sie geschlossen, es gab nicht mehr genug Leute, das ist schon fast hundert Jahre her. Ich gehe in Sora zur Messe. Ich begleite meine alten Leute.

– Fahren Sie nie nach Rom?

– Nie. Die Ostermesse gucke ich mir im Fernsehen an. Den Papst sieht man da von ganz nah, und er verleiht uns das Urbi et Orbi. Er hat gesagt, es gilt, auch wenn man es im Fernsehen sieht. Wissen Sie, ich heiße Bianca. Werden Sie denn lange bei uns bleiben?

– Ich weiß noch nicht.

– Bleiben Sie doch wenigstens bis zum Fest des Gonfalone am 12. August. Sie werden sehen, die ganze Region wird da sein, alle Dörfer werden gegeneinander antreten, Tausende von Leuten!

Unvermittelt wirft sie einen Blick auf die große Standuhr im Wohnzimmer, steht auf und wechselt das Programm.

– Fast hätten wir *Dallas* verpaßt.

Eine klebrige Musik fließt in unsere Ohren. Sie hat mich schon vergessen.

Die Straßengeräusche haben mich geweckt, ich habe die Fensterläden auf den überall auf dem großen Platz vor Leben überquellenden Markt geöffnet. Der Wein von gestern abend hat meinem Kopf nicht geschadet. Von weitem sehe ich Fräulein Quadrini, die eine viel zu schwere Wassermelone kauft und auch noch eine Tasche voll Gemüse schleppt. Sie geht nah an jenem verrückten Blinden vorbei, der zwischen zwei Ständen Banjo spielt. Eine Passantin wirft ihm eine Münze zu, er bedankt sich singend. Trotz der Entfernung höre ich ihn kieksen und sehe ihn unglaubliche Fratzen schneiden. Ein Obsthändler wirft ihm einen Apfel zu, damit er Ruhe gibt; er trifft den Blinden mitten auf den Kopf. Der erstarrt eine Sekunde lang. Tastend findet er den Apfel, verschlingt ihn und brüllt dann:

– He, du Tropf, versuch's nächstes Mal mit einer Wassermelone!

Alle amüsieren sich.

Ich bin überzeugt, allein im Haus zu sein und gehe in die Küche, um etwas Kaffee aufzutreiben. Ich bin erstmal zurückgewichen, als ich den Typen da habe sitzen sehen, mit gekreuzten Armen vor einer Aktentasche. Etwa dreißig, elegant, mit einem frischen Gesicht und gesunden Zähnen. Ein neuer Kunde? Ich weiß nicht warum, aber an der Art, wie er mich ansieht, habe ich gespürt, daß er zur Verschwörung der Nervtöter gehört.

– Wollen Sie ein Zimmer?

– Nein, ich komme wegen Ihnen, Herr Polsinelli.

Beinähe wäre ich explodiert. Ich halte nicht besonders darauf, anonym zu bleiben, aber ich werde das verdammte Gefühl nicht los, ein Kreuz auf der Stirn zu haben.

– Mein Name ist Attilio Porteglia, ich wohne in Frosinone und will mit Ihnen geschäftlich verhandeln. Ich kann versuchen, französisch zu sprechen, aber wer von uns beiden kennt die Sprache des anderen besser?

– Woher wissen Sie, daß ich hier abgestiegen bin?

– Sie wissen doch, wie es in kleinen Dörfern zugeht ...

Ich habe die Achseln gezuckt. Aber es stimmt, daß alle Leute, die mit dem Weinberg zu tun haben, keinerlei Problem haben, mich zu finden.

In klarer, knapper Weise hat er mir zwei oder drei Umstände aus seinem Leben erzählt, die ihm zum Verständnis seines Vorgehens nötig erscheinen. Er ist ein Sohn aus gutem Hause, hat in Paris Oenologie studiert und will jetzt in den Beruf einsteigen.

– Ich will meinen eigenen Wein kreieren. Ich habe Geld. Ein französischer Kellermeister ist einverstanden, dieses Abenteuer mit mir zu wagen.

– Ein Franzose?

– Château-Lafitte, antwortet er und versucht es französisch auszusprechen.

– Na und?

– Ich will mich hier in der Ecke niederlassen, ich bin herumgelaufen und vor einem Monat auf Ihren Weinberg gestoßen. Es ist genau die Lage, die ich mir für meinen künftigen Wein vorstelle, die Fläche stimmt auch, nicht mehr als 10 000 Flaschen im Jahr, man könnte mehr erzeugen, aber das will ich nicht. Ich habe ihn probiert, und man kann im Augenblick nicht sagen, daß …

– Ich weiß.

Das ist mindestens der zehnte Gaumen, der mir sagt, daß dieser Wein widerlich schmeckt. Ich bin der einzige, der ihn noch nicht probiert hat.

– Ich kann daraus keinen Grand Cru machen. Selbstverständlich keinen Château-Lafitte, aber einen guten kleinen Wein, der seinem Namen Ehre macht.

– Ich kenne mich da nicht aus. Ist das denn überhaupt möglich?

– Man muß ganz von vorne anfangen, auf die nächsten drei Ernten verzichten, eine neue Kellerei bauen, Eichenfässer kaufen und auch … Aber … Ich weiß nicht, ob ich Ihnen diese ganzen Einzelheiten erzählen sollte …

Er steht auf und öffnet seine Aktentasche.

– Ich will diesen Weinberg haben.

Bündelweise Fünfzigtausendlirescheine.

– Ich kaufe Ihnen den Weinberg für den doppelten Quadratmeterpreis ab, das heißt 50 Millionen Lire vor dem Notar. Plus, was Sie da auf dem Tisch sehen. Zehn Millionen Lire, wenn Sie sich heute entscheiden.

– Packen Sie das sofort weg, die junge Dame, die dieses Haus führt, wird gleich kommen, und ich will nicht, daß sie sich beunruhigt.

Überrascht hat er seine Bündel zusammengerafft und mir den Griff der Aktentasche hingehalten.

– Niemand würde Ihnen mehr dafür bieten.

– Und wenn ich selbst guten Wein produzieren möchte?

– Sie scherzen, Signore Polsinelli …

– Ja, ich scherze.

Die Quadrini ist gekommen und hat den Unbekannten begrüßt. Ich spüre, wie sie beunruhigt und ungeschickt reagiert. Sie hat uns eine Scheibe Wassermelone angeboten, dann einen Kaffee. In der Ferne, neben dem Sofa sehe ich die Flasche von gestern.

– Haben Sie noch Wein, den von gestern?

Ohne zu antworten, holt sie mir eine neue Flasche.

– Herr Porteglia und ich werden ein Gläschen trinken. Ich hoffe, das stört Sie nicht, Fräulein Quadrini?

Sie schüttelt den Kopf, holt zwei Gläser heraus. Der junge Mann hebt abwehrend die Hand.

– Danke, nicht für mich, es ist zu früh.

Ich sehe ihm gerade in die Augen und betätige dabei den Korkenzieher.

– Sie werden mit mir anstoßen! sage ich im Befehlston.

Er versteht sofort, daß er sich nicht herauswinden kann. Nicht eine Sekunde lang gibt meine Handfläche das Etikett frei. Ich stelle die Flasche zu meinen Füßen ab. Bianca sieht uns an.

Porteglia betrachtet die Farbe der Flüssigkeit unwillig forschend, dann riecht er am Wein, indem er ihn im Glas herumschwenkt. Als er das Glas zum Mund führt, bohren sich seine Augen in meine.

Er nimmt einen Schluck, an dem er einige Sekunden lang kaut. Dann noch einen. Ich habe meinen Wein in einem Zug hinuntergestürzt.

– Nun, was meinen Sie?

Porteglia läßt sein Glas nicht aus den Augen. Sein Schweigen zieht sich hin.

– Nicht einfach. Alles hängt von der Lagerungsart ab.

– Los doch ... Geben Sie sich etwas Mühe. Es ist ein Kinderspiel für einen Spezialisten wie Sie.

– Ein Wein aus dem Norden, soviel steht fest ...

– Weiter, Herr Porteglia. Genauer.

Es amüsiert mich, ihn an seinem Glas schnüffeln zu sehen, um Zeit zu gewinnen.

– Ich würde sagen ... Eh ... Er ist nicht sehr ausdrucksvoll ... Er ist eher streng, ziemlich fruchtig. Altert gut.

Ich bin aufgedreht und schenke mir nach. Die Flasche ist weiterhin unter dem Tisch versteckt.

– Dieser hier zieht sich gut aus der Affäre, aber man sollte ihn nicht mehr als zehn Jahre lang aufheben.

Nach einem weiteren Schluck sagt er:

– Ich glaube, er ist aus Piemont.

– Hören Sie auf mit Ihren Winkelzügen, Herr Oenologe. Sagen Sie etwas Konkretes.

– Ich würde sagen ein Barolo. Ein mittelprächtiges Jahr, aber er ist weit über zehn Jahre alt.

Ich habe abrupt mit dem Trinken aufgehört.

– Ich wage es … 74?

Bianca stößt einen kleinen durchdringenden Pfiff aus. Ich klopfe mit meinem Glas auf den Tisch. Porteglia geht, ohne seine Aktentasche mitzunehmen. Er hat mir gesagt, er käme abends nochmal vorbei.

Die Quadrini hat mir den Weg zur Post gezeigt. Die Halle hat etwas Tropisches, einen Ventilator an der Decke, Kabinen aus hellem Holz, einen Schalter aus rosafarbenem Marmor. Der Typ dahinter schaufelt sich gerade aus einem Henkelmann Pasta mit Soße rein, er hat eine Serviette um den Hals. Mit fettiger Oberlippe gibt er mir zu verstehen, daß ich ihn störe. Am anderen Ende der Leitung fragt mich meine Mutter, ob es heiß ist, ob ich etwas zu essen und ein Bett zum Schlafen gefunden habe. Anscheinend hat mein Vater versprochen, mir den Hintern grün und blau zu schlagen, sobald er aus seiner Kur kommt, weil ich die Mamma alleine gelassen habe. Das ist die Höhe.

Am Nachmittag bin ich wieder zum Weinberg gegangen, wo mich Signore Mangini erwartet mit dem Winzer, der sich in seinen Sonntagsanzug gezwängt hat. Ein leicht zu beeindruckender Junge, dieser Giacomo. Nicht nur, daß ich wahrscheinlich der erste Ausländer bin, mit dem er in seinem Leben gesprochen hat, außer mit Dario, ich bin vor allem »il padrone«. Er besteht darauf, mir einen ganzen technischen Sermon über seine Arbeitsweise herunterzubeten, die Rebsorte, die Gärung, die Höhe der Reben und einen Haufen mir unbekannte Dinge, aber ich tue so, als interessiere es mich. Er ist nicht eigentlich Winzer, aber sein eigener Hof geht nicht so gut, und seit einigen

Jahren versucht er mit Trauben, um die sich keiner mehr kümmern will, etwas Kleingeld zu machen. Er hat es geschafft, einige tausend Liter an eine Kette von Mailänder Betriebskantinen zu verkaufen, aber er zieht bei weitem Darios Gehaltsangebot vor. Wenn Dario auf diesen braven Burschen vertraut hat, um Wein zu machen, beweist das erneut, daß er sich keinen Deut um die Qualität scherte. Die Beiden führen mich in den unter der Scheune gegrabenen Keller, ich sehe eine Aufreihung von Fässern mit den dreißigtausend unverkauften Litern, die sich in den letzten vier Jahren hier angesammelt haben. Zum ersten Mal schaffe ich es schließlich, meine Lippen in diesen Trank zu tauchen. Man hat mir die Ohren so oft davon vollgetönt, daß ich beim Aufnehmen fast schon eine Grimasse ziehe. Sie warten beunruhigt meine erste Reaktion ab.

– Und?

Da verstelle ich mich. Mit zutiefst gesammelter Miene benetze ich meinen Gaumen und warte auf eine Reaktion. Ich habe nicht den Eindruck, Christi Blut zu trinken. Der Barolo vom Vortag ist eine grausame Vergleichsmarke. Doch ich habe weitaus Schlimmeres erwartet. Er ist ziemlich herb, das stimmt. Eine schlechte Nachahmung des offenen Viertels zu 15 Francs, man erahnt den dazu gegessenen Croque Monsieur, und man gießt Kaffee darauf, sonst hat man den restlichen Nachmittag lang Kopfweh. Ich habe nicht ausgespuckt. Der arme Junge, der sich abmüht, ihn zu keltern, hätte sonst bestimmt den Blick gesenkt.

– Nun???

Da schütte ich ein wenig nach, um ihn mir nochmals zu Gemüte zu führen. Diesmal schlucke ich ihn in einem Zug herunter, als hätte ich Durst, aber die beiden anderen tun es mir nicht nach. Ich hätte liebend gern etwas Passendes gesagt, etwas Originelles, zuviel hier oder nicht genug da. In Wahrheit gibt es nichts zu sagen. Es ist Wein. Eine Flüssigkeit, nicht anspruchsvoll genug, um auf die Begleitung eines gut gefüllten Tellers verzichten zu können. Eines Tages habe ich einen Meisterkoch sagen hören, die italienische Küche sei die zweitbeste der Welt, denn auch sie verstünde Wein als Nahrungsmittel.

Was kann Dario wohl im Schädel gehabt haben, um seine Lackschuhe zu diesem festgefahrenen Karren zu lenken?

– Nun, was hält Er davon?

Drei Tage lang bin ich in den Feldern und in der Stadt und bei den Leuten herumgestrichen und habe nach einer Eingebung geschnüffelt. Der Notar hat mir alles Gute gewünscht, nachdem er auch noch den allerkleinsten Absatz der Besitzurkunden mit mir durchgegangen war. Der stellvertretende Bürgermeister auch, die kleine Welt von Sora, die mir nichts Neues bringt. Zwei weitere Aufkaufversuche von Porteglia, bei denen ich zum Spaß die Summe verdoppelt habe. Damit könnte ich nach Paris zurückfahren und zwei Jahre lang Ferien machen. Dario wollte sich dank dieses Grundstücks mit dreißig zur Ruhe setzen. Giacomo arbeitet hart an der nächsten Lese. Mit seinen beiden Arbeitern schneidet er die Blätter ab, die den Trauben die Sonne nehmen und verschont jene, die Schutz gegen Regen bieten. Doch dieses Jahr wird es nicht regnen. Die Ernte wird gut werden.

Ich habe das Grundstück stundenlang durchmessen, ohne das kleinste Eckchen auszulassen, ich habe sogar hie und da den Boden umgegraben, um den Schatz aufzustöbern.

Eine dämliche Hoffnung. Aber ich kann mich dabei austoben. Je mehr die Zeit vergeht, desto stärker habe ich das Gefühl, daß es nichts zu finden gibt. Hier ist nur Arbeit und nochmal Arbeit, und der ist Dario immer aus dem Weg gegangen. Gestern abend bin ich am Ende meiner Kräfte zum wirklichen Patron der Ländereien gepilgert, um mich zu beschweren: zu Sant'Angelo höchstpersönlich. Wenn nun der Schatz nicht vergraben wäre, sondern seit einem Jahrhundert ganz offen vor aller Augen anwesend wäre, wie die Statue oder die Kapelle? Verlorene Liebesmühe, die Kapelle droht von einem Augenblick zum nächsten zusammenzustürzen, und der Sockel der Statue ist leer. Sant'Angelo selbst hätte ein Kind, ohne irgend jemanden zu beunruhigen, auf dem Markt verscherbeln können. In der Kapelle ist mir jedoch eine seltsame Sache aufgefallen: Risse, die an manchen Stellen willentlich herbeigeführt scheinen. An anderen scheinen sie mithilfe von Querleisten und Bohlen geflickt worden zu sein. Die Leute hier halten mich für verrückt. Mein Vater fehlt mir immer mehr. Manchmal habe ich den Eindruck, an der Front, auf fremdem Territorium zu sein, ohne jedoch je den Feind gesehen zu haben.

... Sie haben uns im Hafen von Durrës vom Schiff geholt, von da sind wir nach der Hauptstadt Tirana gefahren. Dort habe ich Faschisten gesehen, daran waren wir gewöhnt, aber ich habe Schiß gekriegt, als ich auch Deutsche gesehen habe, richtige Deutsche, bis man uns gesagt hat, diese Kerle seien unsere Verbündeten. Unsere Verbündeten? Die? Und 'ne ganze Menge anderen Unfug in der gleichen Art, wie die Behauptung, Albanien sei seit 1939 von uns abhängig. Na und? Was hatten wir damit zu tun? Sie haben uns einem sogenannten Luftstützpunkt zugeteilt, und wir sind vier Monate lang herumgesessen und haben nichts getan, außer den Himmel mit Ferngläsern angesehen, und nachts haben wir Karten gespielt und versucht, sie mit bloßem Ohr abzupassen. Wenn ab und zu ein Geräusch verdächtig war, riefen wir das Maschinengewehr an, aber wir haben es nie schießen gehört. Das ist alles. Ein Feind? Nein, kein Feind. Niemand. Mein Kamerad und ich glaubten immer mehr, daß wir hier völlig überflüssig waren. Eines Tages hat man uns gesagt, daß es etwas zu verteidigen gäbe. Was denn? Eine Erdölquelle. Ja ... 10 Soldaten um ein Bohrloch herum, anderthalb Jahre lang. Nie hat jemand angreifen wollen. Es war 1943, und man erzählte uns, in Europa gingen fürchterliche Dinge vor

sich, wir hatten Angst um unsere Familien, und wir, wir haben mehr als achtzehn Monate lang um ein Bohrloch herum verschlafen. Der Krieg tobte nicht weniger als 500 Kilometer von unserem Bohrloch entfernt. … 500 … Einmal hat man mir 15 Tage Urlaub zugestanden. Der Compare hat gesagt: Lehn ab, du hast bei der Heimfahrt ein größeres Risiko, als wenn du hierbleibst. Er hatte recht. 15 Tage in Sora und vier ganze Monate für die Hin- und Rückreise. Ich hatte geglaubt, in Albanien habe man mich als Deserteur gemeldet. Denkste … Keiner hatte auch nur irgend etwas gemerkt … Und ich Idiot bin wieder dorthin zurück, zu all den Schlafmützen, dabei hätte ich zu Hause bleiben und richtig desertieren können. Der Compare erwartete mich mit Tränen in den Augen. Ich habe ihn gefragt: Habt ihr in den vier Monaten den Feind gesehen? Er hat den Kopf geschüttelt, und ich habe mich aufs Ohr gelegt.

Bianca hat mit dem Abendessen auf mich gewartet. Natürlich ohne es vorher zu sagen.

– Penne all'arrabbiata?

– Ja! habe ich ausgehungert erwidert.

Penne sind kurze, schräg abgeschnittene Makkaroni. Mit einer »tollwütigen« Soße, die so heißt, weil sie mit Spitzengeschwindigkeit zubereitet und mit scharfem Pfeffer gewürzt wird.

– Wenn meine Mutter Soße macht, dauert es mindestens drei Stunden, sage ich.

– Das ist normal. Eine richtige Tomatensoße braucht weniger als zehn Minuten oder aber mehr als zwei Stunden, denn dazwischen tritt die ganze Säure der Tomaten zutage. Morgen werde ich Cannelloni machen, wenn Sie wollen, Antonio …

Sie errötet leicht wegen ihrer Worte, und ich weiß nicht, wo ich hinsehen soll. Auf dem Tisch steht ein riesiges Becken mit eingeweichten Süßlupinen. Ich probiere ein paar davon.

– Können Sie bitte den Fernseher einschalten, Antonio? Sie kann nicht darauf verzichten. Ich fürchte, ihre Kenntnis der Welt beschränkt sich auf diesen Bilderkasten.

– Um diese Zeit gibt es nichts Ordentliches, aber es hilft mir beim Kochen.

– Wie bitte?

– Natürlich ... Passen Sie auf, ich werde Ihnen beibringen, wie man Arrabbiatasoße macht. Es ist viertel vor acht. Schalten Sie die R.A.I. ein.

Ein Jingle kündigt Werbespots an.

– Stellen Sie Ihr Wasser zum Kochen auf und braten Sie gleichzeitig eine ganze Knoblauchzehe in einer heißen Pfanne auf der Flamme daneben an, bis die Werbung zu Ende ist.

Der Geruch von brutzelndem Knoblauch zieht bis zu mir hin. Die Werbung ist zu Ende. Sie bittet mich zum fünften Kanal umzuschalten, wo ein Kerl vor einer Italienkarte für morgen 35° ankündigt.

– Sobald der Wetterbericht anfängt, können Sie den Knoblauch aus dem Öl nehmen. Wir brauchen ihn nicht mehr, das Öl hat den ganzen Geschmack aufgenommen. Tun Sie die geschälten Tomaten in die Pfanne. Wenn der Wetterbericht zu Ende ist, kocht das Wasser. Werfen Sie die Penne hinein. Schalten Sie auf Kanal vier um.

Ein Spielmoderator, Publikum, Hostessen, Riesenwürfel, Nummern, die aufleuchten, aufgeregte Kandidaten.

– Wenn sie das Ergebnis der Ziehung verkünden, können Sie ein wenig in der Soße rühren und eine kleine Dose Tomatenmark hinzugeben, nur um etwas Farbe hineinzubekommen, zwei kleine Chilischoten, nicht mehr, lassen Sie die Flamme groß, decken Sie nicht ab, es spritzt zwar überall hin, aber man sagt, eine Arrabbiatasoße ist gelungen, wenn die Küche rotgefleckt ist. Schalten Sie um auf den zweiten Kanal.

Eine billig gedrehte brasilianische Serie, ein stocksteifes Liebespaar streitet sich in einem Wohnzimmer.

– Wenn die Folge zu Ende ist, gibt es Nachrichten, und

wir können zu Tisch gehen. Die Soße und die Pasta werden genau gleichzeitig fertig sein. Fünfzehn Minuten. Haben Sie sich alles gemerkt?

Ohne daß es mir aufgefallen wäre, hat sich vor mir ein Häufchen Lupinenschalen angesammelt. Mit einer nervösen Handbewegung stopfe ich mir noch ein paar Bohnen in den Mund. Es gibt nichts Schlimmeres als diese Dinger, um den Hunger zu betäuben.

– Hüten Sie sich vor dem Fluch der Lupinen, Antonio! Man sagt, Christus habe sich vor den Pharisäern in ein Lupinenfeld geflüchtet. Aber wenn man einen Lupinenstrauch schüttelt, gibt es ein glockenartiges Geräusch, und die Pharisäer haben ihn sofort entdeckt. Da hat er gesagt: Wer auch nur eine von diesen Bohnen ißt, möge nie mehr satt werden. Essen Sie lieber Oliven.

Ich finde sie immer liebenswerter mit ihrer Küche, ihren Rezepten und ihren Fabeln und Legenden.

– Mit den Oliven ist es das Gleiche, murmele ich.

– Eben nicht. Denn Christus hat sich eines Tages in einem Olivenhain versteckt, und da der Stamm des Olivenbaums hohl ist, hat ihn niemand gefunden, und er hat den Olivenbaum gesegnet.

Wenn das alles wahr ist, verlobe ich mich mit ihr, und wenn alles falsch ist, heirate ich sie. Aber ich hätte trotzdem nicht gedacht, daß Christus so ein Hasenfuß ist.

– Ihr Rezept klingt gut, aber ich habe keinen Fernseher.

– Dann müssen Sie eben Kichererbsen essen.

Die brandheiße Pasta ist in meinem Teller gelandet. Eine den Gaumen entflammende Köstlichkeit. Ich habe mich schon immer vor Mädchen gehütet, die kochen können.

– Sagen Sie, wie alt sind Sie, Bianca?

– Ich bin Jahrgang 61.

– Das glaube ich Ihnen nicht. Welcher Monat?

– September.

– ... Wirklich ...? Welcher Tag?

– Am ersten. Da bin ich sehr stolz drauf. Und wenn Sie es noch genauer wissen wollen, um drei Uhr nachmittags.

Unglaublich ... Ich bin vier kurze Stunden älter als sie. Da hat man kaum Zeit, sich an den Lärm der Welt zu gewöhnen. Dieser Zufall bewegt mich so sehr, daß ich meine Wirtin nunmehr mit anderen Augen ansehe. Am ersten September?

Unsere doch so unterschiedlichen Geschichten haben sich schon so oft miteinander vermengt. Sie hier, ich dort, und alle Treffpunkte der Kindheit, die Etappen, die Hoffnungen, bis zum Aufblühen des Erwachsenseins. Als hätten wir alles im Rückwärtsgang erlebt, um uns schließlich heute abend zu treffen. Wenn ich hier zur Welt gekommen wäre, zwei Straßenzüge von ihr entfernt, wären wir uns sicher Tausende von Malen begegnet, ohne wirklich je miteinander zu sprechen.

Zwischen uns hat sich ein köstliches, von scheuen Blikken unterhaltenes Schweigen eingerichtet. Ich habe mir geschworen, sie vor meiner Rückkehr nach Frankreich in die Arme zu nehmen. Aber heute abend fehlt mir der Mut dazu. Allzu schnell habe ich sie vor leeren Tellern sitzenlassen. Mit vor Einsamkeit verquollenen Augen.

Ein Herumtreiber. Ich. Nachts. Diese Rolle liegt mir mehr als die des Chefs. Heute abend bin ich fest entschlossen, mich vor jenem Engel mit dem harten Blick von Angesicht zu Angesicht zu besinnen. Vielleicht wird er mir sagen, was hier unten nicht ganz astrein ist.

Der Tageshimmel ist schwarz, der der Nacht auch
Wie traurig ist es, alles in Schwarz zu sehen ...

Diesmal kann mich der Blinde nicht überraschen. Ich wußte, daß er wiederkommen würde. Sein Lied hat ihn verraten. Man sagt, die Blinden hätten ein gutes Gehör. Vielleicht stimmt das, wenn sie nüchtern sind. Wenn sie abgefüllt sind, geht es ihnen wie allen andern, sie sind tumbe Schreihälse, die sich allein auf der Welt fühlen. Ich nähere mich dem Faß, neben dem er sein

Nachtlager aufgeschlagen hat. Falstaff mit dem schwarzen Blick.

Dahingefläzt, mit prallgefülltem Bauch, ist er einen Augenblick lang erstarrt, als er meine Gegenwart spürt. Ich kann seine Augen ausmachen. Er läßt seinen ungeschützten Blick herumschweifen, und ich bilde mir ein, er werde lange am Boden herumtasten, um seine Brille zu finden, aber in Nullkommanichts sitzt sie wieder auf seiner Nase. Ich gehe sehr still ganz nah an ihn heran. Er steckt die Nase sofort wieder in seinen Weinkrug. In seinem Kopf wütet ein solcher Wirbelsturm, daß er nicht einmal ein ganzes Bataillon Nachtschwärmer bemerken würde.

Ich trete so nah wie möglich heran, um ihn auszuspionieren, ihn zu beherrschen, wie ein Krieger, der auf dem Schlachtfeld einen Schwerverwundeten zu seinen Füßen kriechen sieht. Er leert eine Flasche und singt weiter.

Eines Tages ist ein Mann gekommen
Er hat mir Gold versprochen
Und er ist gestorben

Dann wirft er die Flasche kurzerhand in die Luft, und ich hätte sie fast voll ins Gesicht bekommen. Wenn ich ihr nicht ausgewichen wäre, hätte ich heute ein Auge weniger. In gewisser Weise hätte mich das gelehrt, nicht mehr den Voyeur zu spielen.

– Wer war dieser Mann? schreie ich, um ihn aufzurütteln.

Er rollt sich zusammen wie ein zerquetschter Regenwurm und preßt sich gegen einen Baumstamm. Nach einigen Sekunden Schiß und betrunkenen Gebrummels fleht er mich an, ihn nicht zu schlagen.

– Ich weiß, wer Sie sind! Der Franzose! Sie reden wie der Franzose!

– Wer war der Mann, der Ihnen Geld versprochen hat?

– Ich werde nie wieder Ihren Wein trinken, ich schwör's, schlagen Sie mich nicht!

Ich nehme die da herumliegende Schöpfkelle auf, fülle sie und gehe langsam zu ihm hin.

– Sie können den ganzen Wein trinken, der hier steht, ist mir ganz egal. Das sagt Ihnen der Chef, trinken Sie, los ...

Er ist so daran gewöhnt, geprügelt zu werden, sobald er sich hier blicken läßt, daß er mir nicht glaubt.

– Trinken Sie! sage ich im Befehlston.

Er leistet augenblicklich Folge, ich glaube nicht, daß er es als Willkommensgeste aufgenommen hat, und er hat recht. Ich habe nur gedacht, je betrunkener er würde, desto größer wären meine Chancen, ihm ein Indiz zu entlocken, eine Idee zu diesem faulen Etwas in meinem Königreich.

– Wer war dieser reiche Mann ...?

– Was suchen Sie auf diesem Grund und Boden ...? Was wollen Sie überhaupt, Franzosenpack, Sie sind hier nicht zu Hause ...

Er trinkt weiter, ohne daß ich ihn nötigen muß. Als er Franzosenpack sagt, fühle ich mich auf der richtigen Spur. Sein Lied hat mich schon beim ersten Mal aufhorchen lassen. Eine historische Zusammenfassung seines Lebens. Eine heruntergeleierte Litanei voller Gewissensqualen. Erneut stelle ich ihm die Frage nach dem Mann und seinen goldenen Versprechungen.

– War es ein Franzose wie ich?

Sobald er den Kopf schüttelt, beginnt mein Herz zu rasen.

– Er war mein Freund, wissen Sie ... Hatte er Ihnen Geld versprochen?

– Zuviel Geld ... Und noch was anderes, was Besseres ... Erinnern Sie mich nicht daran, bitte, geben Sie mir Wein, er war die Chance meines Lebens ...

– Was wollte er? Sagen Sie es!

– Ich will Wein ...

Er fängt an zu weinen, und plötzlich habe ich den Eindruck, er stehe kurz vor einem Geständnis. Und dennoch habe ich das ungute Gefühl, er werde trotz des Alkohols, trotz der Tränen die ganze Nacht kein Sterbenswort mehr von sich geben. Doch das kommt überhaupt nicht in Frage. Haßerfüllt balle ich eine Faust. Seine Angst vor Schlägen fällt mir wieder ein. Ich beiße die Zähne zusammen und schlage ihn mit dem Handrücken ins Gesicht. Eine weitere Haßwelle steigt in mir hoch, und ich will ihn mit aller Kraft noch einmal ohrfeigen, aber diesmal zieht er dank eines außerordentlichen Reaktionsvermögens den Kopf im richtigen Augenblick weg. Meine Hand prallt gegen den Baumstamm.

Bei Tagesanbruch ist der Blinde eingeschlafen.

Mein ganzes Leben lang werde ich jene Nacht nicht vergessen.

Ich habe damals einen Mann bis ans Ende des Suffs gehen sehen, ein Lebewesen ganz aus Feuer, verzehrt von dem Wunsch, endlich alles sagen zu können, über sich selbst und die Welt, dabei sind die Flammen mit großen Schlucken Alkohol hell aufgelodert. Ich habe die Stimme von jemandem gehört, der das Aufdecken soweit getrieben hat, daß die äußersten Schranken des Geheimen gesprengt wurden, bis hin zur Apotheose. Man kann all dem nicht beiwohnen und einfach nur die Ohren spitzen. Niemand hätte widerstehen können, nicht einmal ein Priester. In diesem besonderen Fall ganz besonders kein Priester. Ich habe es nicht mehr ausgehalten und auch angefangen zu trinken, um bis zum Ende durchzuhalten.

Dann ist er auf einen Schlag in meinen Armen zusammengebrochen. Ich wußte nicht, daß ein menschliches Wesen soviel Energiequellen hat, wenn es ums Erzählen des eigenen Lebens geht. Ich bin aufgestanden, um zur Pension zurückzukehren und alles zu vergessen. Mir war schwindlig von so vielen Worten und vom schlechten Wein. Fast wäre ich in der feuchten Erde stecken geblieben, ich habe gefürchtet, darin unterzugehen, ohne daß je jemand davon erfahren würde. Um nicht zu kotzen, habe ich die Fäuste geballt, groteske Bilder haben meinen Geist bevölkert, die Trunkenheit hat mir meinen Vater ins Gedächtnis gerufen, alles hat sich vermischt, mein Leben und seines, als müßte ich mich an seine Erinnerungen klammern, um nicht abzusaufen.

... Im November 43 ist alles umgeschlagen. Man hat uns am Fuß eines Hügels zusammengetrommelt, um uns etwas Wichtiges anzukündigen. Wir waren alles in allem 70 000 Soldaten, denen es dort sehr unbehaglich war. Es gab da auch Faschisten und Deutsche. Da hat ein Offizier oben auf dem Hügel das Wort ergriffen. Er hat gesagt: Der Waffenstillstand mit den Griechen ist unterzeichnet! Uns kam das eher wie eine gute Nachricht vor, bis er hinzugefügt hat: Rette sich wer kann! Anfangs haben wir nicht richtig verstanden, was er sagen wollte, aber als wir über dem Hügel Maschinengewehre vorrücken sahen, haben wir uns Fragen gestellt. Als die eigenen Offiziere auf uns schießen ließen, haben wir die Erklärungen auf später verschoben. Zwei Jahre lang in diesem Land, nicht ein einziger Feind, nicht eine einzige Schlacht, und da mußten Italiener daherkommen und uns abknallen wie Hasen. Aber das Schlimmste bei all dem, du wirst es mir nie glauben ... Es ist traurig zu sagen, aber wir fühlten uns wie Waisenkinder. Ich kenne kein anderes passendes Wort. Der italienische Staat hatte sich aus dieser ganzen Geschichte gezogen und uns da sitzen lassen. Als verließe ein Familienvater sein Haus und scherte sich nicht mehr um den Nachwuchs. Genau so. Genau ... Wir waren frei, ausgemustert, und von da an war alles noch schlimmer als vorher. Wir haben versucht, uns zu einem Hafen durchzuschlagen, aber wir wußten genau, daß uns kein Schiff für die Heimfahrt erwartete. Die Faschisten und die Deutschen kämpften weiter, ich habe nie gewußt, welchen Kampf, aber wir, uns erlaubte man, nach Hause zu fahren. Aber das konnten wir nicht. Zum ersten Mal haben wir albanische Partisanen getroffen. Wir haben ihre Sprache gesprochen. Fast hätten

wir uns angefreundet. Ich habe ihnen mein Gewehr gegeben, denn sie wußten, was sie damit anfangen sollten, haben sie gesagt. Ich habe richtig gehandelt, denn hätte ich gezögert, säße ich vielleicht nicht hier und würde dir das alles erzählen. Wir hatten keine Uniformen mehr. Es war Winter.

Ich habe stolpernd den Pfad erreicht und mich, so gut es eben ging, weiterbewegt, wie der Blinde, aber ohne seine Geschicklichkeit oder seine kriminelle Energie. Ich bin lange von Baum zu Baum geschwankt, war überzeugt, den größten Teil des Weges zurückgelegt zu haben, und dabei hatte ich kaum einige Dutzend Meter bewältigt. Einen Augenblick lang war ich davon überzeugt, es nie schaffen zu können und trotz all meiner Anstrengungen dort in den Graben zu fallen und liegen zu bleiben, bis mich jemand herausholte.

Ich mußte nicht lange warten.

Trotz meiner halboffenen Augen und meines verschwommenen Blicks habe ich jenes kleine, geräuschlose Auto abbiegen und unendlich langsam auf mich zukriechen sehen. Es ist gegen meine Beine gefahren, und ich bin auf die Kühlerhaube gefallen, an der ich mich festzuhalten versucht habe. Ich habe nicht den geringsten Aufprall gespürt, das Auto hat angehalten, und ich habe nicht die Kraft gehabt, mich wieder auf die Beine zu stellen und den Boden zu erreichen. Mein durchgewirbeltes Hirn hat dennoch registriert, daß es offensichtlich nicht darum ging, mich unter die Räder zu bekommen.

Ein Schattenumriß ist aufgetaucht. Ich habe auf die Windschutzscheibe gekotzt.

– Es wäre so einfach gewesen, sie umzupflügen und ruhig meines Weges zu fahren.

Die Stimme sagt mir gar nichts. Ich muß erst die Augen so stark wie möglich zusammenkneifen und ihn zu erkennen versuchen. Ich spüre wirr, daß ich in die kritische Phase des Rausches eintrete, in jene schwammige Zone des

Übergangs von der Euphorie zur Krankheit, in jenen kurzen Moment, in dem man alles auf der Welt dafür geben würde, um zusammenzubrechen und auf ewig seine Ruhe zu haben. Der Dreckskerl hat mich genau in dem Moment erwischt.

– Aber ich will Sie ja gar nicht, nur Ihr Grundstück.

Gleichzeitig bewirkt die seltsame Chemie zwischen Alkoholdämpfen und Geisteswindungen dennoch ein gewisses Gefühl der Klarsicht, sicherlich übertrieben. Man schert sich um nichts, um rein gar nichts. Bei dem Wort Grundstück breche ich in Gelächter aus. Wie kurz vorher den Wein, kotze ich jetzt einen Schwall Worte aus, aber diesmal in meiner Sprache, und das tut mir wahnsinnig gut, wieder französisch zu sprechen. Auf französisch stöhnen, schimpfen, kichern.

– Geben Sie sich doch einen kleinen Stoß, Signore Polsinelli. Mein Angebot war ernsthaft und großzügig. Aber wenn Sie weiterhin ablehnen, werden Sie mit mir nie mehr fertig werden.

Porteglia. Endlich erkenne ich ihn wieder. Ich habe doch gewußt, daß seine Maske eher als vorgesehen fallen würde.

– Scher dich zum Teufel …

– An Ihrer Stelle, Signore …

– Scher dich zum Teufel, ich bin besoffen, und du kannst mich mal …

Er ist einen Augenblick lang verschwunden und dann wieder mit einem dünnen, glänzenden Teil in der Hand aufgetaucht.

– Sie werden diesen Weinberg wohl oder übel abgeben müssen. Aber die Zeit drängt, ich brauche ihn schnell. Sie werden noch schneller daran verrecken, wenn Sie ihn mir nicht verkaufen.

Er bringt das Teil in seiner Hand an mein Gesicht heran und zeichnet damit einen Strich auf meine Wange. Ein stechendes und etwas warmes Gefühl. Als er es unter meinem Auge wegzieht, sehe ich, was es ist. Ein ganz einfaches Rasiermesser. Wie das des Friseurs in Rom. Es ist sicher das erste Mal, daß ich eines von so nah sehe. Als die Blutspur meinen Hals erreicht, denke ich zurück an Paris, nach den Schüssen am Boden kriechend, der Geruch von 90 Prozent Alkohol und all diese Nachtschwärmer auf dem gegenüberliegenden Balkon.

– Weigern Sie sich immer noch zu verhandeln?

Ich warte einen Augenblick ab und antworte dann.

– Seit heute nacht ... noch ... eindeutiger ...

Denn seit heute nacht habe ich angefangen zu erfassen, was um dieses Stück Boden herum vorgeht. Ich habe endlich begriffen, daß es nicht reicht, ihn zu bebauen, ihn umzugraben, ihn zu durchwühlen, um etwas daraus zu gewinnen. Man muß ihn vor allem besitzen. Deshalb wird dieser Mistkerl mich heute abend nicht umbringen. Allerdings weiß er nun, daß ich nicht mehr zur Polizei gehen kann.

– Verstehen Sie mich richtig, Signore Polsinelli, es reicht nicht, seinen Namen auf einem Fetzen Papier stehen zu haben, um dieses Grundstück in Besitz zu nehmen. Die Leute hier werden es Ihnen nicht verzeihen, sehen Sie sich nur an, was mit Ihrem Freund Dario passiert ist. Sie werden enden wie er, aus den gleichen Gründen ...

Va fan'culo ... Leck mich am Arsch.

Die Schneide liegt an meinem Hals.

Ich habe darauf gewartet, daß er schneidet.

Einen Augenblick lang.

Dann habe ich ein Knacken gehört.

Porteglia ist auf mich gefallen. Mein Kopf ist wieder gegen die Windschutzscheibe geknallt, und unsere beiden Körper sind auf die Straße gekippt. Ich habe die Zähne zusammengebissen, um das Bewußtsein nicht zu verlieren. Kopf an Kopf. Seiner rutscht an mir herunter. Meine Wange kommt nicht von seiner Stirn los. Ich falle in Ohnmacht.

Eine schmutzige Kuppel voll Risse. Grasflecken, die zwischen den Steinplatten wachsen. Ein Heiliger mit erhobenen Händen, der mich von oben herab ansieht.

Das Paradies ...

Noch im Tran schleppe ich mich bis zur Statue, um sie anzufassen und sicher zu gehen, daß sie und ich noch Teil der materiellen Welt sind. Ich heule, streichele den Steinsockel.

Ich bin wirklich in der Kapelle, und Sant'Angelo muß über mich gewacht haben. Er hat mich am Leben erhalten. Mechanisch führe ich die Hände an mein Gesicht, dann an den Hals. Nichts. Nicht der geringste Schnitt.

– Was tu ich hier, gebenedeiter Sant'Angelo? Nun? Muß ich Italienisch sprechen, damit du dich zu einer Antwort herabläßt, he ...? Aber ich hab die Schnauze voll von diesem Italienisch ...

Draußen keine Spur von dem Blinden. Etwas weiter auf dem Pfad suche ich nach Porteglias Wagen und befürchte, auf seine Leiche zu stoßen. Ich finde nur einige Blutspuren an der Stelle, wo wir zu Boden gegangen waren. Sein Blut, meines, wer wird es je wissen?

Um Bianca nicht zu erschrecken, wende ich den Kopf ab, als ich durch die Küche gehe. Die Vorsichtsmaßnahme ist unnötig, sie ist noch nicht vom Markt zurück, ich habe sie oben vom Fenster aus um eine Wassermelone feilschen sehen. Auf dem Tisch liegt eine Nachricht für mich: »Zu essen im Kühlschrank, und das Bett ist gemacht.« Ich habe in wenigen Sekunden meine Tasche gepackt und bin in die Küche geschossen, um meinerseits einen Zettel zu bekritzeln: »Ich fahre ein paar Tage weg, bin aber zum Gonfalonefest zurück.« Dann bin ich gegangen.

Vier Stunden später sitze ich im Bus Richtung Hauptstadt. Wie auf der Hinfahrt setze ich mich in die Nähe des Fahrers. Mein Aufenthalt in Rom soll unter anderem dazu dienen, die vorangegangene gespenstische Nacht zu vergessen, ein oder zwei Tage lang vor dem großen Sprung zu schlafen und vor allem schwarz auf weiß zu beweisen, daß Dario so genial war, wie er vorgab. Ich muß zum Gonfalone im Dorf zurück sein. Alles spitzt sich auf dieses Datum, den 12. August zu. Nach diesem Tag werde ich wissen, ob das alles der Mühe wert war. Ich werde nach Hause fahren, beglückt darüber, zumindest versucht zu haben, den Traum eines Schulfreunds ein wenig weiterzuspinnen.

Beim Vorbeifahren werfe ich ein Auge aufs Kolosseum und auf das Denkmal von Vittorio Emmanuele. Die Römer nennen das erste »Camembert« und das zweite »Schreibmaschine«. Auch wenn beide Monumente an ihre Spitznamen erinnern, bin ich doch nicht sicher, wieviel Römer schon einen Camembert aus der Nähe gesehen haben. Im Bahnhofsviertel hat es nicht lange gedauert, ein Zimmer zu finden. Ich brauchte nur in das nächstgelegene Restaurant einzukehren, und schon hat ein Kellner mir die Adresse der besten Pension mit den besten Betten und dem besten heißen Wasser des ganzen Viertels gegeben, und er hat mir noch geraten, mich auf ihn zu berufen. Nebenher hat er noch erwähnt, daß er die besten Tagliatelle der ganzen Straße auftischt.

Einige Stunden später wache ich in einem Ehebett auf, in dem Frischvermählte samt Trauzeugen Platz hätten, es hat mich 10 000 Lire mehr gekostet, aber ich bedaure es nicht. Der Wirt ist ein großer Mann mit Bart, so um die fünfzig herum, er ist freundlich und einem kleinen Schwatz mit den Gästen nicht abgeneigt, sobald es um seine geliebte Stadt geht. Gleichzeitig bereitet er das Mittagessen vor.

– Wie lange bleiben Sie bei uns?

– Ich muß am 11. morgens wieder zurück sein.

Er fischt eine Nudel aus dem siedenden Wasser, untersucht sie, ohne sie zu kosten ... Wissen Sie, in wieviel Tagen Rom erbaut wurde?

– Nicht an einem Tag, das weiß alle Welt. Wie kommt es dann, daß sie nur eine Nacht gebraucht haben, um es niederzubrennen?

– Wo denken Sie hin ... Das ist bösartiger Klatsch! sagt er und schwenkt den Schaumlöffel.

– Schmecken Sie sie vor dem Servieren nicht ab?

– Ich nie, aber jeder hat seine Methode. Ich seh sie mir an, und das reicht. Aber ich kann Ihnen beweisen, daß sie genau richtig sind, besser noch, als wenn Sie sie kosten.

Er nimmt eine Nudel und wirft sie gegen die Wand.

– Sehen Sie. Wenn sie nicht durch wäre, würde sie nicht hängenbleiben, und wenn es zu weich wäre, würde es herunterrutschen. Hier können wir sie perfekt kochen, denn wir sind auf der Höhe des Meeresspiegels.

– Wieso?

– Wissen Sie denn nicht, daß man Pasta am Meer und in den Bergen nicht auf die gleiche Art kocht? In höheren Lagen erreicht das Wasser keine hundert Grad, es siedet nicht richtig, da ist es unmöglich, feinen Teig zu kochen, denn den muß man ganz schnell bei maximalem Brodeln eintauchen, sonst wird er zu Klebstoff. Das sagt manches über die regionalen Spezialitäten. Ah, ... hier sind Sie am rechten Ort! Ich weiß einfach alles! Sie dürfen auf keinen Fall die Deckenfresken von Santa Cecilia verpassen, ganz in der Nähe des Pantheons, und wenn Sie da in der Gegend sind, gehen Sie auch noch ...

– Ich glaube, ich werde keine Zeit haben.

– Was suchen Sie denn sonst hier? Die Restaurants? Die kleinen Römerinnen?

– Die Bibliotheken.

– Prego ...?

– Ich muß Informationen in den Bibliotheken nachschlagen. Kennen Sie hier in der Nähe welche?

Er zögert einen Augenblick lang und wendet sich dann laut brüllend zum Gang:

– Alfredo ...! Alfredo ...! Ma dove sei, ammazza ...! Alfredo ...!

Ein etwa fünfzehnjähriger Junge taucht im Gang auf.

– Für dich, sagt der Vater. Ein Intellektueller ...

Der städtische Kulturverein hätte es nicht besser gekonnt, der kleine Alfredo hat sofort meine Bedürfnisse eingekreist und mir die beiden Orte empfohlen, an denen ich mein Glück finden konnte. Er hat mir sogar die Adresse des französischen Buchladens La Procure gegeben, für den Fall, daß mein Italienisch mich urplötzlich im Stich lassen sollte.

Zwei Tage lang habe ich alle mich interessierenden Dokumente quergelesen, ausgewertet und fotokopiert, von Stunde zu Stunde hat das Projekt Gestalt angenommen, und ich hatte den Eindruck, alles sei schon seit langer Zeit bereit. Tatsächlich brauchte ich nur den Spuren zu folgen, die Dario netterweise hinterlassen hatte.

Abends habe ich mich mit meiner Akte und den vom Landvermesser gezeichneten Grundstücksplänen zurückgezogen und versucht herauszufinden, ob dieser ganze Wahn funktionieren konnte. Nachts habe ich nach langwieriger Berechnung der Parameter tonnenweise ungeschickte und unfertige Skizzen gezeichnet und bin schließlich zu einem klaren Bild gekommen. Sonnenklar. Als ich dann diese seltsame Kombination betrachte, all diese Rädchen einer unwahrscheinlichen Apparatur, frage ich mich, ob ich jemals ein Anrecht auf ewige Ruhe haben werde. Vielleicht wurde Dario ja gerade deshalb bestraft, man könnte ja auch meinen, die Strafe sei von weiter oben gekommen. Wie hat ein solcher Plan in einem so kleinen Hirn keimen können? Fast könnte man glauben, die Nichtsnutze würden genial, wenn es darum geht, andere für sich arbeiten zu lassen, und nicht nur Menschen.

Du hast mir noch nie so sehr gefehlt wie heute, Dario ... Ich habe Schiß, und das ist deine Schuld. Vielleicht steuere ich auf eine Katastrophe zu, wenn ich daran arbeite, daß dein Plan dich überlebt. Dein Ding, das kann ja gar nicht klappen.

Undenkbar ... Hirntot, verstehst du? Du warst der Beste für die kleinen Schiebereien im Viertel, deine Dreigroschenbetrügereien, aber das Ding hier ist zu groß für dich. Für uns beide. Vielen Dank auch für das Geschenk. Ich spreche nicht vom Weinberg, sondern von der mitgelieferten Büchse der Pandora, und bin doch blöd genug, sie bald aufzuklappen. Ich bin sicher, du bist nicht weit weg und lachst dich schief, während wir hier unten alle hin- und herrasen. Morgen sitzt du in der ersten Reihe. Du wirst deine Vendetta haben, und danach, wenn dann alles Essig ist, werde ich dir dahin folgen und dich ordentlich beschimpfen.

– Können Sie nicht etwas länger bleiben, nur zwei oder drei Tage? Sie können doch nicht abfahren, ohne San Paolo fuori le mure, San Pietro dei Vincoli und den Moses von Michelangelo gesehen zu haben und …

Alfredos Papa legt sein ganzes Herz hinein. Ich begehe ein Sakrileg, wenn ich so bald abfahre, aber ich verspreche wiederzukommen.

– Wirklich, ich kann nicht, und der einzige Heilige, der mich interessiert, interessiert sonst kaum jemanden.

– Welcher?

– Sant'Angelo.

Ein langes Schweigen …

– Er ist beim Vatikan schon lange unten durch, scherze ich.

– Sind Sie sicher, daß der von hier ist …?

– Nun, das … Er ist der italienischste der Kanonisierten. Der italienischste der Welt.

Er zuckt überrascht die Achseln.

– Und warum das …?

Ich weiß darauf eine Antwort, aber ich ziehe es vor, den Rand zu halten.

Freitag, 11. August, 16 Uhr 30.

Nur noch eine halbe Stunde Busfahrt und ich bin wieder im Kaff. Während der Fahrt habe ich an meinen Skizzen gearbeitet, ich habe immer und immer wieder daran gestrichelt. Ich freue mich auf Bianca. Ich versuche einzuschlafen und kann die Bilder doch nicht zurückdrängen, die ich wieder einmal nicht alleine in Szene gesetzt habe.

... Von November bis Januar 44 saßen wir zu fünft im Schnee fest. Wir haben uns eine Hütte in den Bergen gebaut, ich habe ein Messer gefunden und Körbe gemacht, die wir bei den albanischen Bauern gegen eine Handvoll Mais und Bohnen tauschten. Der Compare, der eh zu nichts als zum Kochen taugte, hat uns das abends aufgetischt. Drei Löffel für jeden, dabei sah man futterneidisch auf die übervollen Löffel der anderen. Kein Salz, wenn wir welches auftrieben, taten wir vor dem Essen eine Prise auf die Zunge. Wir waren schmutzig und verlottert, ich hatte nur ein dickes wollenes Unterhemd mit einem Floh in jeder Masche. Ich hatte gleich gewußt, daß wir keine Eroberer waren.

Drei Monate lang haben wir Informationen gesammelt, Gerüchte über die Schiffe nach Hause aufgeschnappt. Schließlich habe ich sogar gebettelt. Eines Nachts bin ich weg, zu einem Militärkrankenhaus, von dem ich gehört hatte. Fast hundert Kilometer weg. Ich bin todmüde und ausgehungert dort angekommen. Dort hat man mir gesagt, ich hätte doch zwei Arme und zwei Beine, und sie haben mich zum Leichenverscharren eingeteilt, damit die Hunde sie nicht fraßen. Ich habe einen unter die Erde gebracht mit seinem Namen und seiner Kennummer in einer Flasche um seinen Hals. Alles in allem fühlte ich mich doch nicht so krank und bin zu den anderen zurück. Da hat mich der Compare schwören lassen, ihn nie mehr zu verlassen.

Sora, Endstation. Auf dem Platz werden blaue Banderolen für den Start der Prozession morgen aufgehängt. Um die Stimmung zu heben, schreit der Blinde »Höher! Höher!« und schwenkt seinen Stock durch die Luft. Alle amüsieren sich. Aufgedrehte Gören laufen herum und schwingen blaue und gelbe Fähnchen, es sind die Farben der Stadt. Römer, die extra wegen des Gonfalone gekommen sind, steigen mit mir aus dem Bus. Ich gehe schnurstracks zu Bianca, sie diskutiert gerade mit neuen Gästen aus den umliegenden Gegenden. Heute abend wird die Pension knallevoll sein. Als sie mich sieht, stockt sie.

– Du hast Glück. Ich hätte dein Zimmer schon zehnmal vermieten können.

In der Küche toben Blagen, eine Babyflasche steht auf dem Herd, Paare richten sich ein.

– Zum Glück ist nur einmal im Jahr Gonfalone, ammazza … Die Bambini machen mir noch den Fernseher kaputt.

Als sie ihren Fernseher erwähnt, erinnert mich das an jene Sendung, von deren Existenz ich in Rom erfahren habe. Eine Chronik, wie es sie nur in Italien geben kann. Wenn es mir gelingt, mir einen Weg durch dieses Gewühl von Hosenmätzen zu bahnen, die vor einem albernen Zeichentrickfilm hocken, schaffe ich die Sendung vielleicht noch. Bianca macht sich ein Vergnügen daraus, auf R.A.I. Uno umzuschalten, um mir zu helfen und gleichzeitig ihre Allmacht über die Glotze zu demonstrieren.

Elf Uhr abends. Die Stadt ist zur Ruhe gekommen, und die braven Bürger sammeln Kräfte vor den morgigen Gefechten. Sie sollen sich in Frieden ausruhen, denn morgen werden sie die Augen weit aufreißen müssen.

Ich habe die Zeit gemessen, die ich brauche, um langsam zum Weinberg zu gehen. Wie vorgesehen erwartet mich der Blinde dort, wo wir uns beim letzten Mal getrennt haben. Dieser Stromer kennt das Terrain besser, als es irgend jemand je kennen wird. Er begreift nicht, was ich ihm über das Ende jener Nacht erzähle. Es erstaunt ihn nicht zu sehr, daß man mich angegriffen hat, aber er schwört mir bei Sant'Angelo, daß er völlig das Bewußtsein verloren hatte.

– Laß dich nicht beeindrucken, Chef … Morgen können sie nichts mehr gegen dich tun.

Ob ich das glauben soll? Morgen ist vielleicht der Beginn eines neuen Alptraums. Aber erstmal muß alles vorbereitet werden, und der Blinde ist zu jeder Art von Hilfe bereit. Eine gute Stunde lang gehen wir den ganzen Plan noch einmal durch und wiederholen die verschiedenen Phasen der Operation Tausende von Malen, besonders die Abkürzung durch die Weizenfelder zu den Reben, ohne den Pfad zu betreten. In der Kapelle richte ich den Lichtstrahl meiner Taschenlampe auf das Gesicht des Heiligen, und ich ziehe die in Rom gekaufte Sprühdose heraus.

– Mach dir keine Sorgen, Alter ... Es ist zu deinem Besten.

Ich übersprühe das modrige Holz der Statue ganz mit einem durchsichtigen Film. Der Geruch ist widerlich, aber man hat mir versichert, er verfliege innerhalb weniger Stunden. Ich schaue erneut auf das Gesicht des Schutzpatrons. Zum Abschied tätschele ich seine Wange.

– Jetzt bist du dran! sage ich ihm.

Der Blinde dreht sich um.

– Mit wem redest du? Mit ihm? Bist du durchgedreht, Padrone ...?

– Der Padrone bin nicht ich, das ist er.

Bevor ich gehe, bewundere ich noch einmal Darios Arbeit am Gebälk der Kapelle, der wirkliche Riß wurde geschickt zwischen den falschen gelassen, die neuvergipsten und die unverputzten Stellen fügen sich unauffällig zwischen die von schwachen Querleisten getragenen Balken. Genaugenommen ist das hier noch besser durchdacht, als die Projekte professioneller Architekten, meiner Auftraggeber. Wir werden sehen.

Wir werden uns noch einen ordentlichen kleinen Schluck Wein hinter die Binde gießen. Er, um irgend etwas zu feiern, ich, um mir Mut anzutrinken. Wir nutzen es, um die letzten Einzelheiten unseres dämlichen Unternehmens abzusprechen. Er erwähnt zwei oder drei kleine Dinge, die ich übersehen hatte. Dario dagegen hatte reichlich Zeit zum Überlegen. Simple Tricks, die aber dem Ganzen Halt geben, wie der Eimer voll Wein, den wir, um Zeit zu gewinnen, schon heute abend abfüllen und dicht neben die Statue stellen müssen. Ich hoffe, mein verblichener Kumpel hat an alles gedacht. Er hat erst verrecken müssen, bevor ich sein Talent entdecken konnte.

– Wir hier in Italien haben viele Fehler, aber eins rettet uns, sagt der Blinde. Wir wurschteln uns durch. Chaotisch, sicher. Schlecht organisiert, zugegeben. Aber improvisieren können wir. Improvisieren! Dario konnte das, und du auch Antonio.

Ich bin mir nicht sicher, ob das ein Kompliment sein soll.

– Ich muß nach Sora zurück. Wo wirst du schlafen?

– Mach dir keine Sorgen um mich, Padrone.

Wir schweigen einen Moment lang. Wenn ich an ihn denke, nenne ich ihn »der Blinde«. Ich kenne nicht einmal seinen Vornamen.

– Wie heißt du?

– Marcello. Aber das hat mich noch nie jemand gefragt.

– Was wirst du danach tun ...?

– Ach das ... Ich werde leben. Und ich werde mir einen Regenbogen kaufen ...

Ein letztes Mal wandere ich über das Grundstück, bevor ich den Pfad einschlage. Den Pfad, den mein Vater mit seinen Truthähnen zum Spazierengehen benutzte. Nicht weit vom elterlichen Hof, den es heute nicht mehr gibt.

... Eines Tages hatten wir, der Compare und ich, es satt, herumzusitzen, unser Leben zu versauen und nichts zu fressen zu haben. Da haben wir mehr als ein Jahr lang den Boden von den Albanern bearbeitet, die uns angeheuert hatten. Bekloppt, den Boden in einem anderen Land zu bearbeiten, wenn deiner zu Hause brach liegt. Mais, Kohl. Auch Tabakplantagen. Ein wahres Glück, der Tabak. Unser einziger Trost. Nachts habe ich die Blätter heimlich geröstet, aber das Papier war ein Problem. Eines Tages habe ich ein Buch in Griechisch gefunden, ich hätte gerne gewußt, worum es darin ging, ich habe es in Blättchen ge-

schnitten, um Zigaretten zu drehen, das Buch hat fünfzehn Monate lang vorgehalten. Das einzige Buch, das ich in meinem ganzen Leben in der Hand hatte, habe ich aufgeraucht. Fleisch gab es, Hasen und Wildschweine, aber die Albaner rührten sie nicht an, aus religiösen Gründen, sagten sie. Nachts mußten wir Feuer anzünden, um die Wildschweine von der Ernte wegzuscheuchen. Sie wegscheuchen, statt sie zu verspeisen! Eines Tages habe ich einer Gruppe Kinder erklärt, daß Hasen gut schmecken. Wenn sie dort heute Hasen essen, ist es vielleicht ein klein wenig mir zu verdanken.

Bianca gibt vor, auf den Bildschirm zu schauen. In Wahrheit wartet sie auf mich. Ich habe es an ihrem versteckten Lächeln gemerkt, als ich das Zimmer betrete. An der einfachen Tatsache, daß sie nach einem solchen Arbeitstag noch da sitzt und vor allem an ihrer naiven, rührenden Kleidung. Sie hat sich zwischen Sonntag und Silvester angezogen, zwischen Schwarz und Weiß, zwischen brav und schelmisch. Mit einer ganzen Menge Lippenstift.

Sie holt zwei Eisbecher aus der Gefriertruhe und stellt sie auf ein Tablett neben dem Sofa. Fruchteis: Melone und Brombeere.

– Erzähl mir was über Paris ...

– Ach ... da ist nicht viel zu erzählen.

Ich sage das, um sie nicht zu sehr vor den Kopf zu stoßen, und denke doch das Gegenteil.

Die Lautstärke des Fernsehers hindert mich am Nachdenken, ich schalte um und bleibe bei einem Schwarzweißfilm, einer Art Melodrama, das Augen und Ohren schont. Dann stelle ich das Tablett zu Boden und nehme sie in die Arme, um einen Kuß mit Melone und Brombeere auszutauschen. Meine Lippen kühlen ihren Hals.

Sie hat nicht gewollt, daß ich sie ausziehe, und ist als erste ins Bett geschlüpft. Ich habe das Halbdunkel gemocht, das die ganze bäurische Art der Umgebung ausblendete, ich habe gewartet, bis ihr Körper den Tand einer anderen

Epoche abstreift. Als ich ihre weißgewandete Nacktheit ertaste, verlasse ich die Stadt, überhaupt die ganze Gegend und lande anderswo, in einem rohen, fast gewohnten Traum, einer Art Zuhause, da wo alles wieder ganz einfach wird. Und dennoch, während unsere Körper sich im Finsteren aneinanderdrängen und zusammenprallen, erahne ich Blicke, unfertige Gesten, stumme Sätze, vorsichtige Erwartungen, flüchtige Abenteuer und überfälliges Begehren. Auf ihrer Seite wie auf meiner.

Viel später sagt sie mir lachend:

– Selbst wenn du nicht willst, selbst wenn du schweigst, erzählst du mir von Paris, Antonio.

Das Hin und Her im Gang, das Gegluckse der spielenden Gören und schließlich das fast militärische Weckmanöver Biancas, als sie an die Tür klopft. All das bewegt mich dazu, die Augen aufzuschlagen.

– Ich habe den letzten Moment abgewartet, um dich aus dem Bett zu holen. Du wirst den Start verpassen.

– Kommst du zum Fest, Bianca?

– Ich muß mich um meine Alten kümmern, und Freunde haben mir ein Kleinkind hiergelassen. Anscheinend wird ein Team vom lokalen Fernsehen die Spiele filmen. Ich werde nicht alles verpassen.

Ohne mich zu beeilen, dusche ich, trinke Kaffee, sehe durchs Küchenfenster auf den Platz. Das ganze Dorf ist schon versammelt, es brodelt, Männer, Frauen, Kinder und tutti quanti. Bianca wird bestimmt als einzige Sora hüten. Es gibt im übrigen nichts zu hüten, die Zuhälter und Diebe werden auch auf dem Fest sein. Mein Vater hat mir oft davon erzählt, vom Gonfalone. Die fünf Dörfer treffen aufeinander, jedes trägt seine Farben, wie Indianerstämme, die einmal im Jahr als Nation zusammenkommen. Die Prozession geht fast eine Stunde lang bis zur Weggabelung der fünf Orte. Da ist alles vorbereitet, eine riesige Arena, in der die für die Spiele aufgestellten Männer unerhörte Anstrengungen unternehmen, um ihren

Fahnen zum Sieg zu verhelfen. Tauziehen, Armstemmen und andere Muskelprotzereien. Darum herum Buden, Tische, ein gigantischer Jahrmarkt, eine höllische Kirmes bis in die Nacht. Wenn das siegreiche Dorf gekürt und gefeiert wird, vergißt man alles, die Farben, die Dörfer, die Fahnen, die Spiele. Es bleiben nur noch Tausende Individuen in einem riesigen Gesamtrausch, fest entschlossen, sehr lange weiterzumachen.

Die Menge schwillt zusehends an, und der Bürgermeister begrüßt alle mit einem Megaphon in der Hand. Ich beeile mich mit dem Anziehen, um den Start nicht zu verpassen. Ich verschmelze mit einer Menschentraube und spähe herum, wo Marcello wohl steckt. Ich höre seinen scheppernden Gesang in ein paar Metern Entfernung, er zupft an seinem Banjo und trägt zur Freude seiner näheren Umgebung lauthals ein altes lokales Volkslied vor. Seine Sonnenbrille jagt mir immer noch einen großen Schrecken ein. Aber schließlich ist es ja sein Job, für Stimmung zu sorgen. Der Bürgermeister gibt das Startsignal, ich stecke zwischen zwei mit Körben beladenen Damen fest. Vorne sehe ich Mangini mit Leuten diskutieren, er dreht sich um und grüßt mich. Marcello wird von einem jungen Kerl am Arm geführt, der sein Lied im Kanon nachsingt.

Ich habe Angst.

Es wäre noch Zeit, diese Komödie zu beenden.

Unbewußt verlangsame ich den Schritt. Die nachdrängende Menschenkette schiebt mich sanft nach vorn, wie um mir zu versichern, daß es zu spät ist und daß ich vorher darüber hätte nachdenken müssen. Erst jetzt rechne ich mir die Risiken aus. Es sind zu viele. Etwas in Darios Plan könnte schiefgehen, und da riskiere ich nicht mehr nur Knast, sondern ewige Verdammnis.

Wir biegen in die Straße neben dem Pfad zum Weinberg ein. Wir gehen zu schnell, ich habe den Zeitfaktor falsch berechnet. Mein Herzschlag beschleunigt sich, ich beiße die Zähne zusammen. Ich suche überall nach Marcellos

Gestalt und finde sie nicht. Der junge Mann, der ihn geleitet hat, diskutiert jetzt mit einem Mädchen. Der Blinde hat sich, wie verabredet, leise davongestohlen. Ich sehe auf die Uhr, in zehn Minuten kommen wir an jenem Unglücksgrundstück vorbei. Jetzt oder nie muß ich mit den Einheimischen diskutieren. Ich gehe an Mangini vorbei, der mich erneut grüßt, wir beginnen einen Schwatz, ich verstehe nicht einmal mehr, was er sagt, die Angst, ich höre nichts mehr, er lächelt. Was treibt der Blinde bloß? Ich sehe dreimal nacheinander auf die Uhr, die Leute amüsieren sich, alles wird immer wirrer, ich habe Angst.

– Werden Sie lange bei uns bleiben?

Marcello, was treibst du? Dario, verflucht seist du, es ist alles deine Schuld. Die blaugelbe Banderole wird dicht am Pfad vorbeigetragen.

– Herr Polsinelli …? Hören Sie mich …?

– Was …?

– Ich habe Sie gefragt, ob Sie lange in Italien bleiben …?

– …

Und wenn ich jetzt sofort nach Hause führe? Rückwärtsgang, ohne meine Tasche mitzunehmen, ohne mich von irgendwem zu verabschieden, bis zum nächsten Bahnhof laufen, auf den Zug nach Rom warten, Paris wiedersehen …

– Sie müssen unbedingt zu mir zum Abendessen kommen, bevor Sie fahren, nicht? Herr Polsinelli …? Fehlt Ihnen etwas …?

Mein Herz wird explodieren, mein Kopf wird explodieren, ich sehe die ersten Weinstöcke, in zwei Minuten wird die Prozession an der Stelle vorbei sein, und alles ist im Eimer. Marcello, Dario und du auch, Heiliger Schutzpatron, ihr habt mich im Stich gelassen …

– Ruhen Sie sich aus, Herr Polsinelli …

Im Stich.

Ich werde etwas abwarten, bevor ich die Prozession verlasse. In meinem Kopf bin ich schon draußen. Ich folge Ihnen nicht mehr. Ich irre weiter wie ein Zombie. Müde.

Enttäuscht.

Sei mir nicht böse, Dario.

Es war eine schöne Idee, aber auch diesmal ist sie bereits im Ansatz gescheitert. Ich wollte das für dich machen, dir zum Gedenken. Und auch für mich. Für meinen Vater. Er wäre so angetan davon gewesen. Er mag alles, was die Ordnung der Dinge stört. Er wäre bestimmt stolz auf uns gewesen …

Plötzlich gerät etwas in Bewegung. Leute rempeln mich an. Ich steige von meiner Wolke herab und bin wieder ganz nah bei ihnen. Die Prozession wieselt in alle Himmelsrichtungen auseinander, wie bei einer Panik. Vorne höre ich Dutzende Stimmen schreien.

– Fuoco! Fuoco!

Ich hebe den Kopf.

Das Feuer …

Ja, das Feuer … Die Meute drängt urplötzlich von der Straße ab und ergießt sich über mein Land, die Bewegung reißt mich mit. Das Feuer … Sie haben das Feuer gesehen … Als glaubte ich immer noch nicht daran, ergreife ich den erstbesten am Ärmel und frage ihn, was los ist.

– Aber schauen Sie doch nach vorn, porca miseria! Schauen Sie!

Die Menge brüllt und stürzt zum Weinberg. Ich richte mich auf Zehenspitzen auf und kann endlich sehen …

Ein Feuerball. Allein mitten im Acker. Schön rund. Wundervoll. Ich brauche nichts zu tun. Dableiben. Sich in dieser Panikwelle nicht regen. Den Flammenwirbel bewundern.

Durch das Megaphon schreien sie von weitem schon, daß es zu spät ist. Daß man die Kapelle nicht mehr retten kann.

Sie ist mit einem Schlag in Flammen aufgegangen. Einige Männer rennen hin und her, versuchen irgend etwas, um den Brand zu löschen. Aber sie geben schnell auf und sehen ohnmächtig zu, wie das Glutzentrum die Bruchbude ganz und gar verschlingt.

Auch die Schreie verstummen und die Menge steht starr, von diesem Schauspiel gebannt. Das Volk von Sora läßt einen Teil seiner Geschichte niederbrennen.

In wenigen Minuten wird die ganze Kapelle zusammenkrachen. Woran wohl diese zweitausend Dorfbewohner denken, die alle die Geschichte dieses Trümmerhaufens von Generation zu Generation weitergegeben haben.

Sie bleiben stumm stehen. Vielleicht schämen die Älteren sich. Daß sie die Kapelle vor die Hunde gehen ließen. Sie ist schon lange tot.

Auf einmal fängt es an zu krachen. Ein Raunen entsteht in der Masse. Sie warten, aufgeregt, mit klopfenden Herzen, sie wollen es sehen. Die Flammen lodern sogar über der kleinen Kuppel. Das Feuer hat sich in wenigen Sekunden ausgebreitet, voller Inbrunst, diese Kapellenruine ist ein kleiner Leckerbissen, ein Bonbon, an dem man kurz lutscht und den man dann verschluckt. Keinerlei Widerstand. Im Gegenteil, völlige Hingabe. Eine Stichflamme ragt sehr hoch hinaus. Erneutes Krachen. Ich stehe wie alle anderen mit offenem Mund und hängenden Armen da und harre der Dinge, die da kommen.

Als die Mauern anfingen zusammenzubrechen, ist die Menge abrupt zurückgewichen.

Dann sind die beiden seitlichen Mauern mit einem Schlag mit einem finsteren Geräusch zusammengekracht, sie haben nachgegeben und sind nach außen umgekippt, als habe man sie auseinandergezogen, damit sie nicht aufeinander und in die Bruchbude hineinfallen. Die Kuppel ist weiter hinten herabgerollt. Die Kapelle hat sich wie ein Blütenkelch geöffnet, und genau in dem Augenblick hat die Menge aufgebrüllt.

Die Mauern haben sich hingelegt, und die Glut hat sich überall darum herum ausgebreitet, nur einige Sekunden lang, und hat dann ihre ganze Intensität verloren.

Dann aber.

Inmitten der Flammen und des schwarzen Rauchs, als alles vorbei zu sein schien …

Ist uns der Heilige erschienen.

Aufrecht auf seinem steinernen Sockel.

Unbeschädigt.

Mit noch bösartigerem Blick als sonst.

Sant'Angelo betrachtet die Menge geringschätzig.

Neben mir senkt eine Frau den Kopf und hält sich die Hand vor die Augen.

In den noch knisternden Trümmern steht er unversehrt da, und nicht das kleinste Flämmchen hat gewagt, sich an ihn heranzumachen.

Sein Körper strahlt einen seltsamen Glanz aus.

In der ersten Reihe weicht eine Gruppe Männer zurück.

Eine Frau ist in Ohnmacht gefallen, man trägt sie geräuschlos weg.

Ein Dutzend Meter vor mir kniet ein Paar nieder.

Der Rauch verzieht sich, und die Glut erlischt. Nach und nach breitet sich Stille aus und läßt uns noch mehr erstarren. Unter offenem Himmel verhöhnt uns Sant'Angelo voll Hochmut. So sehen wir ihn alle.

Selbst ich.

Ich habe alles vergessen.

Einen Augenblick, eine Ewigkeit später, hat einer von uns das Schweigen brechen wollen. Ein Verrückter. Wie ein Hampelmann ist er mit nach vorne ausgestreckten Händen zur Statue gegangen, und neben mir hat eine Frau ihre Hand auf die Brust gelegt. Mit langsamen Schritten ist er bis zum Sockel vorgestoßen.

Sant'Angelo trieft und glänzt.

Der Mann hat einen Augenblick lang gezögert, als fürchte er sich zu verbrennen.

Dann hat er ihn berührt.

Seine Hand hat ihn einen Augenblick lang berührt. Ungläubig, mit weit aufgerissenen Augen hat er sich umgedreht und gesagt:

– E vino …

Geflüster greift um sich, und die Neuigkeit verbreitet sich bis in die letzten Reihen.

– E vino! E vino …!

»Es ist Wein! …« Ja, es ist Wein. Sant'Angelo trieft vor Wein, er schwitzt und weint Wein. Seinen Wein.

Frauen, Kinder schreien, die Männer geraten in Bewegung, der Druck ist zu stark. Der Mann, der den Heiligen berührt hat, schwankt zu Boden.

Dann hat plötzlich ein herzzerreißender Schrei alles andere überstimmt. Ein menschlicher Schrei. Ein Mann.

Um ihn herum hat sich ein Kreis gebildet. Ich versuche, so nahe wie möglich heranzukommen und dränge unterwegs brutal Leute zur Seite, um nur ja nichts zu verpassen. Der Mann kniet, und sein Geröchel ist endlos.

Er beugt sich nach vorne und preßt die Handballen ans Gesicht.

Niemand wagt, ihm unter die Arme zu greifen. Die Angst. Ich will sehen. Sehen. Er jammert immer noch und weint wie ein Kind.

Es ist Marcello.

Er robbt auf Knien und Ellbogen zur Statue. Sie machen den Weg frei, er weint immer lauter. Er hat freien Durchgang, er schleppt sich durch den Schlamm und erreicht schließlich den Sockel. Unter den Zuschauern werden Rufe laut. »Il cieco … il cieco!« Ja, es ist wirklich der Blinde, der zu Füßen des Heiligen ein Martyrium erleidet. Er schreit ein letztes Mal, die Hände immer noch ans Gesicht gepreßt, er dreht sich um sich selbst und fällt völlig erschöpft zu Boden.

Ein Mantel voller Schweigen hüllt uns alle ein.

Marcello rührt sich lange Zeit nicht. Langsam gleiten dann seine Hände über sein Gesicht und sinken herab.

Er hebt den Kopf. Schaut in den Himmel. Dann sieht er uns an.

Seine Augen sind sperrangelweit offen.

Er dreht den Kopf zum Heiligen, streckt den Arm zu ihm hin aus. Und fällt wieder wie tot hin.

Ein Greis nähert sich ihm, rüttelt ihn. Marcello stößt ihn hart weg.

– Berührt mich nicht … Berührt mich nicht!

Ich bahne mir einen Weg bis in die erste Reihe. Marcello sieht uns einen Augenblick lang stumm und abschätzend an, dann wendet er sich wieder zum Heiligen.

– Meine Augen …! Sie brennen … Sant'Angelo … Und ich sehe dich …

Seine Augen weinen und sehen auf die Menge.

– Ich sehe euch … Euch alle!!!

Neun Uhr abends.

Am frühen Nachmittag konnte man sie noch zählen. Die Nachricht hat sich in weniger als einer Stunde in den umliegenden Dörfern herumgesprochen, und alle, die zum Gonfalone sollten, haben sich hier versammelt. Zweitausend, dann dreitausend, dann fünftausend Seelen. Einige haben sich niedergekniet, andere schweigen mit gefalteteten Händen, wieder andere kommentieren, erzählen den Neuangekommenen, noch andere laufen erregt im Kreis herum. Dieses Jahr hat das Fest nicht stattgefunden. Aber bei dem Tausch hat niemand verloren, man bereitet sich auf eine durchwachte Nacht einer anderen Art vor.

Sant'Angelo ist wieder da.

Der Tag geht schon zur Neige. Die Trinkbuden sind hierher umgezogen, es gibt zu trinken und zu essen. Seit Mittag ist das örtliche Fernsehen da, um die ersten Bilder zu filmen. Dann ist am frühen Abend die R.A.I. eingetroffen, um live in den Achtuhr-Nachrichten zu berichten.

Ich habe ein Auge auf den Teamleiter geworfen und das andere auf einen echten Journalisten, mit kampfbereitem Mikrophon, etwa fünfzig Meter von den Trümmern entfernt.

Merkwürdigerweise habe ich erst durch die Mattscheibe wirklich das Ausmaß dieses Ereignisses erfaßt, als sei alles, was vorher hier geschehen war, nur ein wirrer Traum, als sähen wir die Dinge besser, wenn man sie uns zeigt. Der emotionslose Kommentar des Sprechers, die Nahaufnahmen vom Gesicht des Heiligen und von der Brandruine, die Einblendungen der knienden Leute, die Reaktionen der »Zeugen des Wunders« ...

Miracolo ...

Es hat lange gedauert bis das Wort ausgesprochen wurde. Da mußte ein echter Profi her wie der Sprecher der R.A.I., um ganz Italien zu erzählen, was sich hier gerade abgespielt hat. Nachdem er die erste Erscheinung des Heiligen 1886 erwähnt hat, hält er einem Zeugen das Mikrophon unter die Nase und sagt: »Heute früh hat sich Sant'Angelo zurückgemeldet.« Der Bauer macht mit treuherziger Miene ausholende Gesten. »Zuerst haben wir einen Feuerball gesehen ...«

Er bildet mit zehn Fingern eine Glocke und öffnet die Handflächen. »... Die Kapelle ist entzweigebrochen, so ... wie eine Schale ...«

Ich widme Bianca, die sicher an ihrem TV-Gerät klebt, einen flüchtigen Gedanken.

Etwas weiter weg diskutieren eine Handvoll Männer in städtischen Anzügen die technische Seite der Sache. Ich nähere mich neugierig. Warum ist das Gewölbe nicht auf die Skulptur gefallen, warum dieser feine Film aus Wein? Sie reden alle gleichzeitig, mit gesenkten Stimmen und unterbrechen sich dann ohne ersichtlichen Grund.

Ich möchte ihnen so gerne helfen, nur um anzugeben, ihnen eine Skizze mit der Zeichnung des mitten durch die Kapelle gehenden Risses zeigen, mit allen strategischen Punkten des Gebäudes und des Tragebalkens, die als erste gebrannt haben, um die Implosion dieser Bruchbude zu vermeiden. Aber die Skizzen sind auch in Rauch aufgegangen, im Aschenbecher in meinem Zimmer. Oder ich möchte ihnen, nur um mich aufzuplustern, das Wenige erklären, das ich in Rom über die Verbrennungsprozesse von Holz erfahren konnte. Aber ich habe die Sprühdose irgendwo zwischen den Reben fünf Meter tief vergraben. Was den an Sant'Angelos Körper heruntertriefenden Wein betrifft, da hätte ich auch einiges dazu zu sagen.

Angefangen mit allem, was ich über die technischen Umstände der Wunder gelesen habe, die in den letzten Jahren bekannt geworden sind. Kirchentore, die mit einem Mal verbrennen, Ikonen, die Olivenöl ausschwitzen, Christusstatuen und Figuren der Heiligen Lucia, die weinen, Heiligenbilder, die bluten, und man kann sogar beides vermischen: blutige Tränen aussondernde Büsten. Warum soll dann unser Sant'Angelo nicht wieder unter uns erscheinen, im Schutze des Weins, den er selbst gefordert hatte und nach dem ein Jahrhundert später kein Hahn mehr kräht …

Mein Blick geht hektisch in die Runde, ich achte auf jede Art von Reaktion. Don Nicola, der Priester von Sora, ist ein gefragter Mann, zwei junge Seminaristen begleiten ihn, man will ihm die Hand drücken, man bittet ihn, das Wort zu ergreifen, aber anscheinend ist er davon gar nicht angetan. Im Off knurrt der R.A.I.-Sprecher, als ihm seine Assistentin ankündigt, daß der einzige Zeuge, den die Leute wirklich sehen und hören wollen, sich nach etlichen Versuchen und stundenlangen Verhandlungen endgültig weigert, eine Stellungnahme abzugeben. Die Kamera schwenkt zu ihm zurück: »Da er noch unter Schock steht, hat Herr Marcello Di Palma es vorgezogen, den Ort des Geschehens zu verlassen, aber an meiner Seite ist einer seiner engen Freunde, der bei seiner Heilung dabei war.«

»Oh, Marcello, den kennen alle, er ist eine lokale Größe, er lebt schon immer von der Barmherzigkeit der anderen … Seine Augen, das ist eine Familienkrankheit, sein Vater … eine gute Seele … der hatte die Krankheit auch … Ich kann mich an den Alten erinnern, Marcello und ich sind gleichaltrig, Sie verstehen … und Marcello ist auch erblindet, wie der Vater, als er zwölf oder dreizehn war … so ungefähr …«

Der »enge Freund« sucht nach Worten in einer dem größten Teil Italiens unzugänglichen Mundart. Man hat das Gefühl, daß er ungeheure Anstrengungen unternimmt, um das Wort blind im Zusammenhang mit Marcello nicht zu erwähnen. Die Geschichte dieses Blinden kenne ich bereits gut, besser als irgendein Einheimischer.

In Wirklichkeit hat er den Ort des Geschehens überhaupt nicht verlassen, man hat ihm eine kleine Ecke in der Scheune zurechtgemacht, damit er zu sich kommt. Nur die Ärzte und Don Nicola haben ihn aufgesucht, seit ihm die Gnade zuteil wurde. Es ist vorgesehen, in einigen Tagen psychologische und medizinische Tests mit ihm zu machen. Eine Tatsache muß man wohl oder übel aber schon jetzt anerkennen: Er kann sehen.

Der Journalist hat die Verbindung zum Studio gekappt und sie eine Viertelstunde später wieder aufgenommen. Das erste Bild auf dem Monitor ist eine Aufnahme der Weinstöcke.

Mein Weinberg, im Fernsehen ...

Off-Stimme des Kerls: »Wir erwarten jeden Augenblick die Zeugenaussage des Winzers, der seit mehreren Jahren den Wein von Sant'Angelo herstellt ...«

Ach ja, der gute Giacomo ... Den hatte ich ganz vergessen. Ich weiß nicht, wie er sich vor einem Mikrophon aus der Affäre ziehen wird, er, der beim Sprechen auf seine Füße sieht und der den Mund nur aufmacht, um sich zu entschuldigen.

Ich setze meinen Spaziergang inmitten dieses gewaltigen, lebenden Gemäldes fort, es wirkt wie ein postapokalyptisches Fresko im Stil Giottos. Sitzende, Kniende, Gruppen von Männern, die mit einer Hand vor dem Mund sprechen. Zertrampelter und stellenweise aufgerissener Boden. Ein Sonnenuntergang im Entstehen, einige Leuchtpunkte, Lichter oder Kerzen, ich weiß es nicht. Und der ganze Rest, all das, was man nicht sieht, was aber schwer auf unseren Schultern lastet, eine Stille, die von oben kommt, der eisige Hauch des Irrationalen, die Andacht des Gläubigen, das Abwarten des Skeptikers, die Angst, daß erneut etwas geschehen wird. Wer weiß? Denn der Glaube schafft Wunder. Ohne diese Leute und ihr Verlangen zu glauben wäre nichts passiert.

Von Zeit zu Zeit deutet jemand aus der Menge unauffällig auf mich und spricht zu den Umstehenden. Denn auch das war vorhersehbar. Ich kann sie fast hören: »Der Typ da hinten, das ist der Besitzer des Weinbergs … Er ist Franzose. Der Sohn eines Burschen aus Sora, der in Paris lebt … Der Wein von Sant'Angelo … gehört ihm auch. Ja. Ihm ganz allein … Ammazza!«

Nun Dario? Was sagst du denn dazu? Das ist doch alles, wie du es geplant hattest, oder? Wir haben uns den Film alle beide Hunderte von Malen ablaufen lassen, was? Ich hoffe, du kannst alles sehen, da wo du jetzt bist. Denn schließlich hast ja du diese ganze Oper inszeniert. Wenn ich daran denke, was ich zahlen mußte, um deine Botschaften aus dem Jenseits zu erraten, ach ja … Du hättest dich ja auch klarer ausdrücken können, mit deinem »il miracolo si svolgerà«. Und das Wunder geschah. Aber davor hat es noch jede Menge andere gegeben, kleine Wunder, die nur mich angehen, Erscheinungen, die ich alleine gesehen habe, Enthüllungen, die nie jemand erfahren wird. Du hast uns alle ganz schön veräppelt mit deiner berühmten Rückkehr zur Scholle, deine Mutter und Madame Raffaëlle haben felsenfest daran geglaubt. Das wäre ein echtes Wunder gewesen, dich an einem Oktobermorgen gebückt mit einer Kiepe voll Trauben zu sehen. Ich bin stolz darauf, den Braten von Anfang an gerochen zu haben. Aber ich gebe zu, daß das Finale grandios war.

Der Übertragungswagen ist auf und davon. Viele Familien gehen zurück ins Dorf, aber Horden von Neugierigen kommen von überallher mit Autos angefahren. Unter ihnen sind echte Pilger, die den Platz der müden und ihres Festes beraubten Dorfbewohner eingenommen haben. Der kurze Blick auf Sant'Angelo käme teuer zu stehen, wollte man ihn preislich einstufen.

In diesem gedanklichen Zusammenhang hat mich der schüchterne Giacomo unmittelbar nach seinem Fernsehauftritt aufgesucht. Ich wußte, worum es ging, bevor er auch nur den Mund aufgetan hatte, aber ich habe den Blauäugigen gespielt. Heute habe ich diesem Mann eine Tür geöffnet, die seine kleine ruhige Existenz umkrempeln wird.

– Signore Polsinelli, alle fragen mich nach dem Wein … Die Trinkbuden würden gerne welchen kaufen, haben sie gesagt. Ich weiß aber nicht, was ich tun soll. Ich gebe Ihnen lieber den Schlüssel zur Scheune.

– Nach allem, was heute geschehen ist, ist mir nicht danach zumute, mich darum zu kümmern, Giacomo. Vielleicht morgen …

– Aber … Chef. Es sind wahnsinnig viele, die nachfragen … Ich bin sicher, wir könnten im Handumdrehen ein Dutzend Fässer voll verkaufen. Vielleicht sogar das Doppelte …

Er nähert sich meinem Ohr. Der unschuldige Schimmer auf dem Grunde seiner Augen hat sich in Nichts aufgelöst. Vielleicht für immer und ewig.

– Und dann, wir könnten pro Liter tausend Lire mehr verlangen, er würde sich trotzdem verkaufen.

– Glauben Sie?

– Klar. Sogar zweitausend.

Eine Art scheinheilige Verschämtheit hat mich davon abgehalten zu kichern. Der schüchterne Mann entpuppt sich als Genie im Kopfrechnen. Er, der gestern noch jedem, der sich nicht darüber lustig gemacht hätte, ein Faß von dem Wein geschenkt hätte. Einerseits kommt mir das gerade recht. Ich habe meinen Verkaufsleiter gefunden. Er wird den Rest des Weges alleine zurücklegen, man braucht ihm nur ein Beispiel zu geben.

– Heute abend rühren wir die Bottiche im Keller nicht an, aber ich glaube, es ist noch ein Fäßchen im Eingang der Scheune. Setzen Sie den Preis selbst fest …

Er bedankt sich, wirft mir einen Blick des Einverständnisses zu und macht sich schleunigst zu seinem Fäßchen davon.

Eine Woge von Geflüster schwillt bis hin zu mir an, es raunt in allen Ecken. Ein Moment der Spannung. Von weitem sehe ich, wie der Arzt sich einen Weg durch die Menge bahnt.

– Eine Dame fühlt sich nicht wohl, sie hat Schwindelanfälle …

Ich hätte nicht gedacht, daß das passieren würde. Um die Wahrheit zu sagen, ich hatte es nicht mehr erhofft. Nach all den Berichten, die ich zu der Frage gelesen habe, ist das ein mehr als leicht erklärbarer Vorfall. Vorhersehbar. Die Nervenanspannung, die Erschöpfung, das Klima, der Glaube, die Menge, all diese Faktoren zusammen erzeugen bei bestimmten tiefgläubigen Menschen so etwas wie Verlangen. Rasender Schmerz, plötzliches Wohlbehagen, das leicht zu beeinflussende Opfer kann in das eine oder andere Extrem verfallen. In diesem Fall handelt es sich in der Tat um eine Fromme, die den Ort des Geschehens seit dem frühen Morgen nicht verlassen hat. Sie hat das Bewußtsein aufgrund von heftigen Krämpfen in den Gliedmaßen verloren. Sie wird zum Krankenwagen getragen. Sie wird kein Wunder erfahren haben. Aber ihre Ohnmacht hat die Erregung der Menge erneut entfacht. Das kleinste Zeichen genügt, um die Lust am Glauben zu ewigem Leben zu erwecken.

Was mich betrifft, werde ich so langsam müde.

Ich habe mir ein gegrilltes Lammkotelett mit Bier einverleibt. Ich friere etwas in meinem dünnen Hemd. Ich würde viel hergeben, um zu Bianca zurückgehen zu können und das Ganze in einem Sessel im Warmen vor dem lokalen Fernsehprogramm mitzuerleben.

Giacomo sucht mich überall und findet mich. Er hat fast Tränen in den Augen und fragt sich, wie ich inmitten dieses Trubels gelassen bleiben kann.

– Ich kann sie nicht mehr zurückhalten, Chef … Sie werden alles kaputtschlagen, wenn ich nicht noch ein anderes Faß aufmache … Ich könnte heute abend alles verkaufen … Alles!

– Du wirst morgen alles verkaufen.

– Aber warum sollen wir bis morgen warten? Allein für das eine Faß habe ich einen Preis bekommen, den ich mich Ihnen gar nicht zu nennen traue, Chef …

Er hält mir das Bündel Scheine hin. Ohne zu wissen warum, habe ich den Blick abgewandt.

– Behalte alles, Giacomo … Aber paß gut darauf auf.

– Was wollen Sie damit sagen, Chef …

Ein kurzes Schweigen. Dann frage ich ihn, ob es keinen Pullover oder irgend etwas Warmes in der Scheune gibt. Er erwähnt eine alte Jacke. Ich danke dem Himmel.

Die Nacht wird lang.

Gestern waren es sieben, und ich konnte nur drei davon abwimmeln. Die anderen haben es heute morgen wieder versucht, sie waren vor mir im Weinberg. Sant'Angelo ist erst seit zehn Tagen wieder im Dienst, und schon breche ich zusammen unter dem ständigen Anbranden jener Typen, die aus ganz Italien herbeiströmen, die Hände voll krummer Geschäfte und windiger Verträge.

– Herr Polsinelli, haben Sie über mein gestriges Angebot nachgedacht?

– Sagen Sie, Herr Polsinelli, Sie wollen doch sicher mit Ihrem Weinberg zum kontrollierten Anbaugebiet werden!

– Könnte ich Sie kurz sprechen, Herr Polsinelli? Haben Sie an den Export gedacht? Bald auf europäischer Ebene, Achtung!

– Ich kaufe Ihnen dreißig Rebstöcke ab! Nur dreißig! Nennen Sie Ihren Preis!

Man schlägt mir alles Mögliche vor, angefangen mit Kaufofferten für das ganze Grundstück, über die Vervielfachung der Produktion bis hin zu allen Sorten Etiketten. Zwei Typen mit Krawatte haben eine Schlägerei angefangen, ich habe ihnen zugesehen.

Zu Anfang waren es nur die Weinhändler, Geschäftsleute, Winzer, Industrielle im Weingeschäft. Dann kam eine Kohorte von Fabrikanten frommer Bilder und von anderen Devotionalienhändlern hinzu, die Sant'Angelos Bild vermarkten wollten. Sie wollen am Rand des Grundstücks eine Reihe kleiner Verkaufsbuden aufstellen. Das würde die Rebstöcke nicht beeinträchtigen. Ich bräuchte nur in der Hauptsaison die Mieten einzustreichen. Ich weiß nicht, was ich davon halten soll.

Ich war ganz schnell überfordert. Glücklicherweise hat mir drei Tage nach dem Wunder eine Art Buchhalter, der wie Lucky Luciano aussieht, seine Dienste angeboten. Giacomo hat ihn sofort Dottore genannt, wegen seiner kleinen Brillengläser, seiner Diplome und seines beharrlichen Verweigerns selbst des allerkleinsten Lächelns. Er ist eine Perle. Er übersieht keinen einzigen Vorschlag und kümmert sich um meinen Terminkalender. Wenn er mir seine Entwürfe voll Kalkulationen zeigt, fühle ich mich an Angriffspläne auf Gibraltar erinnert.

Dabei waren die Abrechnungen in meinem kleinen Kopf ganz einfach. Aber nur solange es noch nicht Wirklichkeit war. Und nur in meinem kleinen Kopf. Die 30 000 Liter unverkauften Weines zu fünfzig Francs die Dreiviertelliterflasche ergeben zwei Millionen Francs. Mit einer Rendite von etwa fünfhunderttausend Francs im Jahr abzüglich Kosten. Damit konnte ich mit allem aufhören, mich für den Rest meiner Tage zur Ruhe setzen. Aber seit die Businesshaie aller Art ihre Flossen hineingesteckt haben, sind meine Idiotenschätzungen Schnee von gestern.

Giacomo ist zum absoluten Unterchef geworden. Er hat sechs Männer eingestellt, um die nächste Lese vorzubereiten. Vorerst ist einer der Burschen zum Empfang der Pilger abkommandiert, es sind durchschnittlich dreihundert pro Tag. Ein anderer kümmert sich um den Parkplatz. Wieder ein anderer verkauft den Wein: eine einzige Flasche pro Kunde pro Tag. Giacomo überwacht die Bauarbeiten: Die Maurer haben gerade die Nische fertig, die Sant'Angelo über die nächsten Jahrhunderte Schutz bieten wird, ein Mailänder Experte restauriert die Statue, ein geteerter Weg wird direkten Zugang zum Heiligtum verschaffen und um das Grundstück herum werden elektrifizierte Zäune gezogen. Ich verbringe meine Tage damit, dieses ganze Tohuwabohu zu orchestrieren, die Vorschläge all der braven Leute anzuhören und mit dem Dottore, der den Rechner wie ein Thomson Maschinengewehr mit Camembertmunition bedient, Bilanz zu ziehen. Bianca weckt mich jeden Morgen um sechs und sieht mich abends um elf nach Hause kommen, zerschlagen, erledigt, ausgehungert. Manche Geier haben sich bei ihr eingemietet und nutzen das, mich bis in mein Zimmer hinein zu verfolgen, damit ich ohne Anwesenheit des Dottore Schriftstücke unterzeichne. Dadurch ist mir klar geworden, daß dieser Bursche mir unentbehrlich ist.

Sora ist Sitz der Pilger und der Neugierigen geworden. Die Geschäfte florieren, die Restaurants und Hotels sind knallevoll. Manche haben den Namen gewechselt, eine Trattoria wurde umbenannt in »Sant'Angelos Tafel«, und es gibt auch ein »Hotel zum Weinberg«. Aber ich werde schief angesehen, wenn ich abends nach Hause komme. Vielleicht sind sie mir böse, daß ich ihren Spätsommer aus seiner Beschaulichkeit gerissen habe.

Der Bürgermeister hat mich zu einer Versammlung des Gemeinderats eingeladen, und ich habe nicht verstanden, warum. Der Notar bittet mich, zur Diskussion von Einzelheiten in seiner Kanzlei vorbeizukommen. Wenn ich über den Markt gehe, klopft man mir auf die Schulter und gratuliert mir mit süßsaurem Lächeln, ein alter Mann hat behauptet, er habe meinen Vater zur Zeit der Truthahnspaziergänge gut gekannt, ein anderer hat sich für einen entfernten Vetter ausgegeben, fünfzehnjährige Mädchen pfeifen mir hinterher, Kids auf Mofas versuchen mich anzuspucken. Alle nennen mich lo straniero. Der Fremde. Man hat mir immer gesagt, ein Auswanderer sei ein Fremder, wo auch immer er sich aufhalte, und ich beginne das langsam zu verstehen. Aber in diesem Fall geht es um einen Ausländer, der ihre eigene Erde fruchtbar gemacht und abgeerntet hat. Ich spüre, wie sich ein gewisses Klima um mich herum einstellt, und Bianca bittet mich jeden Tag, auf mich aufzupassen.

Aber all das ist nichts, verglichen mit dem, was sich am Tag nach dem Wunder zugetragen hat. Da hat mich wirklich das Grausen überfallen.

Auf die Anfrage des Bischofs der Diözese Frosinone hin, hat der Vatikan eine Akte angelegt und zwei Beauftragte entsandt, um das Phänomen vor Ort und Stelle zu untersuchen. Das ist das normale Vorgehen. Ich wußte, sie würden kommen, ich habe fast schon auf sie gewartet. Aber ich hätte mir nie träumen lassen, was aus dem Lancia Therma mit Nummernschildern des Vatikan steigen würde.

Zwei in Zivil gekleidete entsicherte Granaten. Schweigsame, ernste, wie mit einem Bannfluch belegte Typen, höflich, unauffällig, genug Entschlossenheit ausstrahlend, um den Weg weit vor ihnen frei zu räumen. Sobald sie einen Fuß auf das Grundstück setzen, öffnet sich die Menge der Gläubigen wie das Rote Meer vor Moses. In dem Moment begreife ich, daß es nichts mehr zu lachen geben wird. Sie haben in den Trümmerresten gewühlt, um was weiß ich zu finden, eine ganze Woche lang, jeden Tag mit technisch besserem Material. Ohne ein Wort zuviel zu sagen, ohne mit mir oder Giacomo in Kontakt zu treten. Zwei eiskalte Jagdhunde, die die verbrannten Steine durchwühlen und die Statue von Kopf bis Fuß abschnüffeln. Zwei Nuntii, konzentrierte Privatdetektive auf Indizienjagd, stumm wie Profis, auf der Suche nach einem Fehler, an allem, selbst am Offensichtlichsten zweifelnd. Als ich sie so herumspionieren sehe, spüre ich, daß sie einen Schuldigen brauchen. Sie haben im Dorf Nachforschungen über Marcello angestellt. Ein hinzugezogener Arzt hat den Wundergeheilten zwei Tage lang Tests unterzogen. Niemand hat ihn während jener achtundvierzig Stunden sprechen können.

Hattest du das vorhergesehen, Dario? Nein, natürlich nicht, du hattest dir keine Gedanken um diese Art Folgen deiner phantastischen Idee gemacht. Und jetzt scherst du dich einen Dreck drum, was? Du hast gar nicht gewußt, daß es solche Individuen gibt, oder?

Erst heute morgen sind die drei anderen angekommen. In einem sechshunderter Mercedes, auch auf den Vatikan eingetragen, sie haben in der Nähe des Weinbergs geparkt. Drei Fahrgäste, ein Fahrer. Einer ist aus dem Wagen gestiegen, in Begleitung eines jungen Priesters, der ihm als Schreiber dient. Die beiden bereits vor Ort arbeitenden Beauftragten sind hechelnd angerannt gekommen, sobald sie gesehen haben, wie sich jener violette Schatten langsam auf die Statue des Schutzpatrons zubewegte. In einer Art Aufstand hat sich eine Horde Pilger auf ihn gestürzt. Don Nicola ist erbleicht. Sie sind alle auf die Knie gefallen und haben seinen Handschuh geküßt. Dann haben die Vatikanemissäre sich fast eine Stunde lang im Wagen abgesprochen, ohne daß sich ihnen jemand hätte nähern können. Sehr viel später hat mich der Schreiber dem Bischof vorgestellt.

Ich habe nicht gewußt, wie ich die Sache angehen sollte, habe ein Knie zu Boden gesenkt vor seiner in der Sonne glänzenden Robe. Merkwürdigerweise habe ich, als ich seinen Handschuh berührte, gewußt, daß alles schon zu weit gegangen war und ich eines Tages im Knast enden würde.

Eine Messe?

Ja, sie werden übermorgen früh hier im Freien eine Messe zelebrieren. Eine offizielle Messe. Vom Bischof gehalten. So ist es Sitte. Der Schreiber und Don Nicola werden sich um alles kümmern. Der Grund und Boden wird nicht darunter zu leiden haben.

– Der ist für uns doch zu kostbar, nicht wahr Ehrwürden? sagt der Schreiber lächelnd zu seinem Chef.

Während der gesamten Unterredung habe ich jene Gestalt im Auge behalten, die hinten im Mercedes sitzen geblieben ist. Sie hat sich erst zum Aussteigen herabgelassen, als ich den Pfad nach Hause bereits eingeschlagen hatte.

Unterwegs habe ich Mangini mit einem Gewehr über der Schulter getroffen. Hasenpfoten hingen aus seiner Jagdtasche. Er hat seine Höflichkeitsform der dritten Person Singular aufgegeben und mich geduzt. Er kam mir beunruhigt, fast gehetzt vor.

– Laß dich von all dem nicht beeindrucken, Antonio. Ich habe sie herumhängen sehen, all diese Leute, die dir Versprechungen machen, und all diese Pfaffen. Laß dich nicht übers Ohr hauen, sag ich dir. Siehst du die Lichter da hinten zwischen den Bäumen? Da wohne ich. Das wollte ich dir nur gezeigt haben ... Ich weiß, warum ich dir das sage ... Wenn du einen Rat brauchst. Wenn du Schutz suchst ... Du kannst vorbeikommen, wann immer du willst.

Ich habe nicht zu verstehen versucht. Ich habe nur die Hand hingehalten, er hat die Arme ausgebreitet und mich an seine Brust gedrückt.

Als ich über die Neapelbrücke gehe, sehe ich eine lange Reihe von Vespas vor der Terrasse des letzten offenen Kaffeehauses in Sora. Eine Bande junger, auf orangefarbenen Plastikstühlen herumlümmelnder Kerle hört mit Reden und Gestikulieren auf, sobald sie mich kommen sieht. Als ich an ihr vorbeigehe, bleibt es einige Sekunden lang totenstill. Dann höre ich, ohne mich umzudrehen, ein Orchester von Kickstarten und Motoraufheulen. Die Motorräder brausen sehr schnell um mich herum, jedes versucht, mich zu streifen, mir den Weg zu versperren. Die lachenden Jugendlichen nennen mich Stronzo, Disgrazziato und eine Menge anderer Dinge. Ich gehe schneller und vermisse Manginis Gewehr, das einzige Instrument, das das Kräfteverhältnis verändern könnte. Ein kleiner Krauskopf schlägt mich in den Nacken und beschleunigt dabei, ich kann nicht rechtzeitig reagieren. Rechts und links sehe ich im Mondlicht, wie Fensterläden zugeklappt und Türen bis auf einen Spalt zugezogen werden.

– Was wollt ihr, ihr Vollidioten? schreie ich.

Sie bremsen zehn Meter vor mir, ich überquere die

Straße, sie biegen zum anderen Bürgersteig ab. Das Spielchen setzt sich eine ganze Zeit lang so fort. Ich weiß nicht, was sie genau wollen, sie wahrscheinlich auch nicht. Sie versuchen nur, mich aus Eifersucht, aus Rache zu ärgern. Ich gehe der ganzen Stadt auf die Nerven, und auch das hätte ich vorher wissen können. Im Augenblick trauen sich nur die Jungen, es auszudrücken, und das auch nur zu zehnt und mitten in der Nacht. Einer von ihnen, sicher kühner als die anderen, versperrt mir den Weg und fordert mich mit einem höhnischen Blick heraus.

Seit einigen Tagen habe ich wirklich die Nase voll. Es wird Zeit, daß ich nach Hause komme.

– He du, du Angeber, wenn du willst, daß ich dein Kaff verlasse, mach den Weg frei …

Er dreht sich zu den anderen und wiederholt ihnen lauthals meinen Satz. Alle zusammen äffen sie mich nach und betonen dabei die Aussprachefehler stark. Der Kraftmeier sagt lachend zu mir:

– Du …? Uns verlassen? Aber wir lieben dich doch zu sehr, um dich abfahren zu lassen, ammazza!

Er balanciert auf seinem Feuerstuhl, während er in Richtung der anderen lacht, da verpasse ich ihm eine kräftige Ohrfeige, die ihn zu Boden wirft. Dann renne ich unter Motorengeheul zu Bianca.

Außer Atem verrammele ich das untere Hoftor, sie trommeln lange dagegen, bevor sie sich endlich aus dem Staub machen. Bianca zittert.

– Willst du, daß ich woanders schlafe? frage ich.

– Ich habe keine Angst um mich selbst, Antonio …

Sie hat mich erst gegen neun Uhr geweckt. Sicher hat sie gemeint, ich brauche meinen Schlaf.

– Du kannst dir Zeit lassen, Antonio. Der Dottore ist vorbeigekommen und hat gesagt, er kümmert sich um die Termine von heute früh.

Allein durch diesen Satz macht sie mir Lust, mich wieder schlafen zu legen.

– Ein Typ vom Roten Kreuz ist da gewesen und hat um eine Spende gebeten. Ich habe ihn nach Sant'Angelo geschickt.

Sie sind hinter mir her. Alle. Ich weiß nicht, ob Dario das länger als ich ausgehalten hätte. Ich schalte den Fernseher ein, die Sendung kommt gleich. Bianca macht es sich zwischen zwei Kissen gemütlich.

Die Chronik der Wunder in der R.A.I., eine Art Hitparade, zehn Minuten lang, die die aktuellen Informationen über religiöse Ereignisse und wundersame Begebenheiten im ganzen Land gibt. Heute: eine Erscheinung in Sizilien, ein kleiner Bericht über das Heilige Schweißtuch von Turin, das zu Bachmusik im Hintergrund mit dem Kohlenstoffaltersbestimmungsverfahren C 14 getestet wird, und schon sind wir bei Sant'Angelo, zum wiederholten Male werden die Ereignisse um das Wunder herum wiedergekäut, und dann wird die morgige Messe mit dem Bischof angekündigt. Ein wirklich herausragendes Ereignis, sagt der Kommentator.

Ich hatte an alles gedacht. Außer an die Violetten. Bianca ist entzückt und versteht nicht, warum ich ihre Begeisterung nicht teile.

Der Journalist kündigt das von mir erwartete Thema an, ein vorher aufgenommenes Interview mit dem »Wundergeheilten der Rebstöcke«.

Ich war dabei, als sie es aufgenommen haben, sie haben mich um Erlaubnis gebeten, in der Scheune zu filmen. Marcello war perfekt. Bianca stößt einen kleinen aufgeregten Schrei aus, sobald sie ihn auf dem Bildschirm auftauchen sieht.

– Es ist so schwer zu beschreiben ... Ich habe gehört, wie Leute »Feuer« riefen, ich habe überall Panik gespürt und Angst bekommen. Niemand hat sich Zeit genommen, mir zu erklären ... Und dann plötzlich diese Stille. Ich begann Schmerzen zu spüren ... Etwas wie ein Brennen, das vom Bauch ausging und langsam hochstieg ... Dann hat es diese Erleuchtung gegeben ...

Ruhig, gelassen, fast unbeweglich. Außer seiner hinterwäldlerischen Mundart ist nichts mehr von der Persönlichkeit übriggeblieben, die die ganze Gegend zum Lachen und Singen gebracht hat.

Die Leute haben begonnen, ihn mit seinem Vornamen anzusprechen ... Als wir das letzte Mal redeten, sechs Tage nach dem Wunder, war er dabei, in den Norden abzudampfen, um die zwanzig Millionen Lire auf den Kopf zu hauen, die ich ihm aus den ersten Profiten der Weinverkäufe versprochen hatte.

– Ich hatte die Schnauze voll von der Brille, Antonio. Dank deiner konnte ich sie in die Gosse werfen ... Betteln paßt nicht mehr zu meinem Alter.

Ich habe nicht verstanden, woher dieser nostalgische Unterton seiner Worte kam. Vielleicht wollte er genau das Gegenteil sagen. Vielleicht hat auch er sich auf einen Schlag verwaist gefühlt. Man kann nicht so einfach vierzig Jahre Arbeit aufgeben.

– Meine Mutter, das war eine wahre Heilige ... Mein Vater war schon blind, als sie ihn geheiratet hat, und niemand wollte diesen armen Teufel haben, der weiter nichts konnte als die Hand auszustrecken.

Ein Kind wird geboren. Es kann sehen, und für Frau Di Palma ist das das einzige Glück, das ihr widerfahren konnte. Aber die Nachkriegszeit ist für alle hart, und wie soll sich ein Blinder der Emigrantenwelle anschließen? Der Vater bringt seinem Sohn das Musizieren bei, Banjo, Akkordeon, und sie spielen beide auf Hochzeiten, Festen, Taufen in der ganzen Region.

– Sobald ein Fest vorbereitet wurde, haben der Alte und ich zwei volle Tage Fußmarsch zurückgelegt und sind bis Roccasecca, Arpino und zu den ganzen anderen Käffern gelaufen ... Es lief gut, man mochte uns gern, wir spielten mit dem Herzen.

Die Mutter stirbt an einer Lungenentzündung, Marcello ist zehn. Vater und Sohn werden völlig zu Nomaden. Sie spielen auf Märkten und nach der Messe.

– Wir hatten unseren Terminplan, und die Sonntage waren die besten Tage, besonders im Winter. Wir sangen *Pagliacco* und *Funiculi funicula,* Opernarien und Volkslieder. Das einzige Mal, als der Alte krank wurde, war ich gezwungen, alleine zu arbeiten. Da habe ich seine Brille aufgesetzt, nur um es mal auszuprobieren, in einem Kaff, wo man uns nicht kannte. Als der Alte mitbekam, daß ich gut klargekommen war, ist ihm der Gedanke gekommen.

Der Vater erzählt überall von der Erbkrankheit, die sie befallen hat. Zwei Blinde bringen mehr ein als nur einer. Marcello setzt eine Brille auf.

– »Bei uns überträgt sich der böse Blick vom Vater auf den Sohn!« sagte der Alte, und in dem Moment blieb den Leuten das Lachen im Halse stecken. Ich habe den Blindenberuf erlernt, der Stock, die Gestik, die Kopfbewegungen, und niemand hat je etwas gemerkt.

Als sein Vater stirbt, ist Marcello vierundzwanzig und kann nur Musik machen. Er ist überall bekannt und beliebt, das ist sein Leben.

– Was sollte ich denn tun? Mich erwartete nirgendwo etwas Besseres. Ich habe allein weitergemacht. Ich habe sogar vergessen, daß ich sehen konnte, ich habe mich nicht einmal mehr geschämt. Wenn ich mitleidige Blicke auf mich gerichtet sah, habe ich die Augen zugedrückt … Das war fast das Gleiche.

Eines Tages beschließt er, seinen Aktionsradius zu verkleinern, sich um Sora herum niederzulassen.

– Dort fühlte ich mich am wohlsten, ich gehörte zum Dorf. Ich wußte, daß ich, wenn ich in Sora bleiben wollte, nie mehr sehend werden konnte. Die Leute hätten mich in Stücke gerissen, wenn sie mitbekommen hätten, daß ich ihr Mitleid ausnutzte. Das ist normal, oder? Dann gab es hier diese Scheune, in der zu schlafen mir niemand verbot, den Wein, den niemand haben wollte. Da konnte er auch dem Blinden zugute kommen …

Eines Tages nimmt Dario sein Land in Besitz. Man weiß nicht, was er will, was er da zusammenbastelt.

– Es ist einfach, in den Augen eines Kerls zu lesen, der sich nicht beobachtet fühlt. Als ich den ankommen sah, habe ich sofort gespürt, daß er merkwürdige Ideen hatte. Ach ja … der Franzose, wir haben uns nicht lange gekannt, aber ich kann wohl behaupten, daß es nie wieder einen solchen Spitzbuben geben wird … Er war ein komischer Kauz, ein Schlaumeier, ein Lügenbold. Ein Kerl wie ich eben …

Dario vertreibt ihn nicht, im Gegenteil. Sie gewöhnen sich daran, spät abends in der Scheune zusammen zu trinken.

– Er stellte mir Fragen, über das Dorf, über den Weinberg, über Sant'Angelo. Er war der erste, der meine Lebensgeschichte hören wollte. Er schenkte mir ein, bis ich sturzbesoffen war. Der Gauner … Ich vertraute ihm. Dann eines Tages, ich kann mich nicht einmal mehr genau erinnern, war ich völlig blau und muß etwas für einen Blinden Unnatürliches gemacht haben, ich meine … Ich habe mich verraten, und das hat dieser Verrückte mitbekommen. Er hat mir sogar gesagt, er habe es geahnt. Ein Pfiffikus, sage ich dir …

Welch ein Glücksfall, dieser falsche Blinde. Nach einer solchen Entdeckung gab es kein Zurück mehr.

– Eines Abends sagt er zu mir: »Wieviel verdienst du mit deiner Bettelei? Almosen, was …? Ich kaufe dir deinen Job ab, und du löst die Geschäftsgrundlage auf … Zwanzig Millionen Lire auf die Hand und eine Lebensrente, dem Weinpreis angepaßt. Bist du es nicht leid, blind zu sein …?«

Marcello sträubt sich nicht lange. Ein paar Tage lang schauspielern, Schoten erzählen, improvisieren, kein Problem, das ist sein Beruf. Aber er hat eine leise, aber tiefe Angst davor, sich wieder ins gesellschaftliche Leben einzugliedern, mit den anderen, wie die anderen zu leben.

– Den Leuten ins Gesicht sehen? Ich? Werde ich nach so vielen Jahren dazu in der Lage sein? Aber gleichzeitig war die Idee zu verlockend: wieder öffentlich sehen zu dürfen und es mir gleichzeitig gut gehen lassen, mit einem Haufen Kohle für den Rest meines Lebens.

Sie hecken einen Plan aus. Dario entscheidet sich für den Tag des Gonfalone, um so viele Augenzeugen wie möglich zu haben, sie testen den Verlauf. Dann fährt Dario nach Paris zurück. Um nie mehr wiederzukommen.

– An dem Tag, als ich von seinem Tod erfahren habe, habe ich mir gesagt, das sei ein Zeichen des Himmels. Ich habe mein Lied geschrieben. Er hatte mir wieder Lust gemacht, am hellichten Tag zu sehen, wie er es nannte. Es war zu schön. Ich habe eine Entscheidung getroffen, zwischen der Fremde und meinem ruhigen Bettlerleben zu Hause. Ich hätte anderswo nicht lange durchgehalten, auch nicht sehenden Auges. Und dann bist eines Abends du dahergekommen …

Kurz vor seiner Abreise sind wir einander in die Arme gefallen.

– Du hast mich ein komisches Ding drehen lassen, Antonio. Wie konnte ich nur glauben, ich könnte danach wie alle anderen weiterleben? Man sieht mich nicht mehr wie einen Blinden an, sondern wie einen durch ein Wunder Geheilten. Ich weiß nicht, was schlimmer ist. Ich bin zu schnell aus der Finsternis ans Licht katapultiert worden, weißt du … Der Arzt von der Kirche, der mir zwei Tage lang nicht von der Seite gewichen ist, hat mich für ein merkwürdiges Tier gehalten. Sie waren mißtrauisch, er und die beiden Gorillas aus dem Vatikan. Sie mögen das nicht, weißt du …

Ich habe eigentlich nicht mehr darüber reden wollen. Man hat festgestellt, daß die plausibelsten und häufigsten Fälle spontaner Heilung die von Blinden und bestimmten Gelähmten sind. Durch einen heftigen Schock kann ein Kranker die Sicht oder den Gebrauch seiner Glieder wiedererlangen. Das Büro der medizinischen Überprüfungen von Lourdes hat Dutzende solcher Fälle anerkannt, ohne sie je als Wunder zu bezeichnen.

– Ich weiß, daß man mich hier mein ganzes Leben lang

besonders ansehen wird. Ich, der ich nicht zu unbekannten Ufern aufbrechen wollte ... Ich fühle mich gejagt ... Leute wollen mich berühren, mir von ihren Problemen erzählen, und ich wiederhole ihnen immer wieder, daß ich keinerlei Gabe habe, nichts, sie wollen dennoch kommen. Die Dorfbewohner lachen nicht mehr, wenn ich vorbeigehe. Die Alte, die mir immer ein Stück Fleisch gab, hat meine Hand küssen wollen ... Ich schäme mich, schäme mich jetzt viel mehr als damals, als ich die Welt noch durch meine dunkle Brille sah.

– Sag das nicht, Marcello ...

– Ich hab nicht mal Lust, meinem Lied eine Strophe anzuhängen. Wem soll ich die schon vorsingen? Ich habe das Augenlicht wiedererlangt, aber meine Stimme verloren.

– Tut es dir leid?

– Nicht einmal das ... Es ist erst einige Tage her, und ich habe mich schon daran gewöhnt, in einem Bett zu schlafen. Ich werde alt. Gestern hat mich ein Bursche von *La Gazetta* interviewt. Er wollte wissen: »Was ist das für ein Gefühl, einen Regenbogen zu sehen?« und ich habe geantwortet, es sei wunderbar, und wußte nicht einmal mehr, ob ich lüge oder nicht.

– Was wirst du machen?

– Nichts. Ein Weilchen warten, bevor ich hierher zurückkehre. Reisen. Sehen. Schauen. Florenz. Venedig. Vergiß nicht, mir Geld zu schicken, alles was schön ist, kostet viel.

Er hat gepackt, ohne wirklich zu wissen, wie man das macht. Allein der Gedanke an einen Koffer stellt ein Problem für ihn dar. Ein letztes Mal habe ich ihn gefragt, ob ihm klar ist, warum sie Dario umgebracht haben.

– Ich weiß nicht, wer das war. Ich kann dir da nicht helfen. Aber wenn man so abgedrehte Dinger im Kopf hat ...

Er hat den letzten Zug genommen, um so wenig Leuten wie möglich zu begegnen. Es war besser, man sah uns nicht zusammen. Ich habe ihn nicht begleitet.

Bianca schaltet das Gerät aus und rüttelt mich leicht an der Schulter.

– Schlaf nicht wieder ein, sie erwarten dich, da hinten.

Sie lächelt, scherzt. Ließe sie mich ihr Bett teilen, wenn sie ahnte, daß ich ein Fälscher, ein Bauernfänger und ein Scheinheiliger bin?

Sie macht sich fertig, um zum Markt zu gehen, und beugt sich dabei aus dem Fenster. Ihr weißer Unterrock guckt am Knie ein ganzes Stück heraus. Sie lacht.

Aber plötzlich bleibt ihr Blick an der Straßenecke hängen. Von draußen vernehme ich das Surren eines schallgedämpften Motors. Einige Wortfetzen. Und melodisches Türenknallen. Bianca wendet sich einen Augenblick lang aufgeregt zu mir und gestikuliert heftig.

– Das ... Das ist *Dallas*, Antonio! Komm und sieh dir das an! Nein ... Das ist nicht *Dallas* ... Das ist *Miami Vice!*

Ich habe nicht verstanden, was sie sagen will, aber mir tut es jetzt schon weh.

Langsam gehe ich zum Fenster. Der Straßenlärm nimmt zu. Die Sonne knallt schon kräftig. Das wird ein langer Tag.

Unten stehen zwei weiße Cadillacs mit getönten Fensterscheiben. Wie man sich die so vorstellt. Nur noch länger und glänzender. Die nachbarlichen Fiats haben sich wie Mäuse in die Ecken gezwängt, um ihnen auf dem Bürgersteig Platz zu machen. Die Gören drängen heran, die Alten kommen heraus, um sich das aus der Nähe anzusehen. Bianca ist nicht mehr zu halten.

– Das ist der gleiche, wie der von Sue Ellens kalifornischem Geliebten.

Diese Erscheinung ist bestimmt so beeindruckend wie die von Sant'Angelo. Ich versuche, die Nobelkarossen etwas zu vergessen und ihre Insassen auszumachen. Nicht schwierig. Drei Weiße und ein Schwarzer. Der kommt am besten an. Ob sie in diesem Kaff wohl schon einen einzigen Schwarzen zu Gesicht bekommen haben? Er hat millimeterkurz geschnittenes Haar, hat einen glänzenden grauen Anzug an und ein weißes Hemd. Die anderen tragen Sonnenbrillen und Goldlaméjacketts. Der Dickste der vier nimmt eine Aktentasche aus dem Kofferraum und hält sie dem einzigen Bärtigen der Gruppe hin. Im Augenblick kann man unmöglich wissen, wer der Boß ist. Eine Bande aufgeregter Blagen preßt sich gegen eine Wagentür, um das Innere dieser Behausung in Augenschein zu nehmen. Erwachsene beäugen die Nummernschilder, berühren die Karosserie, reden laut.

Unglaublich bedächtig klatschen der Bärtige und der Schwarze zweimal in die Hände. Die Menge weicht fünf Meter zurück. Ein dritter lacht schallend. Der Bärtige zieht ein großes weißes Taschentuch heraus und reibt an einem Eckchen der Windschutzscheibe.

Bleierne Stille.

Einer setzt die Ray-Ban-Sonnenbrille ab und wischt seine Stirn mit dem Ärmel ab. Dann bewegt er sich zum nächsten Kaffeehaus und diskutiert mit dem Wirt, der sich unter die Neugierigen gemischt hat. Man kann unmöglich hören, was sie sagen. Die Leute dienern vor ihm, rücken Stühle zurecht, aber der Kerl mit der Ray-Ban will sich nicht hinsetzen. Nach zwei Minuten scheint der Kaffeehausbesitzer zu merken, was von ihm verlangt wird, er hebt die Nase und durchforscht mit den Augen das Gebäude gegenüber. Er lächelt verlegen. Dann hebt er den Arm und zeigt mit dem Finger auf unser Fenster. Die vier Besucher wenden die Köpfe in meine Richtung.

Es klopft zweimal kurz an der Tür. Nicht genug Zeit, um irgendwie zu reagieren, nicht einmal mich anzuziehen. Auch nicht, eine Verteidigung aufzubauen. Noch bevor ich den Angriff kenne. Es ist der Reflex eines Paranoikers, aber wie soll man denn nicht dazu werden, mit dieser ganzen Scheiße, die mir bis zum Hals steht. Sant'Angelo, schütze mich, das bist du mir schuldig. Das Volk von Sora wird eine schöne Filmszene genießen, trotz der geschlossenen Kinos. Wie damals gibt es Sessel in der ersten Reihe und Hanswurstsketche auf der Bühne vor dem Hauptfilm.

– Soll ich aufmachen? fragt Bianca.

– Ja.

Die Vier sind hereingekommen, der mit der Ray-Ban hat nach mir gefragt. Die anderen schnüffeln in Richtung Küche, ich kann ihre Stimmen hören. Bianca hat recht, sie reden wie in einer schlecht synchronisierten amerikanischen Fernsehserie, vor allem das ständige Kichern, nicht roh, nicht übertrieben, aber es nagelt einen auf der Stelle fest. Der Schwarze hebt den Deckel von einem Topf und atmet tief ein. Der Typ mit der Ray-Ban mag das nicht:

– *Put that back, you jerk ...*

Er leistet murrend Folge.

Der mit der Ray-Ban scheint der Boß zu sein.

Er hält mir die Hand hin.

– Polsinelli?

– Ja.

– Parini. Guiseppe Parini. Sagt Ihnen der Name was? ...

Zerkaute rauhe Worte. Der schleppende Akzent des Amerikaners, der nicht einmal seine eigene Sprache beherrscht und sich an der Dantes versucht. Natürlich kenne ich dich. Du warst der Besitzer eines Hektars des Weinbergs. Du hast eine Waschsalonkette in New Jersey. Du bist ein Vetter der Cuzzo.

Ein nicht zu sehr abgenutzter Fünfziger, eine etwas zu dicke Nase für die zu hohlen Wangen, ein Lächeln, das nicht lange vorhält, und vor allem, vor allem ein kleines Leuchten in den Augen, das vermuten läßt, daß er es vorzieht, die Höflichkeiten zu überspringen. Er kann sich noch soviel Mühe geben, wie ein Amerikaner zu wirken, irgend etwas verrät ihn. Der Stempel des Itakers wider Willen.

Der Bärtige macht es sich auf dem Sofa bequem, ein anderer Gorilla setzt sich rücklings auf einen Stuhl mit einem Zündholz zwischen den Zähnen.

– Die Ragazza hat doch sicher was zu tun? sagt er und zeigt mit dem Daumen auf Bianca.

Verstehe. Es hat keinen Zweck zu erklären, daß die besagte Ragazza hier zu Hause ist. Bianca ist schon weg. Ich schäme mich. Doch im Augenblick lasse ich sie lieber zur Sache kommen, ohne zu sehr auf Etikette zu achten. Sie hat kaum die Tür hinter sich zugeschlagen, schon entspannen sich die Gorillas, einer schaltet den Fernseher ein, ein anderer macht den Kühlschrank auf, der dritte sieht sich ein oder zwei Zimmer an.

Ich glaub mich tritt ein Pferd ...

Keiner soll mir erzählen, das hier wären Wäschereiausfahrer. Oder ihr Boß gönne sich ein kleines Wochenende in der alten Heimat. Aus Nostalgie.

– Es tut gut, hierher zurückzukommen Polsinelli ... Ich hatte ganz vergessen, wie schön dieses ganze Grünzeug ist. Das ist Dolce Vita. Haben all diese braven Leutchen ein Glück!

Der Schwarze klopft sich auf die Schenkel und sieht sich über die Schulter seines Kumpels eine Fernsehserie an. Eine Wiederholung von *Kojak.* Der Boß fordert sie auf, sich zu beruhigen.

– Bei uns hat sich herumgesprochen, daß die Geschäfte hier florieren ... Good Business ...?

Auch seine Straße ist lang. Die italienische Diaspora hat erstklassig funktioniert. In weniger als zehn Tagen hat er von dem Wunder gehört und kommt nun angehechelt.

Der Bärtige zieht sich kellenweise Minestrone rein, die anderen glucksen wie Gören über die komischen Stimmen, die man den amerikanischen Schauspielern verpaßt hat.

Parini ergreift die Aktentasche und stellt sie auf den Tisch. Ein Aktenkoffer wie ich am Tag Dutzende zu sehen bekomme, mit lauter guten Sachen drin, Verträge, Pinke Pinke, Versprechungen, Renten bis zum Lebensende. Ich warte, daß er aufklappt, um zu sehen, was dieser für mich in petto hat.

– Wir werden ein Geschäft zusammen machen, wir beide, was?

Er klappt die beiden Schlösser mit dem Daumen auf und wartet einen Moment.

– Nett, dieser Trengoni, ein talentierter Schwätzer … Er hat mich eingewickelt wie nichts. Nur, Polsinelli … es ist eine Schande, daß ich diesen heiligen Boden verkauft habe. Ich achte die Heiligen. Aber unterschrieben ist unterschrieben, ich habe nur ein Wort, Polsinelli. Dieser Boden gehört nun dir.

Ich habe kapiert, er will mit mir ins Geschäft kommen und mir einen Deal anbieten. Er ziert sich ganz gezielt, wenn es ums Kofferaufklappen geht. Ich zittere vor Ungeduld, ich starre gebannt auf das Leder.

– Aber ich habe für 'nen Appel und 'n Ei verkauft, was? Findest du nicht? Und das ist ein Sakrileg, daß ich das getan habe. Ich schäme mich. Ach, wenn Sant'Angelo wüßte, daß ich seinen Weinberg für einige tausend Dollar abgetreten habe!

Er hebt die Arme zum Himmel. Und öffnet den Aktenkoffer. Ich reiße die Augen auf.

Und sehe nichts. Ganz und gar nichts. Die Tasche ist völlig leer.

Er klatscht ein einziges Mal in die Hände. Die anderen lassen alles stehen und liegen und eilen herbei. Sie umringen mich.

– Gut, Polsinelli, meine Geschäfte warten auf mich in New York. Business is business, oder? Siehst du diese Tasche?

– Ja …

– Ich will sie bis heute abend brechend voll sehen. Ich will keinen Furz Luft mehr darin, verstanden? Und ab heute will ich 25 Prozent von allem, was Sant'Angelo dir einbringt. Ich lasse zwei meiner Jungs hier. Wenn du willst, kannst du sie dir sogar aussuchen. Ich empfehle dir Bob, er ist ein guter Masseur.

– Warten Sie eine Sekunde, sage ich lächelnd, Sie belieben zu scherzen ... erstens habe ich keinen Pfennig Bargeld und dann ...

Parini fällt mir barsch ins Wort.

– Wenn dir das lieber ist, gibt es auch noch eine andere Möglichkeit, die Tasche zu füllen. Da paßt genau ein menschlicher Körper deiner Größe hinein, wenn Bob sich etwas mit ihm beschäftigt hat. Ich weiß das aus Erfahrung, wir haben es letzte Woche ausprobiert.

Ich brauche keinen Übersetzer, als nämlicher Bob hinzufügt: ohne Schuhe. Alle zusammen haben sie mir die Ohren langgezogen, in die Wangen gekniffen und den Nacken getätschelt und erst aufgehört, als mein Kopf den doppelten Umfang hatte.

– Bist ein guter Kerl, Polsinelli ... ihr seid ein schönes Paar mit der Ragazza. Sie ist lieb, diese Kleine.

– Was wollen Sie damit sagen?

Alle vier klopfen mir auf die Schulter.

Du hast bis heute abend Zeit, uns dein Einverständnis mitzuteilen. Du findest uns ganz einfach.

– In ... in welchem Hotel in Sora sind Sie abgestiegen?

– Glaubst du, ich übernachte in diesem hinterletzten Scheißkaff? Inmitten all dieser Bauernrüpel? Wir sind im Hotel des Platanes in Frosinone. Aber mach dir keine Sorgen, wir werden dich schon finden.

Ich zwinge mich zu lachen. Statt zu kotzen. Sie sind zum Ausgang gegangen. Ich versuche, sie zurückzuhalten.

– Sagen Sie mal, das Geschäft mit den chemischen Reinigungen geht wohl gut in Amerika. Jetzt verstehe ich besser, warum die im Fernsehen alle so sauber sind.

Der Boß übersetzt den anderen, die brechen in schallendes Gelächter aus und klatschen in die Hände.

– Haben Sie Familie im Betongeschäft? frage ich Parini.

– Ja.

– Fahren Sie immer einen weißen Cadillac?

– Ja.

– Sind Sie mit einer Sizilianerin verheiratet?

– Ja. Woher weißt du das?

– Einfach so. Eine Intuition ...

Ich habe immer gehört, das seien die vier Bedingungen, um in DIE große Familie der Italo-Amerikaner aufgenommen zu werden. Ich wollte nur mal nachprüfen.

Ich bin in Richtung Weinberg spazierengegangen und habe versucht, mich davon zu überzeugen, daß das alles ein Witz war. Daß alles mit etwas gutem Willen wieder ins Lot kommen würde. Ich habe mich nicht überzeugen können. Mein Hemd ist schon durchgeschwitzt, und daran ist nicht die Hitze schuld. Mein Gesicht ist von nervösen Ticks durchzuckt, ich weiß nicht, was ich mit meinen Händen anfangen soll. 25 Prozent für die weißen Cadillacs? Wieviel für die anderen? Für die Kirche, für die ganze Stadt, für Dario?

Eine Gruppe Traktoren knattert in meinem Rücken. Ich weiche auf die Seite aus, um sie vorbeizulassen, aber einer der Fahrer hat das rohe Klingeln, das ihm als Hupe dient, ertönen lassen, die drei anderen haben es ihm nachgetan und mir fast das Trommelfell zerstört. Die Bauern hinter den Lenkrädern haben gelacht. Einer von ihnen ist zu mir abgebogen und hat sein rechtes Rad in den Graben gesetzt, die anderen haben mich umzingelt und in einen Kerker rasender Motoren und infernalischer Hupen eingesperrt.

Ich lege die Hände über die Ohren.

– Scheiße, was hab ich euch denn getan? brülle ich in Französisch.

Gerade als zwei Traktoren mich in die Zange nehmen, springe ich zwischen die beiden Räder und lande unten in einem Graben, mit der Schnauze in einer quirlenden Sumpfbrühe.

Sie haben ihren Weg fortgesetzt. Die letzte Maschine in der Reihe ist eine ganze Zeit lang auf dem Pfad zickzack gefahren, der Mann hat mir etwas zugerufen, das ich nicht hören konnte.

Man will mich bezahlen lassen. In jedem Sinn des Wortes. Eine Rechnung begleichen mit dem ganzen Dorf? Göttliche Rache?

Aber ich bin nicht Dario.

Mich kriegt ihr nicht.

Niemand hat gemerkt, daß ich schlammverkrustet bin. Das ist allen schnurzegal, selbst dem Dottore, der seine Nase fast nie von den Zahlen hebt. Er hat mich gebeten, das Angebot zweier Bauern anzusehen, die die vier Hektar Weizenfelder neben meinem Boden besitzen. Sie bieten mir an, sie zu einem hohen Preis abzutreten, um den Weinberg zu vergrößern. Oder zu einem vernünftigen Preis, wenn ich sie an den Ernten beteilige. Der Dottore hat schon Berechnungen gemacht und stopft mir den Kopf mit Prozenten, Gewinnen und einem Haufen anderer Dinge voll, die mir schnurzegal sind. Man will mich ins Gras beißen lassen, und alle Additionssummen der Welt werden daran nichts ändern.

Der Sekretär des Bischofs wacht mit Unterstützung Don Nicolas über die Vorbereitungen der Messe. Ein Fernsehteam ist bereits vor Ort. Ich habe nichts von alledem erbeten. Ich will nach Hause.

– Herr Polsinelli, ich arbeite für das Rote Kreuz und …

Ohne ihn ausreden zu lassen, werfe ich ihn dem Dottore zum Fraß vor.

– Herr Polsinelli, ich bin der Schreiber des Notars, können Sie bitte schnellstmöglich in seiner Kanzlei vorbeischauen …

Ich habe mechanisch ja gesagt und dabei an weitaus dringendere Dinge gedacht.

– Herr Polsinelli! Ich bin der Zeichner, ich kann Ihnen die Entwürfe für das Etikett der nächsten Flasche zeigen.

– Herr Polsinelli, ich bin Unternehmer, ich biete Ihnen meine Dienste an, um Ihre Keller wieder aufzubauen, denn …

Auch die wollen mir ans Leder. Ich brauche noch ein weiteres Wunder, wenn ich noch ein wenig durchhalten soll. 25 Prozent für diese Dreckskerle? Eher verrecke ich, eher flüchte ich, kehre nach Paris zurück oder sonstwohin, an einen Ort, wo man mich nicht kennt, wo man mich nie wiederfinden wird. Vielleicht gründe ich die erste italienische Kolonie auf den Galapagosinseln.

Aber ihr kriegt mich nicht.

Schon um halb fünf nachmittags teilt mir der Dottore seine Schlußfolgerungen mit. Er hat die Zahlen bereit, nach Zusammenfassung aller Angebote, ist er exakt in der Lage, die vorgesehenen Gewinne zu verdoppeln.

– Denken Sie darüber nach, Signore Polsinelli.

Worüber soll ich nachdenken? Über noch mehr Trouble? Die Ärgernisse, die Erpressungen verdoppeln? Ich verspreche ihm, der Sache nachzugehen, und mache mich davon.

Sie kriegen mich nicht.

Voll Mißtrauen habe ich die Route wechseln wollen und die Abkürzung benutzt, die mir Marcello gezeigt hatte. Dann frage ich mich, ob das wirklich so eine gute Idee war. Als ich an dem Weizenfeld vorbeikomme, fängt es an zu hageln. Steine. Einen, zwei, die dicht an meinem Schädel vorbeischießen, ich sehe niemanden, ich denke an ein, zwei in einem Baum versteckte Hosenmätze. Dann ergießt sich eine ganze Wolke Kieselsteine über mich, ich fange an zu laufen, Hunderte mehr fliegen von überallher, ich kann nicht sehen, wer sie wirft, Kinder oder Erwachsene, aus Baumwipfeln oder gekauert aus den Feldern. Ein Stein trifft mich am Rücken, ich schreie, einen Sekundenbruchteil lang kann ich sehen, wie eine Bäuerin mit einem weißen Kopftuch sich zu Boden bückt, um neue Munition aufzunehmen.

Was habe ich ihnen denn getan …

Sie werden mich kriegen, wenn ich auch nur eine Stunde länger im Dorf bleibe.

Ich laufe, bis mir die Lungen platzen. Unterwegs zertrample ich Felder, ich rase wie ein Wiesel und komme dem Erstickungstod nahe in der Stadt an, die Passanten klatschen mir Beifall, ich behalte das Tempo bis zu Biancas Haus bei.

Sie sitzt vor dem Fernseher an ihrer Nähmaschine.

– Was ist das für eine Aktentasche, Antonio …?

Ich zögere, ihr zu sagen, daß ihr diese Aktentasche genauso zum Verhängnis werden könnte wie mir.

– Ich zische ab, oder ich werde hier verrecken, sage ich noch immer atemlos.

Ich muß abstoßend ausgesehen haben. Nach Luft schnappend, schlammbedeckt, schweißtriefend und mit irrem Gesichtsausdruck. Sie hat mich in den Arm genommen.

– Das ganze Dorf hat mich über dich ausgefragt. Aus welcher Familie du stammst, ob du abzufahren gedenkst und wann.

– Abfahren? Wann geht der letzte Bus nach Rom? Schnell!

– Um fünf.

Zehn vor nach meiner Uhr.

Ich habe mich aus ihrer Umarmung gelöst, sicher zu heftig, und bin ins Schlafzimmer gestürzt, wo ich meine Sachen und ein paar Bündel Bargeld in eine Tasche gestopft habe. Bianca hat keinen Ton gesagt, sich wieder an ihre Arbeit gemacht und so getan, als sähe sie mich nicht. Urplötzlich ist mir der Gedanke gekommen, daß ich für sie nie wieder existieren würde. Angst verträgt sich nur allzu gut mit Gewissensbissen. Ich habe nur etwa eine Sekunde lang gezögert, mich von ihr zu verabschieden. Und bin gegangen.

Im Bus saßen etwa dreißig Personen, hauptsächlich Pilger.

– Wann fahren wir? habe ich den Fahrer gefragt, der es sich neben dem Schalter gemütlich gemacht hatte.

Er hat drei Finger gehoben. Hinten im Bus habe ich freie Plätze ausgemacht und habe mich in die Sitze fallen lassen.

Giacomo und der Dottore werden sich um alles kümmern. Ohne mich werden sie es ganz sicher besser schaffen, den Boden fruchtbar zu nutzen. Ich werde wiederkommen, wenn sich die Lage in der ganzen Stadt beruhigt hat, wenn der Bischof seine Messe zu Ende gelesen hat, wenn seine Gorillas ihre Untersuchung abgeschlossen haben und wenn die Amerikaner wieder in ihrem Reinigungsgeschäft sitzen. Ich presse eine Wange an die Scheibe, um einen letzten Blick auf Sora zu werfen …

Alles hat sich wieder beruhigt.

Außer dem Fahrer, der gereizt mit zwei oder drei Angestellten der Busgesellschaft diskutiert.

Ich weiß nicht, ob es meine zunehmende Paranoia ist, aber ich habe echt den Eindruck, daß sie zu mir hersehen.

Zwei Geschäftsleute kommen dazu, ich erkenne den Besitzer der Kneipe. Sie werfen diskrete Seitenblicke auf mich. Ganz sicher irre ich mich. Ich werde noch durchdrehen, wenn ich mich vom Argwohn überrollen lasse. Die drei Minuten sind um. Der Fahrer steht immer noch herum, ihre Diskussion wird heftiger, sie bemühen sich, leise zu sprechen, ich öffne das Fenster und höre dennoch nichts, der Fahrer schüttelt den Kopf, man ergreift ihn am Arm, schüttelt ihn ein bißchen. Ich verstehe nichts.

Plötzlich findet er eine winzige Sekunde lang sein Lächeln wieder. Er steigt in den Bus, ohne sich hinzusetzen, und ruft in die Runde:

– Wir haben ein kleines Problem mit dem Motor. Muß repariert werden. Der Bus kann jetzt nicht abfahren. Wir bedauern sehr. Bis heute abend werden wir versuchen, einen Ersatzbus zu finden. Alles aussteigen!

Die Fahrgäste grummeln, stehen auf, versuchen mit dem Fahrer zu verhandeln, der ausholende bedauernde Gesten macht.

Ich sitze da, belämmert, keuchend, ohne begreifen zu können, was er da eben gesagt hat.

Diese Schweinehunde …

Sie werden mich nicht kriegen. Ich steige aus und gehe an der kleinen Gruppe vorbei, der Gastwirt wendet den Kopf ab. Ihr wollt mich festketten, mich zurückhalten … Ich weiß nicht, was ihr sucht, aber mich werdet ihr nicht kriegen.

Ich biege um die Straßenecke, da wo normalerweise die drei einzigen Taxen der Stadt parken. Man hält mich am Arm fest, ich fahre hoch und bin bereit, meine Faust in die Fresse desjenigen zu schmettern, der versucht, mich zurückzuhalten.

– He … he! Beruhigen Sie sich doch, Signore Polsinelli! Ich bin es, erkennen Sie mich nicht?

Der Notar. Was macht der denn hier …?

– Ich suche Sie überall, aber an Sie kommt man ja nicht mehr heran!

– Doch, doch. Alle außer Ihnen schaffen das. Ich habe es eilig, was wollen Sie?

– Ich wollte Ihnen nur sagen, daß … Es ist eine heikle Sache … Vielleicht irre ich mich ja, aber …

Er nähert sich meinem Ohr und wirft verstohlene Blicke in die Runde.

– Das Berufsgeheimnis verpflichtet mich, Signore … Aber man kann nicht alle undichten Löcher stopfen … Ich kann nichts dafür, das beschwöre ich … Aber das ganze Dorf hat schließlich erfahren, daß es … die Klausel gibt …

– Welche Klausel?

– Wie denn, welche Klausel? Das habe ich Ihnen doch zuallererst gesagt, als Sie ankamen! Die Klausel, die besagt, daß der Grund und Boden nach Ihnen ganz an die Gemeinde zurückgeht …

– Versteh ich nicht.

– Sie wissen doch, daß das Herrn Trengonis Wunsch war. Falls Sie die Grundstücke ablehnen sollten, gehen sie an das gesamte Dorf über. Das gleiche gilt für den Fall Ihres … Ihres Ablebens.

– Wie bitte?

– Es ist alles schwarz auf weiß festgehalten. Und jetzt,

wo uns Sant'Angelo die Gnade seiner Rückkehr erwiesen hat, wo Sie Millionen an dem Weinberg verdient haben …

Ein bohrender Kopfschmerz beginnt in meinem Schädel zu hämmern.

– Sehen Sie sich vor, Signore Polsinelli …

Meine Beine tragen mich kaum noch, ich lehne mich gegen eine Mauer.

– Warten Sie eine Sekunde … Warten Sie … Sie versuchen mir zu sagen, daß die Dorfbewohner, um den Weinberg unter sich aufteilen zu können, bereit wären …

– Ich sage gar nichts. Ich warne Sie, das ist alles. Also, viel Glück, Signore …

Er läßt mich stehen und verabschiedet sich mit einer kleinen Handbewegung.

Die Leute wechseln auf die andere Straßenseite.

Die Terrasse des Kaffeehauses ist voll und ganz und gar still.

Wir lieben dich doch zu sehr, um dich abfahren zu lassen … hatte gestern dieser Halbwüchsige gesagt.

All diese stummen Gesichter an den Fenstern.

Unbeweglich.

Ein Taxi biegt um die Ecke, ich werfe mich fast unter seine Räder, er bremst scharf.

– Sie haben ja wohl nicht mehr alle Tassen im Schrank! brüllt der Fahrer.

Es ist leer, ich will durch die Hintertür hinein, aber er verriegelt sie.

Von weitem mache ich hinter dem Kürbislastwagen einen diskreten Umriß aus, der ihm bedeutet, mich nicht aufzunehmen.

– Geht nicht, ich hab' einen Fahrgast …

Ich weiß mir keinen Rat mehr, ich werde gegen diese Verschwörung nicht mehr lange durchhalten. Ich durchwühle meine Tasche und ziehe ein dickes Bündel Geld hervor. Ich habe keine Ahnung, wieviel das ist.

– Das gehört alles Ihnen, wenn Sie mich aus der Stadt herausschaffen …

Der Kerl ist zwar abfahrbereit, aber zögert doch einen Augenblick lang angesichts des Bündels. Dann sieht er die Gruppe Männer an, die sich langsam auf uns zu bewegen.

– Gut, steigen Sie ein ...

Kaum bin ich drinnen, gibt er wie ein Irrer Gas, die Männer brüllen auf vor Wut.

– Va fan'culooooo! ruft ihnen der Taxifahrer mit einer eindeutigen Handbewegung zu.

Er schafft es knapp an zwei Fußgängern vorbei, sie werfen Gegenstände an den Wagen, der Fahrer schert sich nicht darum, und wir rasen direkt auf den Ponte di Ferro zu, um aus Sora herauszufahren.

– Haben Sie Probleme, Signore? fragt er mich fast lachend.

– Sie werden auch welche kriegen.

– Ich? Probleme? Das Wort kenne ich nicht, ich bin aus Neapel.

Sein Akzent beweist es und sein Fahrstil auch. Die Neapolitaner kennen nur eine sehr gesäuberte Fassung der Straßenverkehrsordnung, sie läßt sich in einer goldenen Regel zusammenfassen: »Nimm nie den Fuß vom Gas, sonst klaut man dir die Reifen.« Das Taxi fährt einen kleinen Hügel hinauf, ich kann von weitem den Wasserfall von Isola Liri sehen, das ist ein kleines Nachbardorf, durch das man muß, um den Hauptort zu erreichen.

– Wir sind jetzt draußen, wo soll es nun hingehen?

– Zum Bahnhof von Frosinone.

– Für das Bündel, das Sie mir gezeigt haben, fahre ich Sie nach Rom, wenn Sie wollen ...

War das Bündel wirklich so groß? In der Eile habe ich keine Zeit gehabt nachzuzählen.

Das Taxi fährt langsamer.

– Was ist los?

– Schauen Sie nach vorne, Signore ... Ist das Ihr sogenanntes Problem?

Die beiden Cadillacs kommen von vorne langsam auf

uns zu. Seite an Seite sind sie breiter als die Straße. Das Taxi hält an.

– He … Sind diese Kerle hinter Ihnen her?

– Ja.

– Porca troia …!

– Was wollen Sie damit sagen?

Er bleibt vor den zwei weißen Ungeheuern stehen und kreuzt die Arme, seelenruhig, nicht im geringsten erstaunt.

– Aber kehren Sie doch um! Wir werden doch hier nicht stehenbleiben! Wir können zurückfahren in Richtung …

– Hören Sie, Signore, behalten Sie Ihre Knete, ich weiche den Problemen aus, denn ich kann sie gut einschätzen. Ganz Sora ist nichts im Vergleich zu diesen vier Kerlen da. Und ich bin nur ein Neapolitaner …

Der bärtige Joe ist als erster aufgetaucht, der schwarze Henry ist ihm mit gezückter Pistole gefolgt. Parini ist auf der Bildfläche erschienen, hinter seinem dritten Muskelmann.

Drei Knarren unter der Nase des Taxifahrers, ich sehe mir das alles wie ein Zuschauer an. Fast zerstreut. Ich habe schon aufgegeben.

– *The guy is mine … dickhead,* knurrt Parini den Neapolitaner an.

– Non c'è problema … Non c'è problema! Calma!

Keine Zeit, auch nur einen Ton zu sagen, schon haben Henry und Joe mich wie einen Sack voll Scheiße hochgehoben und hinten in ihre Karre geschmissen. Parinis Auto ist als erstes Richtung Sora abgebraust, Henry ist hinterher, und Joe hat mir mit Hilfe der Revolvermündung an der Schläfe den Kopf unter den Sitz gehalten.

Während meine Stirn gegen den ledernen Sitz scheuert, reden sie ununterbrochen in unverständlichem New Yorker Kauderwelsch. Ich versuche, ein Wort, einen Hinweis über mein Schicksal zu ergattern. Der eine erzählt von seiner Lust auf Mortadella. Er wundert sich, daß es in Italien auch Pizza gibt, die aber weniger gut ist als bei ihm zu Hause. Der andere antwortet, daß die Mietwagen in Rom echte Schrottkarren sind. Aber ich bin nicht sicher, ob ich wirklich alles verstanden habe.

– Hast du es dir überlegt, Polsinelli?

Mein Gesicht ist nur wenige Zentimeter vom Schlick entfernt, und ich brülle sofort: ja. Das Ufer des Liri ist völlig menschenleer. Henry und Joe, die mich an den Haaren über den Fluß gehalten haben, bringen mich jetzt ans Ufer zurück.

– Fünfundzwanzig Prozent?

– Einverstanden ...

– Einverstanden? Ja, wo hast du sie denn hingetan? fragt Parini, und gleichzeitig verschlingt er genießerisch ein gewaltiges Stück kalte, tropfende Pizza.

– Was wollen Sie damit sagen?

Als er mit den Fingern schnippt, wird mir die kleine Erfrischung zuteil, die ich mir erspart zu haben glaubte.

Das trübe Wasser ist durch meine Nase nach innen geflossen und läßt meine Augen gefrieren. Ich halte einige Sekunden lang bewegungslos durch und schüttele dann den Kopf wie ein Besessener, damit sie die Folter abkürzen. Es hat eine halbe Ewigkeit gedauert, ich habe sogar ganz in die Fluten stürzen wollen, ohne jedoch jene Hand abschütteln zu können, die in meinen Nacken gekrallt war.

– Ich kann nur feststellen, daß du versucht hast, dich davonzustehlen, oder stimmt's vielleicht nicht? Wo hast du es hingetan? fragt Parini, während ich meine Lungen wieder aufpumpe.

– Ich habe ... das Geld ... nicht dabei ...

Parini wirft seine Pizzakruste ins Wasser und wischt sich die Finger mit einem Taschentuch ab, das man ihm gerade gereicht hat.

– Hör zu, Polsinelli. Ich bin hier geboren, habe aber nicht die Absicht, hier zu sterben. Wenn du deinerseits jedoch darauf bestehst, können wir das für dich in Ordnung bringen. Ich werde jedenfalls bei diesen Bauerntölpeln hier nicht alt. Allein wo wir gestern übernachtet haben, hatten meine Jungs das Gefühl, in einem Schweinestall zu schlafen. Deshalb basta, kapierst du?

– Ich hab das Geld nicht ... warten Sie bis nach der nächsten Ernte ...

Er schnippt mit den Fingern. Ich brülle um mein Leben, sie stecken mich bis zur Taille hinein, mein Mund füllt sich mit Wasser, und da explodiert mein Hals.

Mein Körper hat mit einem Schlag die Waffen gestreckt.

Leerlauf.

Man hievt mich ans Ufer.

Eine Ohrfeige bringt mich zur Besinnung.

– Jetzt reden wir über fünfzig Prozent, Polsinelli. *Metà per uno, capish?* Fifty fifty, O.K.?

– ... Ja ...

– Du bist mir was schuldig, Polsinelli. Morgen früh will ich dich wiedersehen samt der Hälfte des Ertrags aus dem Verkauf der 30 000 Liter. Verstanden?

Nein, ich habe nicht alles verstanden. Die Türen sind in der Ferne zugeknallt. Hohe, feuchte und schlammige Gräser bedecken mein Gesicht. Langsam beruhigt sich mein Atem. Ich schließe die Augen. Die durchnäßten Kleider treiben mir die Eiseskälte bis in die Knochen, aber ich bringe die Kraft nicht auf, sie auszuziehen. Ein Auto ist mit hoher Geschwindigkeit vorbeigefahren, ohne mich zu sehen. Ich bekomme Lust, mich bis zum Straßenrand zu schleppen, um das nächste anzuhalten. Und zu Bianca nach Hause zu fahren. Ohne zu wissen, ob sie überhaupt noch etwas von mir wissen will. Aber auch das habe ich aufgegeben, mein Verstand ist wieder zurückgekehrt und hat mich davon abgehalten, einen Typen um Hilfe zu bitten, dem nichts lieber wäre, als mich plattzumachen. Und das mit Anlauf.

Du rächst dich, Sant'Angelo ...

Das ist die einzige Erklärung. Bist du derart sauer auf mich?

Verlange von mir, was du willst. Laß mich büßen. Aber sei gnädig.

Tu etwas.

Nur ein Zeichen.

Beim Kriechen habe ich einen flachen trockenen Stein gefunden, auf den bette ich meinen Kopf.

Nacht.

Eine Autotür schlägt zu. Ich habe geglaubt, sie kämen zurück.

Zwei Männer, ganz in Schwarz, haben sich zu mir hingebeugt, um mich aus dem Graben zu ziehen, einer hat mich unter den Achseln gepackt, der andere an den Beinen. Sie haben mich hinten in den Mercedes gesteckt. Als man mir eine Decke um die Schultern legte, habe ich die beiden Sendboten des Vatikan erkannt.

Genau neben mir habe ich endlich das Gesicht jenes Mannes sehen können, der gestern den Bischof begleitet hatte, ohne jedoch aus dem Wagen zu steigen.

Ein mageres Gesicht, kleine ovale Brillengläser, militärischer Kurzhaarschnitt, dicke Lippen, auf denen ein ruhiges Lächeln zu erkennen ist. Er trägt einen schwarzen Anzug mit einem kleinen Kreuz am Revers. Geduldig wartet er, bis ich ganz zu mir komme, ohne sich zu bewegen, ohne etwas zu sagen. Ich habe mich in die Decke vergraben und so klein wie möglich gemacht.

– Sie machen unangenehme Prüfungen durch …

– Sie sprechen Französisch …?

– Ich spreche vier Sprachen, aber ich benutze die Ihre nicht so oft, wie ich gerne möchte.

– Sie kommen aber ziemlich gut zurecht.

Eine heitere Stimme, die alles um sich herum beruhigt. Ein völlig lockerer Blick, starre Augen, die nie plinkern. Keinerlei Vergleich mit all den Hysterikern, in deren Gesichtern man nur Zähne sieht und die die Worte ausspucken. Er legt seine Fingerspitzen auf meinen Vorderarm.

– Erkälten Sie sich bloß nicht. Im Sommer ist das gefährlich.

– Fahren Sie mich nach Hause?

– Selbstverständlich.

Er bedeutet seinen Mannen einzusteigen und loszufahren. Eine Scheibe trennt uns von ihnen. Ich brauche ihnen die Adresse nicht anzugeben.

– Die Wege des Herrn sind unerforschlich. Sind Sie der Besitzer jenes Weinbergs, Herr Polsinelli?

– Ja. Und Sie?

– Mein Name wird Ihnen nicht viel sagen. Sagen wir, ich bin ein Finanzmann. Die muß es auch geben, oder? Es ist ein recht hartes Brot, das Erbe der Kirche zu verwalten.

– …?

– Ich werde nicht in alle Einzelheiten gehen, aber vereinfachend könnte man sagen, daß ich in gewisser Weise der Bankier bin … Ja, sagen wir der Bankier des Vatikan.

Ein Lämpchen ist in meinem Hirn aufgeflackert. Die Keller des Vatikan, die Schätze des Vatikan und all die Geschichten, die sich darum ranken. Ich habe angefangen zu zittern. Ich konnte gerade noch einen Ansturm von Neugier abbremsen, der mich hätte zweitausend Fragen stellen lassen, eine unziemlicher als die andere.

– Morgen wird diese Messe stattfinden. Sie sind sich sicher bewußt, daß eine solche Zeremonie die Verehrung des Sant'Angelo durch die Kirche »offizialisiert« – oder ist das nicht das richtige Wort in Französisch? Ist Ihnen klar, was das alles voraussetzt? Daß das Wunder offiziell sanktioniert ist. Der Weinberg wird zum echten Heiligtum. Von der höchsten Autorität anerkannt und geehrt.

Das wird mir zu bunt. Ich wollte die Dinge nicht so weit treiben. Dario auch nicht. Ich verstehe jetzt die Verbissenheit der beiden Untersuchungsbeauftragten besser.

– Tausende von Pilgern werden kommen, sich zu Füßen des Heiligen zu sammeln. Es muß eine neue Kapelle gebaut, Messen müssen organisiert werden, et cetera … Morgen ist ein großer Tag. Was halten Sie davon?

Nur das Schlechteste. Ich hatte das alles nicht vorgesehen. Nichts davon. Weder die kommerzielle Sturmflut, noch die amerikanische Invasion, oder die Besitzgier der Stadt, oder Gottes Finger in Richtung seines Sakraments. Ich wollte nur einen kleinen Knall loslassen, ein kleines Dreitagewunder und basta, ich wollte dann mit meinem Schnitt nach Hause abzischen. Ende der Vorstellung.

Er hat die Arme gekreuzt, immer noch mit jenem seltsamen Lächeln auf den Lippen. Wenn ich darüber nachdenke, frage ich mich, ob es wirklich ein Lächeln war.

– Aber stellen Sie sich nur einen Augenblick lang vor, statt der Absegnung verkündet man den Gläubigen, daß das ganze teuflische Unternehmen nur dazu gedient hat, ihnen den Opfergroschen aus der Tasche zu ziehen. Daß Ungläubige das Gedenken an einen Heiligen verunglimpft haben, um die Kaufleute des Tempels zu bereichern.

– Was wollen Sie damit sagen ... Ich ...

– Daß die Kapelle mit Benzin in Brand gesteckt wurde, daß die Statue brandgeschützt worden war, daß das Gebäude sorgfältig *vorbearbeitet* worden war, um auf diese Art auseinanderzubrechen und daß Marcello di Palma ein wunderbarer Schauspieler ist. Leugnen Sie das?

Leugnen? Wozu denn? Von Anfang an habe ich gespürt, daß diese Knaben nicht von der Art sind, die Hosanna vor einem Haufen Holzkohlenglut rufen. Dario hat versucht, schlauer als die Diener des Allerhöchsten zu sein. So war es. Und wie ein Vollidiot habe ich es ihm nachgetan. Wie konnte ich mich nur gewieft genug fühlen, es mit ihnen aufzunehmen?

Hä, Antonio? Jetzt schauste ganz schön blöd aus der Wäsche. Es konnte ja auch nicht ewig währen. Neben ihnen sind Parini und seine drei kleinen Taschenganoven Hampelmänner.

– Was haben Sie vor? frage ich.

– Öffentlich das Sakrileg anzuklagen. Sie den Behörden auszuliefern, und unsere Mutter, die Kirche wird darüber wachen, daß Sie mindestens dreißig Jahre lang nicht aus dem Kerker herauskommen. Die Macht dazu hat sie. Stellen Sie sich nur die Enttäuschung unserer Gläubigen und all jener, die Sie betrogen haben, vor. Das Volk von Sora, die Menschen aus der ganzen Gegend. Dabei rede ich nur von der irdischen Justiz. Das ist die weniger schreckliche. Sie haben eine Todsünde begangen.

Weniger schrecklich? Vielleicht, aber wenn ich die Wahl habe, ziehe ich das jüngste Gericht einem ganzen Leben im Knast vor.

– Es sei denn …

Ich bin vom Sitz hochgefahren, um seinen Satzfetzen im Flug aufzufangen. Alle meine Gehirnturbinen haben sich in Bewegung gesetzt.

Der Wagen hatte da bereits den Stadtrand erreicht.

– Es sei denn, Sie und ich finden einen *Modus Vivendi.* Die glücklichste Lösung für uns alle. Das Wichtigste ist, unseren Gläubigen ein so grausames Geständnis zu ersparen. Ich habe Ihnen bereits gesagt, die Wege des Herrn sind unerforschlich. Vielleicht hat er gerade Sie ausgewählt, um unserem guten Sant'Angelo Ehre widerfahren zu lassen, er war zu früh in Vergessenheit geraten, das gebe ich zu …

Schweigen. Ich beiße mir auf die Lippen, um zu verhindern, daß mir etwas Dämliches entschlüpft.

– Wir wüßten schon, was zu tun ist, mit dem ganzen Geld, das die Weinlese einbringen könnte. Wir haben viele verschiedene Projekte. Ein Krankenhaus bauen, eine heilige Stätte schaffen, Schulen errichten. Die Entscheidung ist noch nicht gefallen. Wir brauchen ungeheuer viel Geld für all die noch zu vollbringenden Werke. Dieser Wein könnte für all jene Unglückseligen ein Glücksfall sein. Es wird Sie sicher überraschen, aber wir haben erstaunlich viele Anfragen von Pfarreien bekommen, die den Wein von Sant'Angelo für ihre Messen benutzen wollen. Da ist uns die Idee gekommen, ihn in ganz Italien als offiziellen Meßwein einzusetzen …

– Sie scherzen …?

– Sehe ich so aus, Herr Polsinelli? Doch schließlich geht Sie das alles ja gar nichts an. Mein Vorschlag ist einfach: Sie geben alles auf, die Besitzurkunden, die Reserven und alle Ihre lächerlichen Berechnungen. Wir wissen besser als alle Ihre kleinen Manager, wie wir vorzugehen haben. Anders gesagt: Machen Sie uns eine Schenkung …

– Eine Schenkung?

– Sagen wir, in aller Augen wird es eine sein. Im Gegenzug überweisen wir jedes Jahr 500 000 Ihrer Franken auf ein anonymes Nummernkonto bei der Bank Ihrer Wahl.

Der Wagen hält vor Biancas Haus. Die letzten Kunden der Kneipe sind von meiner Ankunft im Mercedes wie gebannt. Der Fahrer steigt aus, um mir den Wagenschlag zu öffnen. Der Kneipenwirt glaubt an einer Halluzination zu leiden.

– Ich habe gehört, Sie hätten Probleme mit der Stadt. Vielleicht außerdem noch mit einer anderen Seite …

– Sie sind gut informiert.

– Nicht wahr, die Wege des Herrn sind unerforschlich … Denken Sie über meinen Vorschlag nach. Aber können Sie sich überhaupt erlauben abzulehnen?

Nein. Selbstverständlich nicht. Das weiß er genausogut wie ich.

– Sie sollten auch wissen, daß Sie voll und ganz unter unserem Schutz stehen, wenn Sie mit unserer Vereinbarung einverstanden sind. Ich glaube nicht, daß irgend jemand es wagen würde, sich darüber hinwegzusetzen.

Bevor er abfährt, fügt er noch hinzu:

– Machen Sie sich also keine Sorgen. Ich hole Sie so gegen elf ab? Wir gehen doch zusammen zu den Feierlichkeiten, nicht wahr?

Er hat seine Scheibe hochgleiten lassen, und der Wagen ist schweigend entschwunden.

Um mich herum sind böse, erstaunte, schweigende Gesichter.

Man hätte mich lynchen können, ohne das geringste Risiko einzugehen.

Doch niemand wagt es, bis auf mehr als zehn Meter an mich heranzukommen.

Ich bekam das Gefühl, um mich herum sei ein magnetisches Feld.

Bianca hat von ihrem Fenster aus alles gesehen. Sie ist einen Augenblick lang verschwunden.

Dann höre ich, wie sich ihre Haustür öffnet.

– Wir haben vergessen abzuriegeln, sage ich.

– Abgeschlossen und doppelt verriegelt, ich habe schon nachgesehen, Antonio. Versuch lieber zu schlafen, bald wird es Tag.

– Warum soll ich schlafen? Hast du ein Beruhigungsmittel? Wie spät ist es … Oder Valium, ja, das ist gut … Oder Temesta, nur eine oder zwei. Bitte …

– Ich habe nichts von alledem … Soll ich dir einen Kräutertee machen …?

– Einen Kräutertee! Wen willst du hier auf den Arm nehmen? Diese Fensterläden sind verrottet … Die taugen nichts, sag' ich dir … Hast du Alkohol? Grappa, irgendwas … Ich weiß nicht …

– Wein?

– Wein … Ich will nichts mehr von dem verdammten Wein hören … Ich möchte … Ich möchte … Wie sagt man »kotzen« in deiner Sprache? »Kotzen«, kotzt ihr Itaker denn nie? Ich bin sicher, der Riegel ist nicht zu, manchmal ist man sich sicher, etwas getan zu haben, so sicher, daß man es vergißt, wie spät ist es denn …?

– Wach auf, Antonio. Gleich ist es Zeit für die Messe.

… Der Weinberg … Ich muß zum Weinberg …

– Bianca …? Wie spät ist es …?

– Fast elf. Du bist erst vor knapp zwei Stunden eingeschlafen.

Ja … Ich erinnere mich. Die Sonne stand schon hoch.

Meine Augenlider öffnen sich einfach nicht … Ich muß zum Weinberg … Der Banker hat recht. Ohne seinen Schutz bin ich im Arsch. Er wird alles in die Hand nehmen. Und ich kann nach Paris zurück …

– Wartet unten ein Auto auf mich?

– Ja, ein großes.

In ihrer Stimme spüre ich etwas wie ein Unbehagen, als sie das sagt, und meine Augen öffnen sich von selbst.

– Ein Mercedes?

– Nein. Ein Cadillac.

– …?

– Der zweite ist gerade dabei einzuparken …

Ich werfe mich auf Bianca und schüttele sie mit aller Kraft, sie brüllt auf.

– Willst du mich hier verrecken lassen, oder was!

– Antonio, du drehst durch!

Sie bricht in Tränen aus und haut mich mitten in die Fresse.

Ich werfe einen Blick durch die Gardinen. Sie sind da. Sie warten auf mich. Der Mercedes ist nicht in Sicht.

– Hilf mir, Bianca …

Sie trocknet ihre Tränen an einem Schürzenzipfel. Langsam beruhigt sich ihr Atem, sie überlegt kurz.

– Willst du wirklich hinaus?

– Ja …

– Im Hof … Da steht die Vespa meines Vaters. Sie funktioniert noch, ich leihe sie oft aus.

– Na und?

– Ich gehe zuerst raus und halte sie eine Sekunde lang auf, und du haust ab. Danach kann ich nur noch für dich beten, Antonio …

Fünf Minuten später sind wir an ihrer Hoftür, der Motor springt beim ersten Versuch an.

– Was wirst du ihnen sagen? Die da sind nicht wie die aus dem Fernsehen.

Ich steige auf das Mofa, sie geht raus, ich warte einen

Moment und rase dann auf die Straße, ohne mich umzudrehen, ein Wagen kann mir gerade noch ausweichen, ich lasse den Motor aufheulen.

Ich bewältige die Via Nazionale mit dreimal Gas geben, ich kann nicht mehr nach hinten sehen, beim Vorbeifahren höre ich Leute brüllen, die Sonne blendet mich.

Nicht nach hinten sehen …

Die Straße wird enger, ich bin schon am Stadtrand.

Ich biege von der Asphaltstraße ab auf den Steinweg.

Hundert Meter vor mir sind einige Tiere, der Schäfer hebt die Arme, um mich zu warnen, ich bremse kurz und sehe hinter mich. Die Cadillacs sind mir auf den Fersen, ich umfahre das Vieh zu schnell und schleudere brüllend in den Graben.

Gegen einen Baum geprallt.

Ich bin benommen, kann aber aufstehen, entzweigebrochen, ein Knöchel tut höllisch weh, der Schäfer rennt schreiend mit erhobenem Stock auf mich zu. Ich schlage mich in den Wald, zwei Schüsse knallen, ich laufe ziellos weiter, Äste ohrfeigen mich, ich stolpere über Sträucher. Das Brennen am Fuß entlockt mir rauhe Schreie, die ich zu unterdrücken versuche, damit sie mich nicht ausmachen.

Diese Schweinepriester werden mich kriegen …

Der Wald ist riesig, wenn ich mich darin verliere, werden die anderen es vielleicht auch tun … Ich weiß nicht, wie man von hier zum Weinberg kommt … Ich müßte einen Augenblick anhalten, um mich in diesem Dschungel zurechtzufinden …

Unmöglich. Keine Zeit.

Die Schweinepriester werden mich nicht kriegen.

Ich bin lange gelaufen mit brennendem Knöchel, ohne den Schmerz zu spüren. Schließlich bin ich außer Atem zu Boden gestürzt.

Alles ist wieder still geworden.

Ich habe gewartet. Schnaubend wie ein verwundeter Stier.

Langsam habe ich den Kopf gehoben. Dann habe ich in der Ferne zwischen dem Blätterwerk das Fenster gesehen.

Da habe ich mich wieder an einen Satz erinnert.

»Siehst du die Lichter da hinten, hinter den Bäumen? Da wohne ich. Ich wollte dir das nur zeigen ... Wenn du Unterschlupf suchst ... Kannst vorbeikommen, wann du willst.«

Es ist Manginis Haus. Ohne schon zu wissen warum, habe ich einen Seufzer ausgestoßen.

Als er die Tür aufmachte, sind mir Tränen in die Augen gestiegen. Wir sind einen Augenblick lang so stehen geblieben, einer vor dem anderen, ohne Worte zu finden.

– Signore Polsinelli ...?

Er führt mich in einen großen, fast kahlen Raum mit einem riesigen, mehr als drei Meter langen Eichenholztisch. Ich sinke nieder und massiere meinen Knöchel, trunken vor Müdigkeit. Mangini setzt eine unbeteiligte Miene auf, als habe er nicht gespürt, daß ich vor Angst sterbe.

– Seit Er hier ist, habe ich Ihn schon zehnmal eingeladen, aber bis heute habe ich nicht geglaubt, daß Er kommen wird ... Wo doch alle Welt so einen Zauber um Seine Grundstücke aufführt.

– Zu groß der Zauber. Sie wollen alle ...

Ich habe meinen Schnabel gerade noch rechtzeitig zugeklappt, bevor mir eine vertrauliche Information entfährt.

– Sagen Sie, Signore Mangini, kann ich mich einen Augenblick lang bei Ihnen ausruhen ...? Man sucht mich, es wäre zu kompliziert, es Ihnen zu erklären ...

Er geht zu einem Wandschrank und nimmt seinen Karabiner heraus, den er lädt und auf den Tisch legt.

– Hier kann Ihn keiner finden. Es sei denn, Er habe jemandem gesagt, daß Er zu dem alten Briganten Mangini will ...?

– Nein, niemand weiß das.

Zwischen diesen Mauern, mit ihm und seinem Gewehr habe ich mich sofort in Sicherheit gefühlt.

– Sagen Sie ... Sie sind doch gar nicht so alt, Signore Mangini.

– Für wie alt hält Er mich?

– Sechzig.

– Danke. Nächsten Monat werde ich dreiundsiebzig.

Seine Höflichkeitsform der dritten Person ist wie ein Automatismus wieder hochgekommen.

– Was meint Er zu meinem Haus?

Es ist herrlich. Eine kleine zweistöckige Villa mitten im Wald. Die ideale Zuflucht für einen Eremiten, der jünger wirkt, als er ist.

– Ich habe es 53 ganz allein gebaut. Ganz und gar allein. Nicht ein Mann aus dem Dorf ist mir helfen gekommen.

Er hat das mit einer Mischung aus Rachsucht und Stolz gesagt, eine kleine nachtragende Gemeinheit, die ich nicht erwartet hätte.

– Denn in diesem Dorf hassen mich alle, hat man Ihm das nicht erzählt?

Ich verstehe nicht, warum er das sagt, aber angesichts dessen, was mir die Leute aus Sora angetan haben, glaube ich ihm sofort.

– Alle Welt scheint Sie zu achten, Signore Mangini.

– Das ist keine Achtung, es ist Schweigen!

Ich versuche nicht, mehr zu erfahren. Ich will nur eins: solange wie möglich in diesem Haus verweilen, das gut nach getrocknetem Stein und gebohnertem Holz riecht.

Während wir sprechen, übermannt mich plötzlich ein Geruch, ich spüre wie er nach und nach eindringt, ich suche überall im Zimmer nach seinem Ursprung. Mangini achtet überhaupt nicht darauf, als sei seine Nase schon seit Ewigkeiten davon voll. Meine Nase wittert mehrmals, die Gewöhnung an den Geruch richtet sich nach und nach ein und schon verliert er sich. Ein merkwürdiger Duft, hybrid, pflanzlich, warm und fad gleichzeitig, farblos. Er erinnert an nichts, das ich bereits kenne, legt aber eine Mischung von Dingen nahe, die einzeln genommen schon immer Bestandteil meines Lebens waren.

– Nun gut, Er muß sich etwas ausruhen, Signore Polsinelli. Nach all dem, was so vorgeht, wird Er wohl Hunger haben, oder? Ich wollte gerade zu Tisch gehen. Riecht Er, was dahinten Gutes steht …?

Fressen? Ein brenzliger Geruch? Ich hätte mir alles einbilden können, nur das nicht, der Dampf getrockneten Strohs, die Muffigkeit eines nie geöffneten Kräuterschranks, Ausdünstungen von Glut und Asche, alles, nur nicht etwas, das kocht, um gekostet zu werden. Das ist wirklich das Gegenteil von Biancas Küche, wo jedes Düftchen mir Lust auf eine römische Orgie macht. Dennoch fühle ich mich nicht wirklich abgestoßen von seinem Geköchelten. Höchstens neugierig.

Mit zwei Handbewegungen hat er den Tisch gedeckt. Als er einen dritten Teller herausholt, stehe ich langsam auf.

– Erwarten Sie jemanden?

– Ja. Einen Verwandten. Er setze sich wieder hin.

– Hören Sie, ich bin nicht sehr hungrig, ich war nicht eingeplant und möchte nicht stören …

Mangini holt eine Flasche heraus und füllt zwei Gläser mit Wein.

– Es ist mein Neffe, der Sohn meiner Schwester. Er kommt von Zeit zu Zeit vorbei. Seit dem Tod seiner Mutter sind wir uns näher gekommen, er und ich. Wenn es ihn nicht gäbe, würde ich, glaube ich, das ganze Jahr über mit niemandem sprechen. Aber wenn Er keine Lust hat zu bleiben, kann mein Neffe Ihn nach Sora zurückbegleiten, sobald er kommt. Geht das so in Ordnung …?

– Nein, nicht nach Sora, in den Weinberg. Ich muß in meinen Weinberg.

– Für die Messe? Wie es Ihm beliebt! Nun? Bleibt Er?

Selbstverständlich. Ich kann gar nicht anders. Und ich habe auch keine Lust mehr. Ich werfe einen Blick auf den Karabiner. Er bemerkt das.

– Fürchte Er sich vor nichts mehr, hier wird Ihn niemand finden. Nehme Er im Wohnzimmer Platz, bis der Neffe kommt. Ich setze schon das Wasser auf.

Der Knöchel schmerzt weniger, es ist weder ein Bruch noch eine Verstauchung. Nur um in andere Stimmung zu kommen, verlasse ich das Eßzimmer, gehe an der Küche vorbei, aus der jener unbeschreibliche Geruch dringt und betrete einen großen Raum, in dem ein alter abgeblätterter Sessel vor einer großen Holztruhe thront, die wohl als Fußstütze dient. Genau was ich brauche. Darum herum ist absolut nichts. Eine eisige Leere. Kein Fernseher, keine eingerahmten Familienfotos, keine Zeitschriften. Nur ein Sessel und eine Truhe. Eine durchdachte Schlichtheit. Eine seltsame Atmosphäre.

Welche Stunden mag man wohl in einem solchen Raum verbringen können? Was sucht man dort? Ruhe, Vergessen?

Oder das Gegenteil. Man bringt seine tiefen Gedanken zusammen, die Ergebnisse seines Nachsinnens, seine Erinnerungen. Man muß schon alles im Kopf haben.

– Hat Er etwas für die Wartezeit gefunden, Signore Polsinelli …? schreit Mangini von hinten aus der Küche.

Was gefunden? Hier gibt es nichts zu finden, man kann nur verlieren, was man beim Eintreten schon hatte. Dieser Raum dient wohl dazu, die Dinge von selbst hochkommen zu lassen. Man braucht nur abzuwarten. Dann schlagen sie langsam zurück. Sie tauchen auf.

Die Truhe ist genau zu meinen Füßen. Verführerisch.

Ich sehe zur Küche hin, lege eine Hand auf den Haken. Ohne ein Geräusch hebe ich den Deckel hoch.

Ich mußte ihn ganz aufschlagen, um die Umrisse der beiden einzigen Gegenstände darin zu erkennen. Zuerst habe ich gezwinkert und dann die Augen zugekniffen.

Ich habe versucht, daran zu glauben …

In der Tiefe jenes hölzernen Abgrunds habe ich diesen sehr dicken schwarzen, gefalteten Stoff gesehen, mit einem makellos glatten, steifen Kragen. Daneben ein Revolver, der einer Luger ähnelt. Der Revolver hätte mir eigentlich Angst machen müssen. Aber es ist eher das Hemd, das mir einen Schock versetzt. Das schwarze Hemd, dessen Kragen mit einer gestickten roten Initiale versehen ist. Ein M.

Ich fühle, wie mein Herz mir bis in die Schläfen schlägt.

Diese Schweinehunde waren immer sehr sauber, aber am Ende waren sie nicht mehr sehr stolz, die Faschisten. Ich weiß nicht warum, aber der Compare und ich hatten Schiß vor den Konzentrationslagern. Es gab keinen wirklichen Grund, aber wir hatten trotzdem Angst, in den Tod geschickt zu werden. Das war einfach so, deshalb haben wir versucht, ihnen nicht über den Weg zu laufen. Aber es kam dennoch manchmal vor, und sie machten sich über uns lustig, beschimpften uns als Feiglinge. Ich habe nicht gewagt, die Stimme zu erheben, und das beweist, daß sie sicher recht hatten. Aber ich hatte Lust, ihnen zu sagen, daß meine einzige Ehre in der Geschichte, die uns bis dahin geführt hatte, darin bestand, daß ich niemals einem einzigen Kerl begegnet war, der mir ans Leder wollte, nie einen einzigen Kerl getroffen hatte, dem ich ans Leder wollte, daß ich in meinem Leben nie in der ersten Reihe gewesen war, daß ich während ihres dämlichen Griechenlandfeldzuges abgewartet hatte, bis es von alleine vorbeiging. Vier lange Jahre lang. Und es war noch nicht zu Ende.

Es ist fast soweit, Signore Polsinelli ...!

Ein alter Faschist ...

Mangini gehörte zu Mussolinis Truppen. Einer jener Besessenen, die mein Vater immer wieder auf seinem Weg fand, bis zum Ende. Ich wußte nicht, daß es noch welche gab, echte, wie man sie in den Filmen sieht, schwarz und sauber, Gefährten des Todes, geblendet von einem makellosen glatten Duce. Das M für Mussolini auf dem Hemd war ein den Offizieren vorbehaltenes Abzeichen. Ein Privileg. Mein Gastgeber war nicht irgendwer.

– Ich hoffe, Er hat Hunger ...!

Hunger ...? Ein echter Faschist lädt mich zum Essen ein, er nimmt mich auf, beschützt mich. Und sorgt sich um meinen Hunger. Ich habe die Truhe zugeklappt.

Mit ausholenden Gesten bittet er mich zu Tisch. Seine Kopfhaltung, seine Gewaltsamkeit, seine natürliche Starrheit, sein Eremitentum, all diese Einzelheiten vermischen sich, finden plötzlich eine Erklärung, und ich kann mich nicht davon abhalten, sie selbst ungerechtfertigterweise in ein schwarzes Hemd zu hüllen.

– Es ist fast fertig, setze Er sich, mein blöder Neffe hat noch eine Minute, wenn er kommen will, solange die Pasta noch warm ist. Er wird meine Spezialität kosten! Ammazza!

Ich weiß nicht mehr, was ich tun soll, weggehen, ihm ins Gesicht spucken, ihm alles entgegenschleudern, was mein Vater zu sagen hätte. Er hat sein Hemd nicht verbrannt und seinen Revolver nicht dem Feuer geopfert, ganz sicher aus Nostalgie. Jedem seinen Krieg. Jedem seine Erinnerungen. Jedem seine Trophäen.

Ich dachte, ich hätte einen Freund gefunden.

Doch trotz des Ekels, den er mir einflößt, müßte ich völlig plemplem sein, ihn zu beschimpfen und das Haus zu verlassen, wo draußen irgendwelche Typen mich durchlöchern wollen. Ich stecke in der Klemme. Und bin gezwungen, das kleinere Übel zu wählen.

– Ich lasse sie kaum im Wasser aufkochen, so muß man sie essen. Weiß Er, warum die Italiener ihre Pasta *al dente* essen? Weil es ein Gericht für Arme ist, und in schweren Zeiten aßen sie sie fast ungekocht, damit sie im Magen weiter aufquellen, das hält weitaus länger vor.

– Riechen Sie diesen faulen Geruch? frage ich.

– Welchen Geruch ...?

– Diesen Küchengeruch.

– Meine Soße?

– Ist es eine Soße mit Rizinusöl?

Mit gekreuzten Armen sieht er mich etwas verdutzt an und findet dann seinen Anflug von Lächeln wieder.

– Man kocht doch nicht mit Rizinusöl.

– Ja, ich vergaß, es ist sogar das Gegenteil, mit Rizinusöl führt man ab.

Schweigen. Ich setze mich immer noch nicht hin. Er kehrt in seine Küche zurück, ohne meinen Hinweis aufs Abführen aufzunehmen. Ich bedaure es schon, es war mir nur so herausgerutscht. Als wollte ich um jeden Preis, daß er mich hinausschmeißt. Seine Stimme dringt durch ein Fritiergeräusch bis zu mir durch.

– Er ist noch jung, Signore Polsinelli ... Aber ich bewundere Ihn dennoch. Er redet wie ein Kerl aus unserer Gegend, Er sieht aus wie ein Kerl aus unserer Gegend, und Er schlägt sich genauso gut durch wie ein Kerl aus unserer Gegend. Man könnte meinen, all die Kerle aus unserer Gegend würden jetzt in Vitry-sur-Seine geboren.

Ich stehe einen Moment herum, ohne einen Entschluß fassen zu können, ohne zu wissen, was ich sagen soll.

– Zu Tisch!

Alles gerät durcheinander. Er, sein Alter, seine Vergangenheit, seine Geschichte und all die Dinge, von denen ich nichts wissen will. Er kommt aus der Küche zurück und trägt eine große Salatschüssel wie einen Kelch vor sich her, aus der jener seltsame Geruch strömt, dann setzt er mir das Gericht vor die Nase, und unmittelbar danach unterdrücke ich einen Übelkeitsanfall und halte eine Hand vor den Mund.

– Sie sind vollkommen ... Vollkommen! Wenn es Ihm nicht behagt, kann ich schnell etwas anderes zubereiten, aber Er hätte unrecht.

Seine Begeisterung scheint immer aufrichtiger. Er lächelt und klopft mir auf die Schulter. Ich spüre, daß er seinen Hunger mit mir teilen will.

Ich schlucke meinen Ekel einen Augenblick lang herunter und sehe in den Teller, den er für mich füllt. Eine weißliche, breiige Masse ohne Soße, nicht einmal ein Tropfen Öl, kleine, verstreute grüne Fädchen, gekochte Blätter und eine Art gelber Paste, die nicht zur Aufheiterung beiträgt. Keinerlei Ästhetik, sicherlich keinerlei Geschmack. Nur der fade Geruch hat wieder an Wärme und Intensität gewonnen. Er setzt sich beglückt zu Tisch, lächelt mich mit größter Freundlichkeit an. Ein Schweigen entsteht.

Ich nehme langsam die Hand vor dem Mund weg. Schließe die Augen. Und erst jetzt geht es mir auf.

Ich unterdrücke einen erneuten Schluckauf, gerate ins Schwitzen, ich werde meinen Magen nicht länger unter Kontrolle halten können.

– Was ist los, Antonio ...? Mag Er keine Rigatoni ...?

Als ich wieder hinsehe, ist alles vorhanden, die Maiskörner, der Löwenzahn, der herbe Minzeduft ...

Dieser aufdringliche Geruch steigt mir zu Kopf.

Wie hast du das nur herunterbringen können, Dario ...?

Ich habe mich zur Seite gebeugt, ein heftigerer Schluckauf als der vorige hat mir den Mund aufgepreßt, und ich erbreche einen Faden Gallensaft, der mich von innen verbrannt hat.

Mangini steht auf, etwas aus dem Konzept gebracht, und macht eine Handbewegung, um seine Verwirrung zu zeigen.

Verstehst du nun besser, Antoine ...? Du fühltest dich sicher in diesem Haus? Und jetzt würdest du alles tun, um wieder draußen zu sein, was? Vielleicht hast du ja noch eine Chance davonzukommen ... Denn Mangini ahnt noch nicht, daß du verstanden hast ... Verstanden, daß tatsächlich er der Mörder von Dario ist ...

– Ich habe schon mehr Erfolg gehabt, Antonio Polsinelli ... Er wird mich doch nicht kränken wollen.

– Entschuldigen Sie, es ist gleich vorbei ...

– Tut mir leid, dies ist ein Rezept, das mir sehr wichtig ist. Ich könnte alle Soßen Italiens zubereiten, selbst die erstaunlichsten, aber ich liebe die Küche nicht, die man in jedem x-beliebigen Restaurant essen kann. Beim Kochen muß man Wagnisse eingehen!

– Entschuldigen Sie, Signore Mangini ... Mir ist unwohl ... Hitzewellen ... Ich werde kurz draußen Luft schnappen, dann geht es besser ...

Als ich aufstehe, legt er die Hand ans Gewehr, ich habe verstanden, er hat verstanden, ich lehne mit dem Rücken an der Tür, ohne den alten Irren aus den Augen zu verlieren, ich taste nach dem Türgriff, die Tür geht von selbst auf ...

Ich stoße einen Schrei aus, als man mich von hinten an den Haaren reißt.

Ich schreie noch mal, als man mich in die Nieren schlägt. Ich fliege mit der Fresse gegen ein Möbelstück. Ich huste und halte mir die Rippen, ich will mich aufrichten, aber ein Fußtritt mitten ins Gesicht hat mich am Boden festgenagelt.

Ich weiß nicht, wie lange dieser Moment gedauert hat, aber ich habe ihn so lange wie möglich hingezogen, um nicht noch mehr Schläge abzubekommen.

Mangini hat sich über mich gebeugt, und ich habe mich noch etwas mehr zusammengekauert.

– Er richte sich auf, damit ich Ihm meinen Neffen vorstellen kann, den Er bereits kennt.

Porteglia beugt sich herab und massiert seine Faust, als wollte er wieder zuschlagen. Beim ersten Mal war ich sturzbetrunken gewesen. Beim zweiten Mal hatte ich ihm den Rücken zugewandt. Das heißt sicher, daß man so einen kleinen Schmutzfink nicht zu fürchten braucht.

– Sole il nipote capisce lo zio, sagt mir Mangini.

»Allein der Neffe kann den Onkel verstehen.« Das klingt wie eine Redensart, man muß etwas dabei verweilen, um den Sinn zu erfassen, wenn es einen solchen gibt, und im Moment sehe ich ihn noch nicht. »Der Onkel und der Neffe«, das klingt wie ein italienischer Schwank. Ein Fastvater und ein falscher Sohn. Die Blutsbande ohne Beachtung der Rollen. Verschwörung ohne Verpflichtungen. Das Spiel überwiegt jede Art von Ernst. Man braucht sich nur anzusehen, wie sie vorgegangen sind, sich um mich herum abgelöst haben, wie zwei Gauner aus einer Fabel, deren armes Opfer ich war. Ja, eine Fabel. Ohne ersichtliche Moral.

– Er widme sich meiner Spezialität. Er zwinge sich ein bißchen!

Um seiner Einladung Nachdruck zu verleihen, zeigt er mir den Revolver, den er aus der Truhe genommen hat, und lädt ihn in offenkundiger Weise. Als genüge das Gewehr nicht mehr. Porteglia ergreift mich, hebt mich hoch und schiebt mich auf einen Stuhl. Sie glauben sicher, ich würde mit einem Pistolenlauf an der Schläfe essen. Dazu noch diese Henkersmahlzeit. Das hinunterwürgen hieße, sich auf den Abgang vorzubereiten. Der Neffe setzt sich zu meiner Linken, und der Onkel steckt mir wie einem Kind eine Gabel in die Hand, dann nähert er sich meinem Ohr, um mit mir zu reden wie eine Mutter, die ihr Kind zum Essen bringen will.

– Was ist denn los mit Ihm …? He …? Ist es Attilio, der Ihm den Appetit verdirbt? Oder ist es wegen des Hemdes, das Er in meiner Truhe gesehen hat? Hat Er so etwas vorher noch nie gesehen? Er glaubt wohl, Er hätte es gefunden, wenn ich es nicht hätte vorzeigen wollen? Hat Er Angst vor dem schwarzen Mann?

Ich habe einen langen Moment überlegt, was ich antworten soll, aber mir sind nur Unflätigkeiten in den Sinn gekommen. Dazu noch in Französisch. Unflätigkeiten sind vielleicht das Instinktive an einer Sprache.

– Scheißfaschist.

– Man könnte meinen, ich spräche Französisch, ich habe alles verstanden … Aber ich bin es ja gewohnt, von den Leuten hier aus der Gegend. Auch die irren sich. Ich war kein wirklicher Faschist. Zumindest nicht lange. Ich habe das Hemd nicht als Reliquie behalten. Eher als Schweißtuch eines Gespenstes, das ich in der Truhe gefangen halte.

– Scheißfaschist.

Porteglia hat mir eine in den Nacken gescheuert. Im gleichen Moment bin ich ihm ins Gesicht gesprungen, um ihm die Gabel ins Auge zu pflanzen. Einfach so. Nach dem Schrei zu urteilen, den er ausstieß, glaubte ich es geschafft zu haben, dabei hatte ich nur seine Wange aufgerissen.

Natürlich hat er mich erneut mit Schlägen übersät, am Boden, bis er mit seiner Schuhspitze meine Augenbraue kaputtgetreten hat. Er will mir das Augenlicht nehmen und hätte es fast geschafft, als der Onkel ihn zurückreißt.

– Dario hat sich nicht so angestellt, sagt mir der Onkel.

Der Neffe setzt sich wieder hin mit der Hand über einer Gesichtshälfte. Die Wunde hat ihm wieder zu neuer Kraft verholfen. Ich stehe auf und halte weiter eine Hand über mein Auge.

– Im Gegenteil! Er mochte die Küche von Onkelchen, nicht wahr, Ohm? Ich erinnere mich, daß ich, um die Rigatoni runterzuspülen, einen 76er Gevrey-Chambertin in einem kleinen Laden am Palais-Royal gefunden hatte. Ein kleines Juwel, nicht, Ohm?

Keine Antwort.

– In dem Viertel habe ich Oenologie studiert, und ich habe immer noch mein kleines Appartement in der Rue de la Banque, dorthin hatten wir Dario eingeladen. Ich liebe Paris.

– Ich war zum ersten Mal dort und werde mich nie wieder blicken lassen, sagt Mangini und behält eine Hand an seiner Waffe. Ich hatte sogar vergessen, wie man mit diesem Ding schießt ... Bedenken Sie, der Krieg, das war vor fünfzig Jahren ... Und selbst da hatte ich es nicht oft benutzt, ich war kein guter Soldat ...

Ich habe die Augen geschlossen.

– Aber Dario, dieser kleine Schlaumeier verdiente es auch nicht besser, wirklich. Sechs Monate davor war er gekommen und hatte mir das Grundstück abgekauft, und da hatte ich noch gelacht ... Später, als ich ihn um die Kapelle herumstreichen sah, anstatt sie abzureißen, und als er überall Fragen über Sant'Angelo stellte, da habe ich angefangen zu begreifen, was er im Kopf hatte. Ich erinnere mich sogar an den Tag, als ich ihm, blöd wie ich war, sagte, falls er guten Wein zustande brächte, wäre das ein echtes Wunder, und das hat ihn zum Lachen gebracht!

Porteglia gabelt eine Nudel auf und hält sie unter meine Nase. Ich mache den Mund nicht auf, er reibt sie mir an die Lippen, Mangini zielt mit der Pistole auf mich. Ich öffne die Lippen spaltbreit.

– Zu Anfang habe ich ihn für einen Irren gehalten, aber später ... Er versetze sich an meine Stelle, Signore Polsinelli, ich bin auf diesem Grundstück fast geboren und habe nie etwas gesehen ... Da muß ein junger Idiot von einem kleinen Pariser ankommen mit dieser Teufelsidee ... Darüber konnte ich nachts nicht mehr schlafen.

Ich kaue, ohne zu atmen, es hat keinen Geschmack, nicht einmal den von Salz, ich presse die Augen fest zu. Und spucke alles auf den Tisch aus.

– Da habe ich ihm mitgeteilt, daß ich alles verstanden habe, daß sein Plan mir gefällt und daß er ohne mich nicht durchgeführt werden kann. Ich habe ihm Zeit zum Nachdenken gelassen und bin für eine einzige Nacht nach Paris gekommen, damit wir alle drei zusammen zu Abend essen und diskutieren konnten, er hat mir zehn Prozent des Erlöses angeboten, lächerlich, damit kann ich mir nicht mal einen Kaffee kochen ... Ich habe ihn getötet, denn nach seinem Tod gab es normalerweise nur noch seine Mutter, und der hätte ich das ganze Grundstück abgekauft, problemlos, und ich selber hätte Sant'Angelo wieder auf der Bildfläche erscheinen lassen können ...

Ich halte die Augen fest geschlossen und bemühe mich, nicht hinzuhören. Das einzige, das zählt, ist die Folter mit der Gabel.

Ab Winter 44 haben wir alles mögliche verschlungen. Ich erinnere mich sogar an einen Wald, in dem wir mehrere Tage nur mit Johannisbeerenessen durchgehalten haben. Ein anderes Mal hatte ich Schildkröten gefunden, haufenweise, man weiß nicht warum, aber in diesem Land erstaunte mich nichts mehr. Man mußte alles nehmen, wie es kam. Ich hatte mit der Hacke zugeschlagen, um den Panzer zu knacken. Man brauchte vierzehn Schildkröten für etwa 200 Gramm Fleisch. Das beste waren die Eier, der Compare machte uns ein ziemlich gutes Ragout daraus. Er brachte es fertig, uns Eintopf aus irgendwelchem Zeug zu kochen, das wir um uns herum fanden, zusammen mit dem, was wir bei den Bauern unter Lebensgefahr stahlen. Mit diesen Rinden, dem Löwenzahn, den Reststücken schaffte er es, uns zu ernähren, man durfte nicht fragen, was es war, das wesentliche war, daß er es schaffte, so daß wir in unserer Fünfergruppe schließlich glaubten, er sei der berühmteste Küchenmeister der Welt. Wir haben nicht ein einziges Mal gekotzt, stell dir vor ... Gut, es stimmt, die meiste Zeit dachten wir an etwas anderes, wenn wir es hinunterwürgten, einverstanden, aber er war dennoch ein Zauberer. Dafür hatte er Talent, das war die einzige Art, in der er mir Freude machte und mir die ganzen Leben zurückzahlte, die ich ihm gerettet hatte.

– Da hat mir der Notar die Ankunft eines neuen Besitzers angekündigt, und da habe ich mir vor Wut die Finger bis aufs Blut aufgebissen. Das kann man doch verstehen, oder? Fast der gleiche Typ wie Dario, aber etwas fehlte, oder war zusätzlich da, ich weiß nicht wie. Da habe ich mir ganz einfach gesagt, daß noch nicht alles verloren ist, ich konnte ihm die Grundstücke schließlich noch abkaufen, bevor er begriff ... Trotz des Geldes, trotz der Schläge, nichts zu machen, der neue Pariser war noch hartnäckiger als der erste.

... Weihnachten 44, ich kann nicht gerade behaupten, daß wir noch sehr an Gott glaubten. Wir hatten alle jemanden im Kopf. Eine Verlobte, ein Kind, und all diesen Leuten hätten wir sagen wollen, wir hätten sie verteidigt oder beschützt. Pustekuchen ... Vier Jahre später wußten wir noch weniger, was wir dort zu Weihnachten zu suchen hatten. Und diesmal gab es wirklich nichts mehr zu fres-

sen. Wir glaubten nicht mehr an Gott, oder wir glaubten nur noch an ihn, denn an jenem fünfundzwanzigsten Dezember, du kannst es mir glauben oder nicht, haben wir etwas erlebt, das man ein Wunder nennen könnte. Ja, ein Wunder, da gibt es kein anderes Wort für. Wir hatten gehört, daß sich eine faschistische Garnison mit Vorräten sieben Kilometer von unserem Loch entfernt niedergelassen hatte. Wir haben uns gefragt, wer von uns hingehen sollte, zweie waren von der Kälte erledigt, der kleine Roberto hatte Schiß, und man kann nicht sagen, daß der Compare ein Vorbild an Mut war, also würde es in jedem Fall ich sein, denn ich konnte es da nicht mehr aushalten, ich wollte losziehen … Der Compare hat versucht, mich zurückzuhalten, er hatte Angst, ohne mich vor die Hunde zu gehen, und ich habe ihm versprochen wiederzukommen. Robertino hat mir seine Schuhe gegeben, und ich bin los. Und wiedergekommen. Ich kann dir nicht einmal sagen, wie es abgelaufen ist, denn ich erinnere mich kaum daran, ich habe mit ihnen diskutiert, ich habe so getan, als redete ich, als hörte ich ihnen zu, als fragte ich nach Nachrichten aus Italien, aber das alles war mir schnurzegal, ich sah nur ihre Nahrungsmittelreserve. Ich habe gegessen, sie haben sich über mich lustig gemacht, ein Offizier hat mir gesagt, er nehme mich in seinen Trupp auf, ich brauchte nur eine Uniform anzuziehen, wenn ich eine Chance haben wollte, nach Hause zurückzukehren. Ich habe den Idioten gespielt, habe gesagt, das könne bis zum Ende der Nacht warten, sie haben sich alle schlafengelegt, und ich habe ihnen acht Kilo Pasta gestohlen. Acht … Sagt dir das was …? Acht … Ich habe alles in einen Kasten gestopft, ich glaubte vor Müdigkeit umzufallen, aber ich weiß nicht warum, beim Gedanken abzuhauen sind meine Kräfte gewachsen, und ich bin zu den anderen zurückgekehrt, die immer noch auf mich warteten. Wir haben alle angefangen zu heulen, als ich den Schatz vorzeigte. Gelb wie Gold … Heute kann ich dir nicht mehr sagen, wie es war, aber … Ich hatte Pasta gestohlen, ohne wirklich zu wissen, welche es waren, es war stockdunkel … Morgens früh habe ich verstanden, daß wir für die kommenden Tage acht Kilo Rigatoni hatten …

Eine Ohrfeige von Porteglia bringt mich wieder zu ihnen zurück. Sie haben ihre Teller leergegessen. Mangini stochert in seinen Zähnen, er ist entspannt, hängt fast in seinem Stuhl. Porteglia schenkt sich Wein nach und genießt ihn mit zufriedenem Glucksen.

– Welch schönes Wunder hat er uns beschert, der Signore Polsinelli … Es war eine gute Idee, am Tag des Gonfalone … Aber es gibt etwas, das ich mir nicht erklären kann: Marcello …

Sie erstarren beide gleichzeitig, tauschen einen Blick aus und nähern sich mir dann.

– Sie werden es uns sagen, was …? flüstert der Neffe.

– Aber ja doch, er wird uns sagen, was mit diesem blinden Scheißer passiert ist. Ich kenne diesen Trunkenbold seit ewigen Zeiten. Ich habe ihn immer nur kriechen und die Hand ausstrecken sehen, da wird man mich doch wohl nicht mit dieser Wundergeschichte für dumm verkaufen wollen …

… Ein Wunder zu Weihnachten, warum auch nicht gerade an diesem Tag … Die Pasta, wenn man monatelang oder noch länger keine mehr gegessen hat, ist das besser als ein Wunder. Der Compare hatte uns versprochen, diese Pasta nicht zu versauen, zum Feiertag wollte er sein Bestes geben, da hat er aufgesammelt, was es an Bestem gab. Und hat vor Ort ein Rezept erfunden. Aus einer Scheune gestohlener Mais, Minze und Löwenzahn. Das wahre Glück bestand darin, etwas Rotes zu haben, Tomaten, aber die hätte uns selbst der liebe Gott, da wo wir waren, nicht auftreiben können, da hat uns der Compare Rigatoni a l'Albanese erfunden … Wir haben den Rest Holz für ein großes Feuer unter dem Topf aufgebraucht, wir haben uns darum herum gelagert, als seien wir im Kino, und nach

und nach ist uns der Soßengeruch in die Köpfe gestiegen. Ich habe niemals in meinem ganzen Leben einen so außerordentlichen Duft gerochen, mein Magen hat sich wie eine Erdspalte geöffnet, und ich habe mir gesagt, daß die acht Kilo Platz hätten ...

Diesmal schlägt mir Porteglia mit der Faust auf die Nase, es knackt darin und langsam pißt Blut heraus.

Die Geschichte mit dem Blinden hat sie gereizt. Es ist das einzige Detail, das nicht ins Konzept paßt, und Mangini und sein Neffe werden mich nicht töten, solange sie darüber nicht Bescheid wissen. Blut läuft an meiner Lippe herunter, und ich weiß nicht ... Ich weiß nicht ...

Plötzlich schwellen meine Augen vor Tränen.

Nach dem Festmahl sind wir eine Stunde sitzen geblieben, ohne etwas zu sagen, die Bäuche an der Luft, in Erwartung, daß der ganze Körper sein Glück ohne Störung alleine auslebte. Du kannst dir denken, daß wir nach dem Hunger alle an das Gleiche dachten ... An den Wein ... Den Wein ... Den roten ... Aber den hätte uns selbst Gott nicht auftreiben können, da wo wir waren ... Man kann ja auch nicht zwei Wunder an einem Tag verlangen ... Robertino, der sich gut an den Katechismus erinnerte, erzählte uns von der wundersamen Vermehrung von Brot und Wein, wir baten ihn, die Stelle mit dem Wein zu wiederholen, einer von uns hat geschworen, er werde Winzer, falls er nach Hause zurückkehrte, er werde niemandem etwas verkaufen, aber der ist nicht zurückgekommen. Die acht Kilo Rigatoni haben den fatalen Moment etwas hinausgeschoben, wir haben sie ganz langsam verbraucht, und der Compare hatte sich an die Soße gewöhnt, man konnte ihn nicht bitten, sich etwas anderes einfallen zu lassen ... Dennoch warteten wir auf den Tod. Wir dachten an ihn wie alle Soldaten. Außer daß wir nicht einmal mehr Soldaten waren ... Ich sag es dir, ich habe schon bezahlt mein Sohn, für dich und für deinen Bruder, und für die

Söhne, die ihr haben werdet. Ihr sollt euch niemals in einer solchen Scheiße wiederfinden ...

Mangini kann nicht mehr. Mein Schweigen hat seine Gehässigkeit nur angefeuert. Warum soll er mich am Leben lassen?

– Du hättest nichts von dem Geld, Antonio ... Das wäre für mich eine zu große Schande, täte mir weh. Wie könnte ich dich auch hier lebend herauslassen, was? Jetzt, wo du weißt, daß ich den anderen kleinen Scheißer umgebracht habe.

Ich habe schon versucht zu reden.

Zu verhandeln.

Mich zu wehren.

Aber ich kriege nicht einmal mehr den Mund auf.

Ich werde das gleiche Ende haben wie du, Dario.

Normalerweise müßte ich Angst haben.

Aber sie kommt nicht.

Ich weiß nicht, warum.

– Schade ... Ich hätte zu gern Darios letzten Streich begriffen ... Wie hat er diesem blinden Kacker das Augenlicht wiedergegeben? Denn es war doch Darios Idee, oder? Ihr seid euch wirklich ähnlich, ihr beiden ...

Mangini nimmt mein Kinn zwischen seinen Daumen und seinen Zeigefinger, er drückt fest zu und dreht mein Gesicht, um es noch näher durchforschen zu können.

Seine Stimme ist sanfter geworden. In seinen Augen sehe ich einen kleinen flüchtigen Schimmer von Zärtlichkeit.

– Antonio ... du bist ein wenig wie Dario ... Aber du siehst auch jemand anderem noch ähnlicher ... Sehr viel ähnlicher ... Ist ja auch kein Wunder ...

Im Februar ist Robertino auf dem Weg nach Tirana gestorben. Der Compare und ich sind zu zweit übriggeblieben, wie schon von Anfang an. Es war ein Rätsel, man hätte meinen können, wir seien unsterblich, solange wir zusammenblieben, und in Todesgefahr, sobald sich einer etwas zu weit entfernte. Wir sind weitergegangen und haben an das Schiff gedacht. Dann haben wir eines Nachts ein Lager gesehen, Lärm gehört, Feuer gerochen, und der Compare, der am Ende seiner Kräfte war, wollte da sofort hin. Ich habe ihn davon abgehalten, ist doch wahr, wir wußten nicht, worauf wir stoßen würden, Deutsche, albanische Widerstandskämpfer, Faschisten, Freunde oder Feinde, wir wollten lieber den Morgen abwarten. Ich bin eingeschlafen, nachdem ich ihm gesagt hatte: »Vertrau mir, du Holzkopf, das hat dir bis jetzt noch kein Unglück gebracht« .... Glaubst du mir, wenn ich dir sage, daß man mich am nächsten Morgen mit einem Stiefeltritt weckte ...? Faschisten, ich hatte das große Los erwischt, und ich habe daran gedacht, daß der Compare und ich noch tiefer in der Scheiße steckten als am Vorabend, ich hebe den Blick und sehe dieses Arschloch da stehen, ganz sauber, ganz in Schwarz. Zu Anfang habe ich nicht recht begriffen, ich erinnere mich, ich war noch nicht ganz wach, ich habe ihn angesehen und gesagt: »He ho ... bist du bescheuert oder was? Wir müssen nach Hause, wir können hier nicht ewig herumhängen.« Ich weiß nicht, was er ihnen verklickert hatte, aber einer von ihnen hat eine Pistole gezückt und mich aufgefordert, ihnen zu folgen, ich bin gelaufen wie ein Irrer und habe diese Kugel im Oberschenkel erwischt. Ein Schmerz, der bis heute in mir bohrt. Sie haben mich wohl für tot gehalten und niemand ist gekommen, um nachzusehen ... Nicht einmal er ...

Ich habe keine Angst. Mangini preßt immer noch mein Gesicht in seine Handfläche. Er ergreift seine Waffe und hält den Lauf an meine Schläfe.

– Warum hast du dich in das alles eingemischt, Polsinelli? Als ich deinen Namen hörte, habe ich einen Zeitsprung gemacht ... Einen großen Sprung nach hinten ... Ich habe in meinem Leben nur einen Polsinelli gekannt ...

Er sieht mich noch intensiver an, ich ertrage es nicht, schließe wieder die Augen.

– Das hat der Teufel bewußt so eingerichtet, mir diesen Schicksalsschlag zu verpassen ... Fast fünfzig Jahre später ... Da habe ich gelacht und auf dich gewartet.

Seine Hand hat angefangen zu zittern, meine Augenlider haben sich zusammengezogen.

Nach der Detonation bin ich zu Boden gestürzt, habe gebrüllt und gesehen.

Die zersplitterte Scheibe.

Porteglia am Boden und Mangini aufrecht, unbeweglich, zwei Hände an seine rechte Seite gepreßt.

Draußen ein Schatten hinter der Scheibe.

Ich bin unverletzt.

Porteglia brüllt, die Tür geht auf. Ich bin am Leben. Mangini schwankt einen Augenblick und beugt sich dann über den Tisch, bettet seine Stirn darauf. Ich habe nie geglaubt, daß ich sterben würde.

Jemand kommt herein. Mangini hebt den Kopf. Ich fühle mich gut. Alles ist in Ordnung.

Mein Vater. Auf der Türschwelle.

Er ist da.

Porteglia kriecht zu mir her und bettelt.

Ich habe nie Angst gehabt.

Ich habe seinen Humpelschritt erkannt, er geht auf Mangini zu, lädt das Gewehr wieder und bohrt ihm den Lauf in den Nacken.

Und ich dachte an den Compare und fragte mich, was ihn wohl überkommen haben mochte. Wir haben uns immer ohne Hilfe von außen durchgeschlagen, ohne Armee, ohne Chef, ohne Waffen, ohne Fraß, nur mit dem verzehrenden Bedürfnis nach Hause zu fahren. Solange wir zu zweit waren, blieb uns das Schlimmste erspart. Wir waren lieber nackt, als daß wir ein Hemd übergezogen hätten, ob schwarz, rot oder khaki. Da hat er mir leid getan, weißt du ... So haarscharf an all den Eseleien vorbeikommen und dann hineinfallen, wenn man schon spürt, daß man ans Ziel gelangt ... Ich wußte nicht, wie er damit leben wollte, wenn er wieder zu Hause war. Ich hatte nur noch Mitleid mit dem Kerl ...

Er hat meinen Blick nicht gesucht. Er hat sich nur um den über den Tisch gekrümmten Mangini gekümmert. Sie haben sich Dinge gesagt, mit den Augen, Dinge, die mich nichts angehen, und es hat Zeit gebraucht.

Zwei alte Männer.

Weit entfernt.

Vor fünfundvierzig Jahren.

Sie hatten sich da ein paar Dinge zu erzählen, in ihren Blicken.

Von einem zum anderen.

– Fahren wir nach Hause?

Es hätte einer Frage ähneln können, aber in Wirklichkeit war es ein Angebot, das ich schwer hätte ablehnen können. Ein weiteres Angebot. Allerdings das letzte.

Im Zug haben wir nicht viel miteinander geredet, der Alte wollte lieber die Schnauze halten. Er hat stundenlang auf das Abteilfenster gestiert, bis es in der Gegend von Pisa dunkel wurde. Ich habe einen Blick auf den schiefen Turm zu erhaschen versucht, aber er hat mir gesagt, das sei verlorene Liebesmühe. Ich habe alles getan, um ihn zu zwingen, ein Flugzeug zu nehmen. Nur eine Flugstunde, angesichts seines Alters schien mir das eine gute Idee. Ihm nicht.

Er hat darauf bestanden, vor unserer Abfahrt drei Tage lang in Sora zu bleiben, um sicher zu gehen, daß er sein ganzes Leben lang nichts mehr von dieser Geschichte zu hören brauchte. Als wir aus Manginis Haus aufbrachen, hat Porteglia einen Notruf gemacht, und wir sind unterwegs der Ambulanz begegnet. Die Messe war gerade zu Ende. Sant'Angelo war zu einem offiziellen Heiligen geworden und sein Wein zu einem gesegneten Nektar. Die Leute vom Vatikan hatten auf der Lauer gelegen. Ich habe ihre Bedingungen bis in die letzte Einzelheit akzeptiert, und ab diesem Augenblick haben mein Vater und ich uns von ihnen leiten lassen. Die Cadillacs sind urplötzlich aus dem Verkehr gezogen worden. Keiner hat sie mehr in Sora herumfahren sehen. Das hat mich fast beunruhigt.

Mangini hat es überlebt, das wußte man im Dorf bereits am nächsten Morgen. Wer weiß, was er erzählt hat, um die Kugel in seinen Rippen zu erklären. Vielleicht ein Unfall. Wenn er draufgegangen wäre, hätten die Leute in der Stadt sich auch damit abgefunden. Der alte Cesare hätte auf das Herz des Compare zielen können, da bin ich mir sicher. Man könnte meinen, er habe sein Leben nur etwas abkürzen wollen. Oder hat er es vermieden, ihn vor mir zu erledigen. Gibt es eine andere Hypothese? Hat er es absurd gefunden, auf einen Menschen zu schießen, er, der vier endlose Jahre lang alles getan hatte, um das nie tun zu müssen?

Ich jedenfalls könnte nicht sagen, welches stillschweigende Abkommen die beiden Alten abgeschlossen haben. Niemals werde ich erfahren, welcher der beiden den Tod des anderen am stärksten gewünscht hatte.

Mein Vater kann sich immerhin rühmen, wahre Freunde zu haben, mindestens zwei. Der eine ist ein Kumpel aus der Kur, den er jedes Jahr einmal trifft und der ihm diesmal unbeschriebene Postkarten aus Perros-Guirrec zugeschickt hat, die mein Vater beschrieb und an ihn zurücksandte. Wir erhielten sie dann mit dem richtigen Poststempel. Der andere ist ein gewisser Mimino, ein Jugendfreund aus Sora, der ihn beherbergt hatte und ihm die nötigen Informationen gab, ohne daß er auch nur die geringste Frage stellen mußte. Er bereitete sich auf eine Unterredung unter vier Augen mit Mangini vor, als ich im Dorf aufkreuzte, und er hat das Treffen hinausgeschoben und zuerst abgewartet, was ich dort zu suchen hätte. In dieser Zeit ist er sehr selten aus dem Haus gegangen, und das nur nachts, insbesondere in der Nacht, in der mir Marcello seine Enthüllungen machte. Ich brauchte ihn nicht zu fragen, wer Porteglia niedergeschlagen und mich kurz danach bis zur Kapelle geschleift hatte. Ganz schön zäh, der Alte. Sicherlich werden einige alte Energien wach, wenn es darum geht, die Brut zu schützen. Eigentlich ist es nicht erstaunlich, daß ein solcher Klappergaul so viele historische Ärgernisse überlebt hat.

Die einzig wirklich wichtige Frage, da war ich mir sicher, würde er nicht beantworten. Denn sie warf tausend weitere auf, und wieder habe ich mir gesagt, daß es mich nichts anginge. Ich habe sie mir selbst beantwortet und werde mich bis in alle Ewigkeit damit zufrieden geben müssen. Meine einzige Freiheit besteht darin, mir auszudenken und zu verschönern, was sich wirklich in seinem Kopf abgespielt hat.

Ich habe besser verstanden, warum der Alte für den Rest seines Lebens nichts mehr von Rigatoni hören wollte. Am Abend von Darios Begräbnis, als ich die Zutaten des »albanischen« Gerichts erwähnte, hat er sofort begriffen, wer da gekocht hatte. Das gleiche betrifft das von Dario erworbene Grundstück, mein Vater hat immer gewußt, wer der vorige Besitzer war. Er brauchte diese beiden Informationen nur zusammenzubringen, um sicher zu sein. Er ist einfach losgefahren, ohne uns einzuweihen.

Fünfundvierzig Jahre später zu erfahren, daß Mangini lebte und noch in der Lage war, einen Jungen zu töten, hat vielleicht eine kleine, fast erloschene Glut in einem großen Aschehaufen erneut entfacht. Vielleicht hat er daran gedacht, daß dieser Junge auch ich hätte sein können. Vielleicht waren seine Beweggründe auch weitaus egoistischer. Vielleicht lachte ihm das Herz, wenn er daran dachte loszufahren, um seine Rechnungen mit der Vergangenheit zu begleichen. Vielleicht hat er gedacht, er habe nichts mehr zu verlieren, hat er gespürt, daß er sich hiermit seine letzte Soloreise gönnte. Die letzte kleine Flucht eines Siebzigjährigen. Vielleicht gönnte er sich ja noch viel mehr. Ein Ende in Frieden. Eine überwältigende Erleichterung. Die allerletzte Episode dieses idiotischen Krieges. Endlich verstehen zu können, warum sein Elendsgefährte im letzten Moment abzweigte. Sich eine alte Schuld zurückzahlen lassen, bevor man den Löffel abgibt.

Warum ist er nicht mit mir in Verbindung getreten, als er wußte, daß ich im Dorf war? Vielleicht hat er gedacht, unsere Geschichten sollten sich nicht vermischen. Dario war mein Kumpel und Mangini seiner. Vielleicht wußte er ja auch schon, daß sich die beiden Geschichten kreuzen würden. Vielleicht hat er sich gesagt, ein Sohn müsse seine Revolution ganz alleine machen, er habe persönliche Dinge zu verteidigen, Verpflichtungen einzuhalten, einen Weg zu gehen. Oder die Erinnerung an einen Freund vor allem nicht zu verraten.

Zu guter Letzt hat er vielleicht auch gedacht, ein Alter

wie er wisse, zu welchem Zeitpunkt er das Kommando übernehmen und den Buben daran hindern müsse, sich beim Spiel mit den Zündhölzern zu verbrennen.

Vielleicht ist das sicher.

Ich wollte ihn in den Speisewagen einladen. Er hat sein belegtes Brot herausgenommen. Wir haben über Geld geredet. Er hat mich gefragt, was ich mit dem Haufen Lire machen wollte.

– Das Geld ...? Ich weiß nicht ... Hast du keine Idee ...? habe ich gemurmelt.

– Es sind deine Silberlinge, du hast sie auf deine Art verdient. Findest du das sauber?

Nach kurzer Zeit hat er hinzugefügt:

– Möchtest du eigentlich reich sein?

– Ach ... Ich weiß nicht.

– Ich schon.

Nach einem langen Moment des Schweigens, während wir uns vom Zug wiegen ließen, habe ich ihn gefragt:

– Was möchtest du haben?

– Neue Zähne, besser gemacht, die gut im Mund sitzen. Zwei Kuren im Jahr. Einen Hund. Und sonst ... sonst nichts.

Er ist alleine nach Vitry zurückgefahren, als käme er aus der Bretagne, und ich bin nach Paris.

Ja, Paris ... Ich hätte den Moment genießen müssen. Nach all diesen Abreisen eine Rückkehr. Nach dem Abenteuer Atem schöpfen. Zurückkehren. Ich habe ein letztes Mal aus dem einzigen Märchen geschöpft, das mich meine ganze Kindheit lang bezaubert hat. Indem ich zur Erde jenes Landes vorstieß, ist alles langsam gegen meinen Willen hochgekommen. Denn das alles war schon in mir vergraben. Etwas zwischen einer griechischen Tragödie und einer italienischen Komödie. Man weiß nicht mehr genau, wo man sich befindet, in einem Drama, wo man sich das Lachen verbeißt, in einem groben Schwank, der nach Angebranntem riecht. Weder eine Klage, noch eine Lektion, noch eine Moral. Nur eine Ode an das Chaos, ein Gedicht auf die Allmacht des Absurden gegenüber dem gesunden Menschenverstand, eine Vision jenseits von Glück und Unglück.

Die Rückkehr ...? Ich habe unterwegs ein paar Albaner gefunden, wir waren dreißig Kilometer vor Tirana, sie haben mein Bein so gut es ging versorgt, ich bin gehumpelt und habe das Humpeln fürs Leben beibehalten, aber ich ging wenigstens, sie haben mir Geld gegeben, damit ich bis zum Hafen kam. Du wirst es mir nicht glauben, dort gab es nur ein Schiff pro Monat nach Italien, und wie immer war mir das Glück hold: Ich hatte es gerade um zwei Stunden verpaßt. Ich habe in den Docks geschlafen und mich mit Elendsgestalten zusammengetan, die sich wie ich durchgewurschtelt hatten, das hat einen ganzen Monat gedauert. In Neapel bin ich dann an Land gegangen, da waren all diese Amerikaner. Ich habe mich geschämt, als verlauster Penner fast nackt nach Hause zu kommen. Ich habe einen Neapolitaner getroffen, der den Amerikanern falsches Parfum verkaufte, der Korken roch gut, aber er füllte die Flaschen mit Pisse. Ich habe so getan, als kaufte ich drei davon, das war eine gute Werbung, und er hat mich eingestellt, um diese Nummer jedesmal vorzuführen. Mit dem Geld habe ich mich gewaschen und gekleidet, ich habe eine Zugfahrkarte nach Hause gekauft. Nach vier Jahren. Ich war sauber und roch gut. Das hat meiner Verlobten gefallen ...

Von der ersten Sekunde an, als ich die Tür zu meiner Einzimmerwohnung öffne, vermisse ich Bianca. Ich spüre, daß das andauern wird. Ihre unschuldige Koketterie wird mir fehlen. Ihr Blick auf die Dinge wird mir fehlen. Ihre Fröhlichkeit, ihre Pantoffeln, ihre Omakittel, ihr Nagellack, ihre Märchen und Legenden, ihr Lippenstift, ihre Fernsehträume, das Rot ihrer Wangen, ihre Zärtlichkeit, ihre Tomatensoße und ihr Humor aus einer anderen Welt.

Ich wünsche ihr, daß ein Kerl von dort eines Tages all diese Schätze entdeckt, ohne sie ihr zu stehlen. Wir haben uns geschworen, nunmehr unsere Geburtstage am selben Tag zu feiern. Ein leicht zu haltendes Versprechen. Das ist der einzige Weg, den wir gefunden haben, um zusammen alt zu werden.

Um diese Rückkehr zu vergessen, habe ich mich mit teuren Freuden berauschen, mir unnütze Geschenke machen und mich in einem Überfluß an Luxus herumwälzen wollen. Ich habe nach Ideen gesucht. Eine Stunde später war ich an der Straßenecke bei Omar und aß einen vorzüglichen Couscous, um mich fern zu fühlen.

Am nächsten Tag habe ich meine Eltern besucht, und der Alte und ich haben die Wiedersehensszene mit großer Überzeugung gespielt. Meine Mutter war selig, als ich ihr erzählte, daß sich im Dorf ein Wunder ereignet hatte. Als ich eine Flasche unseres Weines herausholte, hat sie sich damit bekreuzigt und davon getrunken, bis sich ihr der Kopf drehte. Mein Vater hat ihn nicht angefaßt. Die anderen sind dazugekommen, Giovanni, der älteste, dann Clara, Anna und Iolanda, meine drei Schwestern. Ich habe allen Schecks zugesteckt, um den Zaster so schnell wie möglich loszuwerden. Mutter Trengoni ist vorbeigekommen. Wir haben über den Weinberg geredet, über das Wunder, sie hat nicht richtig verstanden, ich habe die Bündel mit den Scheinen etwas ungeschickt herausgezogen, sie hat der Sache nicht getraut. Ich habe es meinen Eltern überlassen, es ihr zu erklären, sie dazu zu bringen, das Geld anzunehmen, und sie zu ermutigen, an einem anständigen Ort zu leben. Vielleicht in Sora.

Genau gegenüber war Osvaldos Haus wie ein Pilz aus der Erde geschossen. Ein Kraftakt. Ein Verlangen, die Erde zu überdachen. In nur einem Monat. Ganz alleine. Stolz und ruhig, hat er mich mit einer Handbewegung durch das Fenster gegrüßt.

Trotz allem habe ich meinen Vater etwas ernst und nachdenklich gefunden, er hat sich den ganzen Nachmittag lang nicht vom Tisch erheben wollen, er, der es nicht aushält, länger als eine Stunde eingesperrt zu sein. Meine Mutter und Darios Mutter hingen gebannt an meinen Lippen und wollten immer mehr Einzelheiten über das Wunder und Marcellos Genesung hören. Am Ende haben sie faktisch eine Pilgerfahrt in Erwägung gezogen. Ich habe einen Moment genutzt, an dem ich mit dem Alten allein war.

– Was ist nicht in Ordnung?

– Mein Bein.

Kein Wunder. In diesem Jahr hat er auf die Kur verzichtet, und das ist das einzige, was ihn seine letzte Kriegserinnerung vergessen läßt, die er nicht mehr los wird.

– Tut es dir weh?

Er hat die Arme zum Himmel gehoben und gesagt:

– Nein. Und das beunruhigt mich.

Mutter ist strahlend zurückgekommen und hat gesagt:

– Diese Kur hat deinem Vater wirklich gut getan.

Ich habe immer weniger verstanden, was los war. Der Alte ist aufgestanden.

Zum ersten Mal in meinem Leben habe ich ihn gehen sehen, ohne zu humpeln, hin- und hergehen, von einem Bein auf das andere treten wie Fred Astaire.

– Ein wahres Wunder, diese Kur, hat er gesagt.

Beim Betreten des Hofes vor unserem Gebäude, habe ich mir genüßlich ausgedacht, was ich mit dem restlichen Geld anstellen werde. Ich habe an unbegrenzte Ferien gedacht. Als ich die Beleuchtung im Treppenhaus anknipse, denke ich an eine endlose Reise mit Zwischenlandungen in großen Hotels. Im Aufzug denke ich an einen Haufen kleiner unwahrscheinlicher Dinge. Erst als ich meinen Schlüssel in der Tür umdrehe, höre ich die dumpfen schnellen Schritte von der Treppe.

Ein unbekanntes Gesicht. Instinktiv habe ich gewußt, daß er mich sucht.

Er ist ganz nah herangekommen. So nah wie möglich. Sicher zu nah.

Etwas geht in meinem Kopf vor. Eine Kreuzung zwischen der Überraschung, die bereits vorbei ist, und der Angst, die im Affenzahn daherkommt. Ich habe geglaubt, ein Wort herausbringen zu können, verhandeln, meine nackten Handflächen hinhalten und meine Müdigkeit gestehen, mich seinem gesunden Menschenverstand ausliefern und tief Atem holen, bevor das alles in Bewegung gerät.

Aber seine Hand hat sich zu schnell in seiner Manteltasche bewegt. Meine hat am Schloß gefummelt, die Tür ist einfach nicht aufgegangen.

Ich habe eine langsame Handbewegung in seine Richtung getan. Wie um ihn zu bitten zu warten.

Warten bis ich verstehen kann, bevor ich über den Jordan gehe. Nur einen winzigen Augenblick, ein Splitter, ein Quentchen Wahrheit. Ich hatte Lust, ihm zu sagen, wir hätten jede Menge Zeit. Zeit, damit er mir sagt, wo er herkommt und wer ihn zu mir schickt. Einfach aus Neugier.

Wer ist denn immer noch hinter mir her ...?

Da habe ich verstanden, daß es nie zu Ende sein wird. Daß alles zu weit gegangen ist, um an der Schwelle zu meiner Wohnung innezuhalten. Daß es nach diesem Festmahl an Gehässigkeit, Rache und Wahnsinn immer noch welche gibt, die erneut den Tisch decken wollen.

Er hat einen Augenblick überrascht gewirkt und dann langsam seinen Revolver mit Schalldämpfer hervorgezogen.

Noch 'ne Runde? Gönnen wir uns noch einen letzten Happen? Na denn los. Ich will ihn warnen. Ja, warnen, ihm sagen, daß ich, wenn es denn sein muß, Nachschlag verlangen werde.

Er lädt seine Waffe, und ich rolle mich zu Boden. Ich robbe zum Treppenhaus, eine Kugel pfeift an meinem Ohr vorbei, ich krieche die Treppen hoch, er folgt mir, eine Tür geht in der Ferne auf, er dreht den Kopf.

Da, in diesem kurzen Augenblick, dieser Zehntelsekunde, packt mich der Hunger in den Eingeweiden. Der Hunger.

Einen ganzen Block Haß und Horror verschlingen, ein Verlangen nach Rotem, Fleisch, sich alles Bewegliche einverleiben nach dem Fasten der Ohnmacht und der Reue, der Reue, zuviel erlitten zu haben, Todesdrohungen und -versprechungen, Angst, die man mir in scharfen brennenden Portionen eingejagt hat, da kann ich diesen unglaublichen Appetit auf Grausamkeit nicht zügeln.

All das während der Sekunde seines Zögerns.

Ich habe wieder geschrien und mich gleichzeitig auf ihn gestürzt. Wir rollen über den Boden. Die Treppenbeleuchtung erlischt. Ich bekomme einen Kolbenschlag über den Schädel und spüre nichts, ich werde ihn, so wie er ist, auffressen. Damit er nicht wieder zu sich kommt, habe ich ihn die Treppe hinuntergestoßen, er ist die Stufen hinuntergefallen, ich bin auf ihm gelandet, der Revolver hat in die Luft geschossen, dicht an meinem Mund vorbei. Ich habe meine Zähne in sein Handgelenk geschlagen und mit geschlossenen Augen so fest wie möglich zugebissen, er hat vor Schmerz aufgeheult und seine Waffe losgelassen. Aber das hat mir nicht gereicht.

Ohne die Zähne zu lockern, habe ich den Revolver ergriffen und weit nach hinten geschleudert. Als sich meine Zunge feucht vor Blut anfühlte, habe ich den Mund aufgemacht. Er ist ungelenk aufgestanden und im Dunkeln ein Stockwerk tiefer gelaufen. Ich habe den Gedanken nicht ertragen, daß er mir entschlüpft. Ich habe ihn durch einen Sprung eingeholt, das Festmahl ist noch nicht zu Ende.

Ich habe ihn gestopft, in Scheibchen geschnitten, das Ganze in Stücke gehackt, ich habe ihn von oben bis unten durchgespickt, bis er sich abschleimen läßt und seinen Saft abgibt.

– Zu Tisch, brülle ich, und die Spucke läuft mir an den Mundwinkeln hinunter.

Er hat noch die Kraft, zu brüllen und um Gnade zu betteln. Ein Schrei, der mir den Appetit verdirbt. Ich komme wieder zu mir und bin fast gesättigt.

– Erbarmen! Ich flehe Sie an! Erbarmen …

Ein Wort, das in meinen Ohren seltsam klingt. Als er sieht, daß ich mich erhebe, erschlafft sein ganzer Körper wie im Tod. Sein Bauch bläht sich zuckend auf, und ich warte, bis er die Sprache wiedergefunden hat.

– Hören Sie damit auf … Ich werde verrecken … Man hatte mir nicht gesagt …

– Was gesagt?

– Daß ich es mit einem Verrückten zu tun hätte … Sie haben auf der Straße gar nicht so gewirkt … Da argwöhnt man nichts, man sagt sich, ein Gigolo besteht nur aus Lächeln und guten Manieren … Denkste … Dann trifft man auf einen Kannibalen …

Ich lasse mich vor Überraschung festgenagelt auf die Treppenstufe fallen. Ich habe nicht recht verstanden, was er sagen will. Irgendwas habe ich da nicht mitgekriegt … Ich habe versucht, in meinem Gedächtnis die ganzen Verästelungen dieser Meute von Gierhälsen zusammenzubringen, die alle etwas von dem Kuchen abhaben wollten.

– Parini? habe ich gesagt.

– Was?

– Mangini?

– Kenn ich nicht.

– Und Sora, kennst du das?

– Was ist das für 'ne Mutter?

Irgendwas ist da oberfaul. Das Ganze beginnt sich ernsthaft zu vernebeln.

– Du hast bereits einmal versucht, mich von den Salons gegenüber aus abzuknallen.

– Dreißig, fünfunddreißig Meter Minimum, näher darf man an Sie nicht herankommen … Wie ein Idiot habe ich damals danebengeschossen, da habe ich es heute abend aus nächster Nähe versucht, und dabei bin ich fast draufgegangen … Sagen Sie, können wir nicht zu Ihnen rein, vielleicht haben Sie ja ein gutes Desinfektionsmittel und eine schöne Mullbinde?

– Wirst du in Lire oder Dollar bezahlt? Antworte, du Miststück!

– He … hören Sie auf mich zu veräppeln, ich werde in Francs bezahlt, und die gehen für Krankenhauskosten drauf …

– Verarschst du mich?

– Erbarmen …! Stellen Sie mir egal welche Frage, ich sage alles, ich gebe alles zu, ich werde mich sogar den Bullen stellen, alles sofort, aber werden Sie nicht wieder sauer!

– Wer hat dich bezahlt?

– Weiß ich nicht, wir kennen die Fratze unserer Auftraggeber nie … Ich wurde kontaktiert, um einen kleinen Itaker niederzuknallen, der in einem Nachtclub in der Rue George V verkehrt und es mit einer Tante von den oberen Zehntausend treibt. Ich bin ihr gefolgt, sie hat Sie beim Club abgeholt, und Sie haben eine Zeit zusammen in einer Wohnung in der Rue Victor Hugo verbracht. Sie sind nach Hause zurückgekehrt, da habe ich die Terrasse ausgemacht. Es sah gar nicht schlecht aus, da habe ich mir gesagt: »Warum nicht gleich?« Das Eisen schmieden …

– Und dann?

– Dann waren Sie plötzlich verschwunden. Ich habe auf Ihre Rückkehr gewartet. Denn der Vertrag gilt immer noch … Will sagen … galt immer noch …

Das Licht im Treppenhaus geht ständig aus. Draußen auf dem Flur nichts. Kein Laut. Nicht einmal ein neugieriger Blick. Ich hätte diesen Kerl in Stücke reißen und seine Gebeine neben den Mülltonnen hinterlassen können, ohne daß sich jemand darüber erregte.

Ich hatte das alles aus meinem Gedächtnis verbannt. Wegen diesem Schalldämpfer bin ich aus Frankreich abgehauen. Ich dachte, ich wäre damit endgültig fertig. Ich muß hier raus. Wieder flüchten. Ich stecke den Revolver in meinen Gürtel. Warum habe ich ihm nur geholfen, jenen Brief zu schreiben?

– Haste 'nen Wagen?

– Hmm … Ja … Ein 504er blaues Cabrio, geht das …?

Wir verlassen das Haus. Sein Wagen ist zwei Straßen weiter geparkt.

– Was den Vertrag angeht, ich persönlich steige aus und zahle das Geld zurück. Wenn die anderen als Rouladen enden wollen … Wo fahren wir hin?

– Du fährst nirgendwo hin.

Ich habe die Hand ausgestreckt. Er hat seine Schlüssel hineingedrückt. Ohne mich zu fragen, wo er sie vielleicht wiederfinden könnte.

Ich fahre los und biege in die Rue de Rivoli ein.

Das Up hat gerade mal geöffnet, man bittet mich herein, erkennt mich wieder, der Besitzer lächelt mir zu.

– Du haben nachgedacht, Ragazzo? Du suchen Arbeit?

– Ich möchte Madame Raffaëlle sprechen. Sofort.

– Calma. Calma, Ragazzo. Für wen du dich halten?

Ich nehme ihn an der Krawatte hoch und schleife ihn in die Ecke, in der ich mal eine unangenehme Viertelstunde verbracht habe, aber seither haben sich die Dinge entwickelt. Ich zücke meine Waffe und bohre ihm den Schalldämpferlauf in den Hals. Seine Gorillas werden unruhig, er bittet sie, sich nicht zu bewegen, und greift zum Telefon.

– Wo rufen Sie an?

– Bei ihr.

– In ihrer Einzimmerwohnung?

– Nein, bei ihrem Mann. Wir haben einen Code.

Sie geht ran, er sagt nur ein Wort und legt auf.

– Sie kommt, sagt er. Aber Vorsicht, Ragazzo … Sie hat Ärger zur Zeit.

– Zuerst wird sie sich um meinen Ärger kümmern müssen.

– Du können außen warten, no …? Schlechtes Eindruck auf Kunden.

Eine Viertelstunde später ist sie gekommen. Sie haben uns eine ruhige Ecke eingerichtet, einen Tisch weit von der Bühne. Die Dame hatte keine Zeit gehabt, sich vorzubereiten. Wenig Schminke. Nur ein paar Schmuckstücke. Ich habe ihr keine Zeit gelassen, die Bestürzte zu spielen.

– Wer hat den Auftrag erteilt, mich umzubringen?

– Was sagen Sie da?

Ich habe ihr die Einzelheiten erzählt. Sie hat nicht versucht, Überraschung vorzutäuschen. Ihre Augen verrieten einen Anflug von Not und große Erschöpfung. Sie nahm kleine gereizte Züge an ihrer Zigarette, bat um ein Getränk. Die Stimme des Schnulzensängers ist bis zu uns durchgedrungen, sie hat die Ohren gespitzt.

– Es wird nicht mehr vorkommen, ich schwöre es Ihnen, Antoine.

Ich habe gespürt, wie sie mir langsam entglitt. Als ob sie meine Anwesenheit ob der des Sängers vergäße.

– Ich wußte nicht, daß er mich noch so sehr liebt, wissen Sie.

– Wer denn, verdammt noch mal?

Sie hat abwesend geschwiegen. Im schlimmsten Moment. Nach weniger als zwei Minuten denkt sie bereits an etwas anderes. Trotz der ganzen Absurdität der Situation, habe ich schnell verstanden, daß ich gegen die herzzerreißende Klage des jungen Itakers nicht ankommen kann. Er schießt seine *Ti amo Ti amo Ti amo* mit Glut und Inbrunst ab.

– Mein Mann.

Ein kleines aggressives Lachen ist mir entschlüpft. Mehr aus Überraschung als aus echter Verachtung. Doch sie hört mir schon nicht mehr zu. Jeder Gesichtsausdruck, jede Verkrampfung ihrer Hände, jedes Aufschlagen ihrer Wimpern verrät, daß ihr Dario fehlt.

– Er hat mich monatelang verfolgen lassen. Als Sie und ich uns getroffen haben, wußte ich das noch nicht, ich schwöre es Ihnen.

Man bringt ihr ein weiteres Getränk. Von da aus, wo wir sitzen, kann man den Sänger unmöglich sehen, und dennoch hat sie es Hunderte von Malen versucht.

– Vor Jahren einmal hat er mir gesagt, daß wenn ich ihn betrügen würde, er meinen Liebhaber umbringen ließe. Er hatte Angst, mich zu verlieren, wissen Sie …

Ich bleibe eine gute Zeit lang fassungslos, ohne zu verstehen, ohne wirklich zu begreifen, was sie gesagt hat. Dann erwische ich sie am Arm und schüttele sie ordentlich, damit sie mir etwas mehr Aufmerksamkeit schenkt.

– Und was habe ich damit zu tun?

– Fast gar nichts ... Mein Mann hat erfahren, daß ich eine Beziehung hatte, und am Anfang hat er nicht versucht, mich daran zu hindern. Er hätte es im übrigen auch gar nicht gekonnt. Als Dario tot war, habe ich ihm geschworen, daß ich ihn nie wieder betrügen würde. Aber er hat mich weiterhin beschatten lassen, wir beide, Sie und ich, haben uns hier getroffen, und er hat sich sofort eingebildet, ich bräche mein Versprechen. Versetzen Sie sich in seine Lage ... Mich nochmals zu sehen in den Armen eines ...

– In den armen eines Was? Eines Itakers? Eines Dario?

– Warum nicht ...

Ja, warum eigentlich nicht. Ich hätte mich sicherlich nicht in die Träume irgendeines anderen verirrt, nur in seine. Warum dann nicht auch in seine Bettwäsche? Wann wird mich dieser Dreckskerl endlich in Ruhe lassen ...?

– Das ist lächerlich ... Ich bin fast umgekommen, wegen ...

– Sie sind nicht mehr in Gefahr. Ich werde ihm alles erklären, ihm alles gestehen. Sofort. Es tut mir sehr leid, Antoine.

Wir hören Beifallsklatschen. Sie dreht den Kopf und versucht erneut, einen Blick auf den Sänger zu werfen. Ich habe die Gelegenheit genutzt und mich davongemacht. Ich bin sicher, sie hat es nicht einmal bemerkt.

Draußen bin ich wieder zur Ruhe gekommen. Ich habe mich gefragt, ob es nicht besser wäre, den Morgen abzuwarten, bevor ich in meine Wohnung zurückkehre.

Auf dem Bürgersteig gegenüber habe ich den Portier des Hotel George V neben der Drehtür gesehen. Das hat mich an die Zeit erinnert, als mein Bruder Schornsteinfeger war und sich um alle Kamine dieses berühmten Gebäudes kümmerte. Er hatte uns alles beschrieben, die Suiten, die Hochstapler, die Stars, den Luxus, alles. Wie in einem Traum.

Jetzt oder nie kann ich überprüfen, ob das alles wirklich stimmt.

Am nächsten Morgen habe ich mich beim Frühstück mit einem alten Herrn angefreundet, der sich langweilt und darauf wartet, daß seine Frau aus ihrem Zimmer kommt. Er hat Lust zum Plaudern und bittet mich an seinen Tisch. Er hat gesehen, daß ich sehr schnell auf den Kaffee verzichte, nachdem ich einen Blick in die Tasse geworfen habe.

– Sie sind sicher italienischer Abstammung, was?

– Ja.

– Da können Sie bestimmt Nudeln kochen.

Eine so unerwartete Abkürzung brachte mich zum Lächeln.

– Keine Nudeln. Nur Pasta.

– Dann eben Pasta, wenn Sie sie lieber so nennen ... Können Sie sie zubereiten?

– Manche ja. Aber Pasta ist viel mehr als ein Gericht, das Soße dazu braucht.

– Soll heißen?

– Sie bilden im Rohzustand eine Welt für sich, deren zahlreiche Metamorphosen selbst der raffinierteste Feinschmecker nicht erahnt. Ein merkwürdiges Amalgam von Neutralität und Verfeinerung. Eine ganze Geometrie von Kurven und Geraden, von Fülle und Leere, in unendlich vielen Variationen. Es ist das oberste Königreich der Formen. Aus der Form entwickelt sich der Geschmack. Wie könnte man sich sonst erklären, daß man eine Mischung von Mehl und Wasser in einer bestimmten Form verschmäht und in einer anderen heiß liebt. Da merkt man, daß Rundungen einen bestimmten Geschmack haben, daß das Lange und das Kurze verschieden schmecken, das Flache und Gestreifte ebenso. Da steckt notwendigerweise etwas Leidenschaftliches drin.

– Leidenschaft?

– Selbstverständlich. Weil das Leben selbst so verschiedenartig und kompliziert ist, gibt es so viele Formen von Pasta. Jede von ihnen bezieht sich auf ein Konzept. Jede kann eine Geschichte erzählen. Einen Teller Spaghetti essen entspricht der Vorstellung eines verwirrten Wesens in einem Labyrinth, in einer unentwirrbaren Sinnentropie, in einem ausweglosen Wirrwar. Es wird Geduld und ein wenig Geschicklichkeit brauchen, um sich da herauszuwinden. Sehen Sie sich nur an, wie ein Lasagnegericht zusammengesetzt ist, Sie werden davon nur die äußere Schicht, das Gratinierte, sehen, das man bereit ist, Ihnen zu zeigen. Aber unser Individuum will die unteren Sphären sehen, denn es ist sicher, daß man ihm tief vergrabene Dinge verbirgt. Vielleicht stellt es am Schluß fest, daß es nichts anderes als die Oberfläche gab. Aber zuerst muß es suchen, sich verlieren, einen langen finsteren Tunnel durchqueren, ohne zu wissen, ob es am Ende etwas findet. Es gibt überhaupt nichts Hohleres, nichts Leereres und nichts Rätselhafteres als simple Makkaroni. Im Gegensatz dazu enthalten die Ravioli etwas, man weiß nie wirklich was, es ist ein Geheimnis in einem Kasten, den man nie öffnet, eine Schachtel, die unseren Helden mit ihrem verborgenen Inhalt reizt. Wissen Sie, daß die Ravioli ursprünglich für Seefahrer gedacht waren. Man wickelte Fleisch- und Innereienreste in eine dünne Teigschicht und hoffte, die Seeleute würden nicht nachsehen, was sie da aßen.

– Wirklich? Und die Tortellini, woran erinnern die? An Reifen, an Ringe?

– Warum nicht ganz einfach an den Kreis. Die Geschichte ohne Ende. Die Schleife. Weggehen. Um notgedrungen dorthin zurückzukehren, von wo man ausgegangen ist.

ROTBUCH KRIMI

Eine Reihe
herausgegeben von
Gabriele Dietze

ROTBUCH *Verlag*

Das Ohr am Puls der Zeit. Happy endings sind selten, und Verbrechen macht sich bezahlt, je organisierter desto bezahlter. Ein guter Krimi serviert das Steak nicht medium, sondern blutig. Der Teller ist dreckig, und Bedienung gibts keine. Sein Material steht in der Zeitung, und da sind gute Nachrichten rar. Er erzählt, warum sich schwarz mit weiß und braun mit grün selten vertragen, warum Sex als Verbindung zwischen zwei Menschen von einem oder zwei Geschlechtern oft nicht ausreicht und warum Liebe und Haß und Geld und Tod auch am Ende dieses Jahrhunderts noch so nah zusammenliegen.

Tony Fennelly
Mord auf der Klappe
ISBN 3-88022-019-0

Tony Fennelly
Robins Hochzeit
ISBN 3-88022-050-6

Tony Fennelly
Bärendienst
ISBN 3-88022-055-7

Tony Fennelly
Der Hippie in der Wand
ISBN 3-88022-090-5

Tony Fennelly
Hurenglanz
ISBN 3-88022-107-3

ROTBUCH *Krimi*

ROTBUCH KRIMI

Eine Reihe
herausgegeben von
Gabriele Dietze

ROTBUCH *Verlag*

Das Ohr am Puls der Zeit. Happy endings sind selten, und Verbrechen macht sich bezahlt, je organisierter desto bezahlter. Ein guter Krimi serviert das Steak nicht medium, sondern blutig. Der Teller ist dreckig, und Bedienung gibts keine. Sein Material steht in der Zeitung, und da sind gute Nachrichten rar. Er erzählt, warum sich schwarz mit weiß und braun mit grün selten vertragen, warum Sex als Verbindung zwischen zwei Menschen von einem oder zwei Geschlechtern oft nicht ausreicht und warum Liebe und Haß und Geld und Tod auch am Ende dieses Jahrhunderts noch so nah zusammenliegen.

ROTBUCH *Krimi*

Gunter Gerlach
Katzenhaar und Blütenstaub
ISBN 3-88022-384-X

Gunter Gerlach
Kortison
ISBN 3-88022-351-3

Carl Wille
Exit Berlin
ISBN 3-88022-346-7

Thea Dorn
Berliner Aufklärung
ISBN 3-88022-350-5

Lars Becker
Amigo
ISBN 3-88022-054-9

Lars Becker
Kalte Sonne
ISBN 3-88022-101-4